家犬
上
長青長白 著
TRAINED DOG

家犬
CINTENTS
TRAINED D

TRAINED DOG

Chapter01

自己已經死了，奧德莉清楚地明白這一事實。

因連日不要命般地處理家族事務，羸弱的身體在某夜終於承受不住，伴隨著一陣無法忍受的劇痛，她痛苦地倒在了桌案前。

她自幼體弱，無論怎麼護養也還是一副病弱的模樣，在豐腴美盛行的當今，纖細的體態讓她沒少受他人的議論。

就連死時，額頭磕在木桌上發出的聲音也輕巧得出奇，上身直直朝前倒下，身側掀起一抹微風，擾亂了明亮的燭火。銀制燭臺上，火苗晃動，朦朧的亮黃色幽幽映入她深藍色的瞳孔。

她的腦海裡一片混沌，生前或狼狽或輝煌的一幕幕有如跑馬燈般閃過她眼前，她看見自己如何逃脫了家族制約，又是如何力排眾難登上家主之位，然而此刻，全都沒有了意義。

她甚至能感覺到自己的靈魂正在緩緩抽離身體，輕飄飄的，沒有重量。意識完全消散前，她似乎聽見了她的僕人安格斯的聲音。

那聲音遙遠得彷彿漂過大海從遠處深不可知的密林中傳來，又近得像是貼在她耳畔低語，混亂無序的思維已經不容她思考那語氣是焦急還是平緩，她只能從那些話語中提取聽過最多次的字眼。

「小姐……」

那是她死前最後聽見的聲音。

奧德莉沒想到人死後竟還會重返人世，她活了二十八年，從未聽說過這般奇怪的事，比海瑟城曾出現過怪物這般誇張的傳說更令人難以置信。

即便重生這件事真實地發生在她身上。

她之所以能斷定自己是重生而非被醫者救下，是因為睜眼後，她已不再是奧德莉，而成為了她的侄女安德莉亞。更出乎她意料的是，重生後的自己，正在安德莉亞的婚禮上。

要知道，她死的時候，安德莉亞才十歲。

金碧輝煌的大殿中，根根燃燒的白燭點亮了整座殿堂，一面巨幅旗幟懸掛在頭頂，上面印染著的複雜族徽圖案昭示著大殿主人的身分——斐斯利家族，海瑟城中唯一能和奧德莉所屬的卡佩家族相提並論的家族。

但那也只是曾經。

奧德莉從安德莉亞的記憶裡得知，在她死後，她那些愚蠢無能的兄弟姐妹爭家產、爭得四分五裂。不過短短幾年，卡佩家族就已分崩離析，榮光不再。
斐斯利便成了城中無人能抗衡的第一貴族。
也因此，她無能的二哥安德魯才會在女兒剛滿十七歲時，便迫不及待地答應將她嫁給斐斯利的家主納爾遜作為不知第幾任的續弦，以此謀求榮華富貴。
奧德莉搭著安德魯的手，穿過兩側布滿佳餚的餐桌和眾人好奇打量的視線，步履緩慢地走向殿前那名身穿婚服的男人——一個柞著枴杖，頭髮花白，兒子的年紀比她年紀還大的老人。
如果安德莉亞親眼見到這一幕，大概會當場哭出來。
周圍的賓客卻對此見怪不怪，好似一個半身入土的老人娶一個貌美青澀的少女是件極正常的事，正常到他們能在此刻適宜地送上掌聲而非斥責。
當然，這些祝詞都是說給新郎聽的。
說來可笑，她還參加過三次納爾遜的婚禮。
奧德莉深吸一口氣，忍下了在全場注視下扯掉頭紗大鬧一場的衝動。
她才恢復意識不過幾分鐘，睜開眼便被人領著走進婚禮的殿堂，腦海裡不屬於她的記憶四處亂竄，雜亂得令她心煩。
如果她表現古怪或讓人懷疑起她不是安德莉亞，那麼極有可能會被人當作女巫綁在木頭上燒死。

此刻唯一能令她感到慶幸是，安德莉亞的身體狀況和她一樣，自幼病痛纏身。也因此很少出門社交，除了家人和貼身傭人，鮮少有人見過她。

這意味著，只要自己混過婚禮並脫離卡佩家族的監視，她就不用再擔心露餡了。

「安德莉亞，專心，這是妳的婚禮！」身旁的安德魯警告地瞥了她一眼，低聲道。

奧德莉看了眼安德魯緊張的表情，沒有說話。

今日宴請的來賓多是海瑟城中赫赫有名的貴族和文人政客，就連城主也派人送來一份厚禮，在眾人安靜的注目下，奧德莉盡心盡力地扮演著年輕貌美的新娘。

但對自己剛重生就要嫁給一個年紀大過她父親的老人這件事，她實在提不起任何興趣。

奧德莉在心中暗罵，從前她殫精竭慮地爭權奪勢，為的就是不用像其他女人一樣任人擺布，沒想到歷經許多迴環轉折後，仍舊到了今天的地步。

真是折磨人……

奧德莉隨著安德魯行至新郎斐斯利家主身前，聽主婚人念叨著冗長無趣的證婚詞，隔著潔白的頭紗，她悄悄打量著周圍的人。

在這具身體裡，安德莉亞的記憶就像藏在一片泥沙裡的綠色碎玻璃，需要她集中精神一塊一塊翻找出來，以此填補她死後空白了七年的記憶。

但奧德莉發現，安德莉亞根本不認識眼前大多數人，她父親在她出嫁前連她是要嫁給納爾遜這個老頭還是他兒子休斯都沒告訴她。

奧德莉生前雖和斐斯利家族有過來往，但她從前的記憶在死亡後的七年裡已經變得模糊，此時也只能勉強將納爾遜和休斯等人和記憶裡的面孔對上。

沒有身分沒有權力沒有人脈，在這樣的局面中，奧德莉就是一隻待宰的羔羊。

這個老頭喜歡玩弄年輕漂亮的女孩的事，在海瑟城早已不是祕密。只要是稍有家世的處女，都會被他娶回家肆意玩弄，且以此為榮。

上流圈子裡人人都知他前七任妻子都是在床事上被他折磨致死，除此之外，背後還有更多不知名姓的無辜平民少女。

此時，納爾遜看著她，笑容裡的欲望油膩得幾乎要從他那張乾癟的臉上溢出來。沒想這麼多年來，他竟越發變本加厲。

奧德莉屏聲息氣地蹙了下眉，忍住了把手從他掌心裡抽出來的衝動。

在常人眼裡，父親六七十歲還要不知羞恥地迎娶一個年輕女孩，本該令兒子惱怒非常，現在看來，也不全然是這麼回事。

懷孕的妻子就在臺下坐著，休斯看向奧德莉的眼神仍舊是不加掩飾的訝異和露骨，看來想和這具年輕身體上床的男人並不只有他年邁的父親。

奧德莉不露聲色地打量了一番，又頭疼地收回了視線，她的好哥哥可真會將女兒往狼窩裡送啊。

事實上，這場宴會並非專為婚禮準備，而是藉婚禮的名義聯絡各大貴族，拉近關係。奧德莉順著流程宣讀完奴隸條約一般的結婚誓約後，在掌聲和祝賀裡，被侍女攙扶著往人群外走去。

她上輩子未結過婚，也很少參加婚禮，對相關流程不甚清楚，只能猜想此時應當是要去婚房。

就在她繞過前廳跟著侍女上樓時，卻忽然看見了一道熟悉的身影，那是一個她絕對沒有想到會出現在這裡的人——

她的僕人，安格斯。

他為何會在這裡？

奧德莉不可置信地看著他，連步伐都頓了一瞬。

上輩子她花了無數精力和時間才培養出這麼一個親信，說句毫無人性的話，她由衷以為，在她死後，安格斯應該殉主。

即使不殉葬，也該像個忠心不二的僕人，為她守一輩子的墓。

可此時，對方不僅好端端地出現於此處，並且從服飾打扮上來看，他還混得非常不錯。

奧德莉看著他，怒氣充盈胸口，激烈情緒彷彿浪潮將她淹沒。至此，她忽然有了一種重回人世的真實感。

樓下，納爾遜正站在賓客前致詞，人們被他的幽默逗得大笑，掌聲和低語自樓下傳來，唯獨安格斯遠離人群，站在二樓的樓梯口，神色淡漠，樓下的歡鬧彷彿與他無關。

既不似高雅的賓客，也不似手腳忙亂的奴僕。

奧德莉一步步踏上階梯，微昂著頭打量了他數眼。

雖然七年時間在他身上留下了不少痕跡，但她仍一眼就確定了眼前的人一定是安格斯，原因無外，只因他的站姿令她太過熟悉。

安格斯曾無數次沉默地像這般站在她身前身後，除了那時他低著頭外，和此時並無什麼不同。即便只是一名奴僕，成千上萬次的掃視也足夠讓奧德莉在心中刻劃下他的身姿。

不論是容貌抑或氣場，安格斯看起來都和以前有很大的不同。他身穿一襲黑色服飾，周身氣質疏離又淡漠，身形站得筆直，垂眼看著腳下的深色石磚地板，不知在想什麼。

三公尺高的廳門在他身後緊閉，牆上幽微的燭火自他身側照下，微風穿廊，燭火晃動，明暗不定的光影投落在他眉眼間，越發影影綽綽。

他右眼纏著黑布，僅剩一隻金色瞳孔的左眼，脖頸上一道蜿蜒猙獰的疤痕，從左側拉至喉結，像是曾被刀劍割傷。

他站在樓道口，如同一尊沒有感情的雕像，深目高鼻，瑩黃燭光也照不暖的白色皮膚，有種當下時興的殘缺美。

於她不過閉目睜眼的時間，面前的人卻已完全褪去了少年的青澀，時間在他身上留下了不容忽視的痕跡，雖曾朝夕相處過十數年，此時的安格斯仍令奧德莉感到陌生。

這些變化無疑在提醒著奧德莉，如今的她已經不再是卡佩家的家主，事物早已脫離她的掌控。

安格斯半垂著眼，和在場其他人不同，他好似對面前這位新娘提不起半點興趣，就連該有的尊敬也沒有，即使是最基本的問候也不願浪費口舌。

兩旁領路的侍女好像也對他這副模樣見怪不怪，在離他數步遠處停下腳步，站在樓梯上，彎腰行禮，朝他恭敬地道：「管家大人。」

管家？

聽見這幾個字，奧德莉狠狠皺了下眉頭。果然，僕人這種東西，只會受利益驅使，向來沒有忠心的。

婚紗緊覆在身上，腰腹被擠壓得疼痛無比，笨重的高跟鞋踩在深色石板階梯，發出一聲聲鈍悶的聲響，不等入耳，又隱入了樓下嘈雜的歡笑聲中。

安格斯對侍女的問候充耳不聞，連眉頭都沒抬一下，盡心敬業地扮演者他的無名雕像。

兩人距離越來越近，許是奧德莉的視線太過銳利，雕像終於有了動作，他若有所覺地抬起眼簾，隔著一層花紋繁複的白色面紗看向她。

金色瞳孔在微弱光線中如一隻冰冷的蛇目，面紗空隙小且密，離得越近，奧德莉越看不清楚他的面容，但他抬起頭的那瞬間，奧德莉恍然生出了一種被野獸盯上的錯覺。

微涼夜風穿廊而過，拂過身側，厚重的婚紗被吹得晃動，微風掀起面紗，奧德莉就這樣猝不及防地和他對上了視線。

四目相對，她看見安格斯臉上閃過短瞬的訝異之色。

奧德莉不閃不躲地直視著他，絲毫不擔心自己會被認出，鮮紅的唇瓣挑起一個嘲弄的弧度，「管家大人？」

她學著侍女稱呼他，而後又彷彿覺得這稱謂可笑至極，唇間溢出一聲輕嗤，嘲弄道：「安格斯，如今你侍奉二主，墳墓下的姑姑知道嗎？」

聲音不大，卻讓在場幾人聽得清清楚楚。

侍女沒想到一路安靜得如同傀儡的新娘會突然開口，她們下意識抬起頭，驚懼又疑惑地看了安格斯一眼，似乎怕他會突然發難。

一個在所有人眼中皆被視作家主玩物的夫人和權勢在握的管家，哪一個更可怕，不言而喻。

奧德莉嘲諷完便嫌惡地挪開了視線，揚起的頭紗垂落，遮住了她紅豔嫩潤的嘴唇和鬢邊飄動的碎髮。

她隨著侍女的腳步與安格斯擦身而過，沒再看他一眼，彷彿方才她開口說話只是旁人的錯覺。

她沒有看見，在她說出那句話後，男人驟變的神色。

如奧德莉所料，納爾遜對他新迎娶的妻子並不重視，「婚房」裡沒有任何喜慶的裝飾，亦沒有人長期居住的痕跡，陳設擺飾說明這只是一間普通的客房。

奧德莉盛裝打扮，妝容精緻，一襲華麗的潔白婚服站在房間裡，與周圍一切顯得格格不入。

侍女將她送到此處便離開了，沒有任何叮囑，也未派人看守，但奧德莉聽見她們在門外上了一道鎖。

聽見侍女的腳步聲漸漸遠去，她試著推了下門，卻文風不動。

她被關起來了。

銀質花瓶立在窗前案桌上，窗外圓月高懸，夜色深濃，幾隻新鮮的花枝沐浴在月光下，鮮嫩的花束散發著淺淡清香，沾著水珠的花瓣上反射出幽微輝光。

為了穿進身上這套婚紗，安德莉亞節食了大半個月，今日從一早便為婚禮準備，已一日未食，此時正飢腸轆轆，餓得頭暈。

房間裡能入口的東西除了水果就只有紅酒，她從桌上的銀盤裡拿了幾顆水果果腹，又褪下繁重內襯和緊得擠壓著內臟的束腰，稍加整理，穿著輕便地在房間內尋找著能夠防身的東西。

即便此時她需要扮演安德莉亞的角色，她也不願真的和納爾遜那個老頭上床。當她看見納爾遜那張布滿皺紋的臉，就會自動聯想到藏在那身華服下皮肉鬆弛的身體，一想到要和這樣的男人上床，簡直令她作嘔。

斐斯利家即便是客房也非常奢華，大小共有三間房，房中擺設應有盡有，但她繞了一圈，卻沒有找到任何稱得上武器的東西。

桌上的果盤裡裝著梨子，卻不見削皮用的刀具。

她舉起燭臺，起身走到鏡子前，本想試試看能否敲碎鏡面，透過鏡子，卻忽然發現安德莉亞和她長得極為相似，長眉挺鼻，一雙藍目，典型的卡佩家族長相。

但有一點不同於卡佩家族中的大多數女子的樣貌，那就是安德莉亞的髮色很淺。奧德莉本身為銀髮，在家族中極其罕見，先前在大殿中，她未曾注意到盤在腦後的頭髮，此時在昏暗光線下，她才發現安德莉亞的髮色看起來和她幾乎一模一樣。

但她記得幼時的安德莉亞明明是一頭金髮……

只可惜安德莉亞身體虛弱，比她更甚，厚重脂粉也蓋不住她的蒼白膚色，脖子上青色筋脈隱隱顯現，方才不過上個樓就亂了心跳，令奧德莉不由得擔心自己會不會隨時再次離世。

她捂住胸口，輕咳了一聲驅散喉間的癢意，又皺著眉試著握了握拳頭，軟弱無力，覺得靠自己徒手反抗老頭的可能性不大。

按照以往經驗來看，新郎一般都會在最後離場，奧德莉在門把上掛了個喚傭僕所用的鈴鐺，而後將燭臺握在手中，靠在床頭閉上雙目，打算養會兒神，思索著之後的路該怎麼走。

幾近一整日沒休息，這具身體早已疲憊不堪，很快，奧德莉便不自覺地陷入了沉睡中。

她久違地作了一個夢。

夢裡，她回到了自己第一次見到安格斯的地方。

那是城中最大的一處角鬥場，角鬥士大多是角鬥場的老闆從交易所買來的奴隸，還有一部分是監獄裡自願申請參加的死囚。對他們來說，在集市被繩索痛苦地吊死，不如在此自由一回。

這個時代階級分明，貴族平民奴隸，但就算是奴隸也有高低之分。在奴隸交易所中，無人願意買下的「貨物」可以說沒有任何價值，他們便被奴隸主們稱為「蠻畜」。

往往如同附贈品一般被贈送給某些大客戶——例如人口需求極大的角鬥場。

擁有一雙異瞳的安格斯，便是蠻畜的一員。

奧德莉見到他時，他就站在角鬥場中，體格瘦小，滿身髒汙，乍看之下和其他奴隸看起來沒什麼不同，而當他抬眼時，就會發現他長了一雙異瞳，一藍一金，而那雙異瞳，便是人人避之不及的原因。

海瑟城北臨深海，南連密林，密林之南，又是一望無際的海水，是一座物資豐富的名副其實的海上城鎮。

第一批行船到達海瑟城的先祖如今已無法考證，但在這漫長的、不知源頭的歷史裡，有著一個流傳了數千年的傳說——海瑟城裡從前生活著怪物。

它們不僅擁有與人類一樣的智力，甚至還能化成人形。平日裡，他們便隱匿在人群中，伺機捕殺人類。

幻化之後，他們的外表與常人無異，唯一可以辨別的，便是他們兩隻眼睛的顏色不同。

這傳說代代流傳，千百年來無一人見過怪物，但因此枉死的異瞳之人卻不少。根深蒂固的偏見早已無法糾正，異瞳便成了眾人眼裡不祥的象徵。

角鬥場一個月會開兩次，第一次人與人相搏，一場三十人，只有一人能活著從場裡走出來。但即使贏了，等待他的卻是下一次的人獸角鬥。

面對猛虎、雄獅，能存活下來的人少之又少，不過一旦勝利，獎品會是他們夢寐以求的東西——贖身令一張。

那意味著，獲勝的奴隸從此以後便能脫離奴籍，成為一個普通的平民。

奧德莉初次見到安格斯時，他便是角鬥場裡生死搏殺的一員，那時他還不叫安格斯，而是角鬥場裡的十九號，身穿一件粗布上衣，背後用黑墨粗糙地寫著數字十九。

在這裡，殺人或被殺，是他們唯一的選擇。

奧德莉自幼生活在海瑟城，卻還是第一次來這種地方，看人無意義地廝殺不是她的愛好，但為了避免以後在社交場合上居於弱勢，便帶了幾名侍從和侍女一起來見識一番。

角鬥場中間立有一座十幾公尺高的圓形高臺，高臺通過磚石長廊與四樓看臺相連，上面站著一位身形矮小的跛腳主持人，正鼓勵人們為自己看好的角鬥士下注。

角鬥士們一個個從不同的通道口進入寬敞平坦的角鬥場，上場前，所有的角鬥士都可以領到一件裝備，刀劍或盾，由他們自己選擇。這其中，只有十九號，兩手空空地上了場。

當人群中出現了一個異類，便很難不讓人把視線放在那人身上。

奧德莉穿著一身黑色禮服，坐在四樓包廂的看臺上興致缺缺地看著底下的角鬥場，北樓的頂上垂著三十片薄薄的黑鐵片，鐵片上寫有數字，分別對應著一到三十號身上的押注數。

鐵片每分鐘便要換一次，上面的押注比不停變動，很快，奧德莉就發現無人在十九號身上押注。

無人押注也就罷了，畢竟在一群面黃肌瘦的奴隸中，他身材最為瘦小，看起來就不像是能打的。但同時赤手空拳的上場，便很難不讓人懷疑這是源自厭惡或針對。

十九號好像對不公正習以為常，他站在角鬥場邊緣處，低著頭纏繞著手上的繃帶，頭頂恰是奧德莉所在的看臺。

不知是否聯想到了自己當初爭奪家主之位時孤立無援的處境，奧德莉抽出綁在小腿上的短刃，從看臺扔了下去，叮匡一聲脆響，掉在了十九號身前兩步的地方。

全場都因為場上這出人意料的異響而安靜下來，紛紛抬頭看向奧德莉所在的看臺。

角鬥場有嚴格的規定，任何干擾比賽的人都要付一筆巨額罰款，這隨手一扔的後果可不是一般人承受得起的。

掉在場中的短刃極其華麗，刀柄上鑲嵌著一顆懾人心魄的紅寶石，在陽光下幾乎要閃瞎了眾人的眼睛。

和其他人手裡的武器相比，看起來實在太不像話，不像是殺人利器，倒像是一件掛在貴族家牆上的展覽品。

刀柄上那顆巨大的寶石，若是真的，其價值足以將整座角鬥場買下來。如此名貴的一件寶貝，居然被人從看臺扔了下去。

眾人從二、三樓探出頭，好奇地打量著四樓的奧德莉，一同抬頭望向她的，還有角鬥場中的十九號。

奧德莉戴了頂黑色的帽子，薄紗遮面，讓人看不清她的長相，只能看見她丟完小刀後收回的白皙手臂和一抹窈窕纖細的身段。

奧德莉低頭看著十九號，在他之前，他身上那身衣服不知道多少人穿過，數字「十九」上滿是髒黑的汙跡。

他一頭短髮雜亂無比，滿臉汙漬，看不清原貌，唯獨兩隻異色瞳孔惹眼至極，昂頭直直盯著奧德莉，看起來有些呆傻。

奧德莉傾身倚在欄杆上，指了指掉在地上的短刃，示意他撿起來，問道：「漂亮嗎？」

那聲音不大，一聽便知是年輕小姐的聲音，擁有著與年齡不相符的鎮定從容，在安靜的角鬥場裡徑直奔著十九號而去。

這聲音引得場上一陣竊竊私語，能夠買下四樓看臺座位的觀眾可不是一般有錢人，而這位年輕的有錢女人，夠他們熱熱鬧鬧討論一陣子了。

十九號小心翼翼地撿起短刃，像是怕把它弄髒了，只敢用兩根手指捏著刃尖。

人們看見他這模樣，傳出嬉笑聲：「嘿！奴隸你小心點，要是把漂亮小姐的刀弄髒了，你的主人可賠不起！」

十九號未理會，他好似聽不見旁人在議論什麼，只揚起腦袋木訥地朝奧德莉點了下頭。

……漂亮。

奧德莉輕笑，黑紗下紅唇啟合，那抹紅色落入十九號眼中，他眨了下眼睛，感覺像是他曾有幸見過一次的某種花的顏色。

但他不知道那種花叫什麼名字。

「它很漂亮，但也很鋒利……」奧德莉掃視了一眼其他奴隸手裡的刀刃，無所顧忌地道，「不是那些粗製濫造的劣等貨可以比擬的。」

「這刀是你的了，如果你能活下來，我就帶你離開這裡。」

這話太過尖銳，無論是站在場上的其餘角鬥士還是位於她之下的二、三樓觀眾，幾乎通通都被她這段話罵了進去。

話一出，無疑掀起一陣譁然，觀眾以為奧德莉扔刀的舉動不過是為了戲弄這個奴隸，沒想到她居然想要他活下來。

這可不是人們期待的故事走向。

角鬥場中魚龍混雜，大多數人混跡市野，說話毫無顧忌，明明她只是將一把短刃贈給一名奴隸，他們卻表現得如同自己被戲耍般憤怒不已，咒罵聲從四面八方湧來，絕稱不上好聽。

但奧德莉根本不在意他們罵了些什麼，她那番話只是說給那名小奴隸聽的。說完，便轉身坐回了椅子中。

待奧德莉的身影從眾人視野裡消失，十九號也低下頭，看向了手中的短刃。

他握緊刀柄，一聲悠長號響，角鬥正式開始——

Chapter02

奧德莉並不喜歡這種血腥的場面，她叫侍女放下簾子，聽高臺上的跛腳主持人聲嘶力竭地解說著角鬥場中的情況。

什麼六號用他的手臂勒住了十四號的脖子，卻被十二號偷襲，雙雙斃命。又或是一號的矮子試圖給七號的「巨人」一刀，卻被七號一劍反殺，鮮血直流，腸子都掉了出來……

真正的多人混戰中，根本沒有時間小心翼翼試探對方，殺死一個人只需要極短的時間。

死的人越多，死亡才會慢下腳步，給活著的人一口喘息的時間。

場上正是氣氛高漲，主持人耳聽四面、眼觀八方，語速奇快，奧德莉無需往下看一眼也能知道場中狀況。

她喝了一口熱茶，又慢吞吞吃了半塊糕點，在密集的數字中聽見了幾次「十九號」，不外乎是和誰纏鬥在一起、又從誰的手裡奪走了盾……

「此時場上僅剩五位角鬥士！殺人可是體力活，此時每一位都在節省體力伺機而動……」

「等等！十九號跑起來了，他徑直奔向離他最近的七號，一招跳殺，俐落地切掉了七號的半個腦袋！」

「即便是低賤的奴隸，果然也想以鮮血回應美麗小姐的青睞！」

主持人幹這行多年，非常懂得如何將氣氛推向更熱鬧的局面。奴隸們會在不斷搏鬥中逐漸變得謹慎小心，他既要引發他們的鬥志，又需吸引觀眾的注意，以求更多的下注。

此刻，聽見場上傳來的惡毒謾罵，又看見十九號如野獸般衝向下一個人，他似乎找到了將氣氛一步步推向高潮的方法，那就是十九號每殺一個人，主持人幾乎都要把「美麗小姐」幾個字講過一遍。

貴族小姐看中的低賤奴隸，還有比這個更吸引人的話題嗎？

侍女觀察著奧德莉的臉色，上前一步，低聲問道：「小姐，要讓他閉嘴嗎？」

奧德莉塞給她一塊糕點，沒說話，於是侍女又彎腰退了回去。

黑色布簾在人群的叫好聲中輕輕飄動，寬大的布簾擋住了外界傳來的一切窺視和好奇。無論場上有多熱鬧，奧德莉始終穩坐如山，好似之前所說的話只是隨口一提，實則對十九號的生死漠不關心。

但只有站在她身側的侍女知道，每聽見十九號殺死一個奴隸時，奧德莉嘴角挑高的弧度。

持續了二十分鐘的角鬥隨著一聲巨大的鐘響結束。

侍女在奧德莉的示意下掀開簾子，看見十九號從血泊中搖搖晃晃站起來，腳下是一具還在抽搐的屍體，眾人叫罵著，賠錢的賭徒從看臺砸下酒杯和果核。

被視為不祥的奴隸以慘烈之姿死去，才是這些人想看見的結局。

那雙惹眼的異瞳被敵人的鮮血染得猩紅，駭人視線穿過滿地體溫猶熱的屍骸，在眾人粗鄙的謾罵聲裡直直望著奧德莉。

奧德莉輕輕挑了下眉毛，她勾起嘴角，深紅的嘴唇在黑紗後若隱若現，她輕笑了一聲，無聲道——做得好。

十九號的衣服被割得破破爛爛，整個人如同被血潑過，頭髮沾血，黏結成塊，身上的傷勢都看不清。

他手腳束著沉重鐐銬，被人帶到了奧德莉面前。

到了眼前，奧德莉才發現十九號看起來還是個少年模樣，頂多不過十四五歲，頸上纏著一條粗鐵鍊，與手腳上的鐐銬連在一起，鎖鍊的另一端則被角鬥場的那名跛腳主持人牽在手裡。

主持人察言觀色本領極強，見屋裡一排排的侍從侍女，便拽著手裡的鎖鍊，按著比他高了半個頭的十九號忙不迭彎下了腰。

奧德莉今日來此並未宣揚家族名號，跛腳主持人也只當她是一名普通貴族小姐，本打算藉機狠狠揩油，可一瞥見端坐在位子上的人袖口上用暗紋繡著一朵黑色曼陀羅，頓時什麼心眼都沒了。

詭異的黑色曼陀羅，城裡只有一種人會在衣服上繡這種紋飾，那便是海瑟城裡第一貴族，卡佩家族。

他本是代背後的大東家出面，豈料竟遇到卡佩家族的人。

要知道這座角鬥場能在城裡屹立多年，全因背後最大的老闆就是卡佩家族的旁支。這樣一想，方才叫人來催收的罰款都變得燙手起來。

跛腳主持人見奧德莉戴著面紗，不敢貿然指出她的身分，看見桌上那五枚金燦燦的金幣，連忙擺手拒絕，低聲下氣地道：「這名奴隸前日才到角鬥場，今天初次上場，多虧了您贈給他一把刀，才讓他贏了角鬥，角鬥場也因此賺了個夠本。

「這奴隸能被您看上，是我們的榮幸，您儘管帶走，無需再付錢幣了……」

他將鎖鍊交到一旁的侍女手裡，又從懷裡取出一份奴籍放在桌上，不安地搓了搓手，彎著腰就要退出去。但剛挪了半步，便聽見位子裡的人出聲。

「拿走。」奧德莉放下茶杯，淡淡道，「我不喜歡欠人東西。」

跛腳主持人心下一喜，知道這些貴族不喜歡被人拒絕，於是不再客氣，五指一撈，抱著五枚金幣一溜煙地跑了。

關門聲自身後傳來，十九號低著頭，看見一抹華麗的裙襬和從裙底探出的一隻腳，細瘦腳踝被裹在黑色長靴裡，他收回視線，從衣服裡掏出那把短刃，滿手汗血地遞給奧德莉。

刀柄上的紅寶石已經裂成了一塊塊，裂紋清晰，刀刃卻仍舊光潔，不見任何刀砍的痕跡，儼然如奧德莉所說，是把鋒利的好刀。

十九號蜷了下指尖，說話有氣無力，顯然傷得很重，舉起的雙手上依稀可見一道道深長的傷口，「您的刀……很抱歉，寶石被人砍碎了……」

一旁的侍從神色戒備，手握在腰側的劍上，若十九號有任何輕舉妄動，兩隻手怕是會當場被斬斷。

奧德莉看了眼那顆碎裂的紅寶石，又看了眼他努力保持平穩的身體，平靜地道：「我說過，這是你的了。」

十九號偷偷瞥了眼她的臉色，見她沒有要接的意思，又遲疑著把刀放回了懷裡。

他身上的味道絕對算不上好聞，汗漬血汙，血腥味尤其濃重，當他靠近時，就連一側的侍女也忍不住皺了下眉。

然而奧德莉卻神色如常，問道：「你有名字嗎？」

「萊恩。」十九號道。

「lion？」奧德莉挑了下眉，「I don't need a lion, I need a dog.」

十九號瞥見她黑紗下的嘴唇，莫名又想起了曾經透過櫥窗看見的那朵花，他跪下去，低聲道：「I'm your dog.」

他的額頭觸碰著冰冷的石磚，地面每日被來來往往的無數雙鞋子踐踏，灰塵和泥土在石面上形成了蠟一般的黑灰色髒汙。

但他毫不在意，或許是因為他的臉並不比這地面乾淨多少，又或許是出自奧德莉將她從角鬥場買下的感激，帶他脫離了下一次與野獸的廝殺。

他是一個徹頭徹尾的奴隸，一個在底層泥沼裡打滾的人，從沒有接觸貴族的機會。

他甚至不懂得在這個時候，如同其他奴隸一般討好地執起新主人的手，虔誠地在手背上印下一個吻以示他的忠誠。

但這很好，表面上的服從太過虛假，她不喜歡下位者的諂媚與討好，比起那些，絕對的忠誠才是奧德莉更欣賞的。

而能否讓他真正地服從自己，取決於自己的本領。

奧德莉並非沒有見過異瞳之人，但無一不是早早便在人們的排擠打壓中喪生，一個十幾歲的異瞳奴隸能活下來，本身就已經擁有超脫常人的心境和能力。

他已經直面過生活的痛苦和磨難，在他走投無路的時候遞給他一截救命的繩索，這樣的人會比其他人更珍惜這來之不易的恩賜。至少，奧德莉希望他能珍惜這得來不易的恩惠。

還有許多事情要教給他……

裙襬晃動，黑色裙襬進入十九號的視野，奧德莉微微傾身，輕抬起他的下巴，黑色紗質手套摩擦著他下頷的皮肉，她注視著那雙一黑一金的異瞳，低聲道：「從此刻起，你便叫安格斯。」

叮鈴叮鈴——

清脆的鈴鐺聲響起，奧德莉睜開眼，頓時從夢中驚醒。她撐坐起來，手裡握著藏在被子裡的燭臺，戒備地盯著大門。

但很快，她就發現門外並沒有傳來開鎖的聲音，只有門把上的鈴鐺輕輕晃動著，應是風吹所致。

她雙手撐在床沿，稍稍往前傾身凝神細聽，聽見門外一陣來來往往的腳步聲和時不時壓低的話語聲，好像外面出了什麼事。

一旁的落地鐘顯示她只睡了不到半個小時，她本欲走近門口仔細聽聽外面的情況，餘光卻瞥見一抹白色，忽然發現了房間內的異常。

她清楚記得她將先前脫下的衣物隨手掛在凳子上，而此時，它們卻整齊地疊放在床邊的櫃子上。

窗外的月光落在床腳下的地面，鋪陳開一大片冷玉般的輝色，一陣輕風從窗戶吹

入房間，她若有所查，倏然偏過頭，看見床尾的床簾後悄無聲息地站著一個人。

奧德莉舉起床頭的燭火一照，發現正是出現在她夢境裡的男人，安格斯。

屋內的燭臺熄了數支，室內光線越發昏暗，安格斯大半個身子都隱在床簾後，難怪她沒能及時發現屋裡有其他人。

那隻金色左目正眨也不眨地盯著她，像是在觀察她的舉動。

「安格斯？」奧德莉叫了他一聲，對他的出現倍感意外。

她不認為一個管家在新婚夜出現在女主人的婚房裡是一件正常的事，而且安格斯看她的眼神令她有種被看穿的感覺。

淺白的月色照在他腳下，短髮蓋住了小半白皙的額頭，露出底下纏在右眼上的黑色布料，越發顯得唯一的一隻金色瞳孔極為醒目。

當他看著奧德莉時，就像是他在透過安德莉亞的皮囊凝視藏匿在其中的靈魂，讓她有些不寒而慄。

他如今既是斐斯利家族的管家，那對奧德莉來說便是站在了她的對立面。

然而對方似乎並不這麼想，安格斯聽見她叫自己，忽然扯開嘴角露出了一個瘋狂的笑容。他抬手捂住左眼，在奧德莉看不見的地方，圓潤的瞳孔倏然拉直，化作一道不屬於人類該有的細長豎瞳。

他放下手臂，取下白色手套，露出了一雙滿是疤痕的手，大步走近奧德莉。

在離她還有半步的距離時，安格斯在她腳邊單膝跪了下來。恍惚間，奧德莉彷彿置身於夢裡的角鬥場中，看見了少年安格斯朝她跪下的身影。

他低下頭，小心翼翼地執起她的右手，虔誠地在她手背上印下一吻，嗓音顫抖道：「主人，歡迎回到我身邊——」

奧德莉聽見這話，著實愣了片刻。

安格斯話中的意思再明確不過，他不僅知道這具皮囊下的靈魂是奧德莉，而且似乎早已料想到奧德莉會重回人世這件事。

她試著抽回手，卻被他緊握著不放。

安格斯手上動作看似輕柔，像是怕粗糙的繭紋刮痛了她，長指卻緊緊圈住了她的細腕，令她根本無法掙脫他的桎梏。

嘴上叫著主人，所做所為卻和言語實際相去甚遠，許久不見，他也不知從哪學會了口蜜腹劍這一套。

落在手背的吻滾熱黏膩，兩片唇瓣壓在她的皮膚上，留戀著停留許久才肯離去。

奧德莉甚至能感受到他退開時偷偷舔了一下她的手背。

她緩緩皺起眉頭，直覺告訴她，如今的安格斯早已不是從前那個乖順聽話的青年，時過七載，就算是一條未拴繩的狗也會變得野性難馴，何況是一個人。

奧德莉低頭看著跪在自己腳邊的人，眉心蹙得更緊，任由他得寸進尺地將自己整個手掌包裹進他的掌心，問道：「你是怎麼知道的？」
安格斯低頭勾唇笑了笑，昏暗的燭光落在他深刻的眉眼輪廓間，密長睫毛倒映入暗金色瞳孔，那笑容莫名有些瘋狂的味道。
他握著奧德莉的手，偏頭再次落下一個吻，低聲道：「我記得您的模樣，您的一言一行、一舉一動，您喚我『安格斯』時的語調……」
他抬起頭深深凝視著她，「即使換了一副面孔，只要您出現在我面前，我就一定能認出您……您是如此獨一無二……」
他臉上的表情極為克制，似是在壓抑著什麼。開口說話時，淺粉唇瓣後的森白牙齒時隱時現，犬齒尖長，猶如野林獸類。
方才他嗓音顫抖，奧德莉未曾察覺，此時才發現他的聲音異常嘶啞，說不上刺耳，但絕稱不上好聽。
奧德莉鬆開燭臺，抬手撫上他的脖頸，雪色寬袖掉落在安格斯的黑色制服前襟，在夜色裡相映成別樣的旖旎色彩。
安格斯此時又展現了與從前無二的溫順，他乖巧地昂著頭，方便他的主人觸碰他身上陳舊的疤痕。金色瞳孔目不轉睛地盯著她，眼底的欲色毫不遮掩。
如果不看他的眼睛，他的確像是一隻乖順聽話的狗。
纖細食指沿著頸上那道深長的傷疤撫過，男人脖子後延伸至鎖骨的那塊肌肉凸顯分明，白皙皮膚下青筋蜿蜒，越發顯得那道疤痕猙獰醜陋。

奧德莉仔細地感受著指下的疤痕，那疤痕凹凸不平，像是用利器在原有的傷口上一刀接一刀劃過，多道傷口疊加在一起而成。

柔嫩的指腹沿著傷疤自頸部左側滑至喉結，指下的軟骨上下滑移了數下，那下面，是他受損的聲帶。

傷口深成這般，竟然還沒死嗎？

安格斯咽了口唾沫，垂在身側的另一隻手掌撫上身前纖瘦的小腿，隔著一襲潔白的婚紗，五指緩緩摩挲著布料下柔軟細膩的皮膚。

他握住她細瘦的腳踝，僅用食指與拇指就能完整地圈住她整個腳踝，拇指按在那細小堅硬的踝骨上，色情又放肆地反覆摩擦。

安格斯曾在角鬥場廝殺而出，之後奧德莉命人私底下教過他劍法刀術，如果說有誰絕不會懷疑他的實力，那人必定是奧德莉自己。

他曾是奧德莉最好的一把殺人刀，如今這隻握刀的手居然伸向了她。

奧德莉斂眉看了眼不知饜足地一路往大腿上爬的手掌，如果她現在還不知道他想做什麼，那她也就白活二十八年了。

她收回放在他脖頸上的手，冷聲問道：「你不怕死嗎？納爾遜如果知道你碰了他新迎娶的妻子——」

安格斯出聲打斷她：「他不會來了。您聽見外面的聲音了嗎？他們如此慌亂，是因為『您的丈夫』納爾遜已經死了……」

他將「您的丈夫」幾個字咬得極重，嘶啞的嗓音聽起來異常狠戾。

他抬起她的腿，低頭一口咬在她的踝骨上，炙熱的唇瓣沿著腳踝往上，他繼續道：「外面的人忙得不可開交，沒人會來打擾我們。」

他勾唇低笑，粗啞的嗓音壓得又低又沉：「您今夜，已經不必再等他了……」

這消息太過出乎奧德莉的意料，她不可置信地看著他，壓下心中的詫異，問道：「你殺了他？」

那唇轉移著吻上她的膝蓋，他毫不遲疑道：「我是您的刀，為了您，我可以殺死任何人。」

奧德莉愣了片刻，而後盯著他的臉勾唇笑了笑，「誰說我想要他死？」

那輾轉的吻驟然停下，安格斯抬起頭，神色不明地看著她，手上的力道逐漸加深，像鎖鍊般纏住了她的踝骨。

奧德莉看不穿他在想什麼，但她卻覺得他的反應十分有趣，笑意明媚，言語卻極盡嘲諷：「你殺了他，是想替你死去的主人盡房中之責嗎？」

安格斯沉默地看了她一會兒，而後緩緩站起來，高大的身軀朝她壓下，「您會知道的……」

安格斯果然是瘋了……

要是在七年前，奧德莉絕對想像不到他敢對自己做這種事。

她從前身體孱弱，縱欲這種事對她來說並沒有什麼益處，別的小姐忙著與身邊英俊漂亮的侍從偷情，她的欲望卻像是隨著生病後的精力一起流失了一般，對性愛著實沒什麼興趣。

唯獨有一次，她少見地喝醉了酒，糊里糊塗和某個男人睡了，但對方技術實在差勁，除了前戲讓她爽過，之後就只記得下體被蠻力操弄的疼痛感。

她醉得不省人事，醒來後連對方是誰都不知道，那人也從此消失，只在她體內留下了一大灘濃白的濁液。

這麼多年，奧德莉仍舊對人人熱衷的性事抱持可有可無的態度。

眼下，雪白的婚紗被安格斯扯得破爛，碎布與他褪下的衣服胡亂堆積在床下，門外的人正為納爾遜的死慌亂不已，而這個身為管家的男人竟然還有心思上她?!

闖入婚房和新娘做愛，他還真是不怕死，好似完全不擔心有人會推門而入，連門都沒上鎖。

奧德莉被他氣得不輕，抄起床上的燭臺用盡全力砸在了他頭上，鮮血順著額角滑下來，頭髮濕黏，亦浸濕了他右眼的黑布。

血腥味散入微涼空氣中，但安格斯像是感受不到痛楚似的，他躬身跪在她腿間，埋在她胸前的腦袋抬都沒抬一下，長指抓住她作亂的手，扣死壓在她頭頂，在她豔紅的乳首上狠咬了一口。

奧德莉吃痛，卻不敢叫得太大聲。她才活過來幾個時辰，沒打算讓人扣上「蕩婦」的稱號再一把火燒死。

奧德莉親眼見過安格斯殺人的模樣，也曾命他在她面前處決過一些叛離的親衛，安格斯光是手臂一用力就能擰掉一顆腦袋。

她不認為自己有從他身下逃脫的機會，但向來聽話乖巧的狗忽然反身咬你一口，是個人都會怒不可遏。

奧德莉如今體弱氣虛，對付納爾遜那個老頭都不一定有勝算，更別說正值壯年的安格斯，只是她實在氣不過，抬起膝蓋在他腿根撞了一下。

這一次，她才聽見身上的男人喉嚨裡溢出一聲痛苦的悶哼。

安格斯抬起頭看了她一眼，低聲道：「請您別動，我怕會弄傷您……」

奧德莉怒極，低斥道：「滾下去！」

他置若罔聞，換了一邊乳肉又啃了上去，溫熱的舌頭舔咬著敏感的乳尖，喝奶一般吮吸起來。

紅腫的乳尖如同小顆飽滿的櫻桃果，脆弱非常，奧德莉細細呻吟了一聲，被他聽見，抓著機會拚命進攻那聳高的兩點。

安格斯像是從來沒見過女人，叼住奧德莉身上一塊皮肉就死命啃咬，全身上下，他能碰到的地方，都被他咬了個遍。

犬齒陷進嫩白的皮膚，挪開便是一個深凹，半分不顧及嘴下的力道。

他上身赤裸，身上的傷疤比奧德莉想像中要多得多，肌肉並不過分賁張，但也絕不會讓人小瞧這具軀體裡的力量。

腿間硬脹的一大包抵在她大腿上，怎麼看等會兒都不像是能輕易結束的模樣。

他像狗一樣在她身上亂啃不停，這一口那一口，煩人得不行，奧德莉甚至想讓他插進來趕緊射完趕緊滾算了。

磨人的唇齒從她的胸口一路往上，對上奧德莉警示的眼神，安格斯反而更興奮，伸出猩紅的舌頭在她唇上舔了一口，用力之大，唇上的口紅直接被他舔走一層。

奧德莉先前吃了幾口水果，香甜的果汁乾涸在唇瓣上，湊近便能嗅到一股清甜的香味。

他顯而易見地愣了一瞬，而後低下頭又在她緊閉的雙唇上舔了一口，瞇著眼仔細回味了一下那股味道，讚嘆道：「您嘗起來好甜……」

他將舌頭從唇縫卡進奧德莉溫熱的唇腔，果不其然被咬了一口。奧德莉嘗到濃郁的血味，稍稍鬆開了齒關。

按理，常人得了臺階，就該識趣地退出去，他卻是發了瘋似地往更深處鑽。

濃烈的鐵鏽味在唇齒間亂躥，他著迷似地在她口腔裡探索，奧德莉甚至能感受到血液順著舌面流進喉嚨的黏膩感。

金色瞳眸目不轉睛地盯著她的臉，安格斯緊緊纏著她的舌頭，半瞇著眼喟嘆道：「自我在角鬥場見到您的那一刻起，我便一直在幻想您的雙唇親吻起來的滋味……」

他掰開奧德莉的大腿，挺身將性器隔著布料在她腿間頂蹭，他似乎很滿意奧德莉咬他的舉動，故意用舌面上破損的傷口去刮蹭她的牙齒，品嘗刺痛的滋味。

粗啞的聲音如同野獸的渾語，他拉下褲腰，「這比我想像中更美妙……」

奧德莉簡直想殺人。

安格斯的嗓音不似正常人平穩柔和，說話對他來說並不是一件好受的事，不然先前也不會一個人站在偏僻處，避免與人交際。

但這會兒，他卻一下子打開了話匣子，表現得像個久經情場的嫖客，一會兒沒頭沒腦地叫她主人表忠心，一會兒又要她別咬太緊。

灼燙的粗喘聲迴響在密閉的房內，窗外明月隱入山脊，無人看管的燭火早已熄滅。

安格斯聳著腰將粗長的性器送進她體內，手裡扣著她兩隻手腕，一直沒鬆開過。

奧德莉壓抑著喉裡的喘息，時而忍不住溢出一聲低細的呻吟，便被他迫不及待地吞入口中，再壓著她索取一個深吻。

要命的是，奧德莉甚至聽見了門外的侍女慌亂地詢問管家去哪裡了。

許是某人不小心撞到了鐵鎖，傳來兩聲如同有人在開鎖的聲音，奧德莉下面頓時不受控制地縮得更緊。

敏感的穴肉緊緊裹住他那根猙獰的東西，奧德莉一把抓住安格斯的頭髮，將人從她胸前拽起來，盯著他的眼睛惡狠狠道：「趕快給我射完滾出去！」

安格斯抬頭看著她，額間的汗水與血跡混在一起，十足像一個陷入情欲無法自拔的瘋子。

他低低笑了兩聲，像是終於聽到了想聽的話，又或者說，他一直在等奧德莉如從前那般對他下命令。

他俯身在她唇下落下一個吻，順從道：「遵命，我的主人。」

他鬆開扣住奧德莉的手，轉而掐住她的細腰，快速地在那個撐得白粉的穴口裡抽插起來，內裡紅糜的軟肉被帶出穴口，又被肉棒頂弄著操了進去。

小腹重重撞上柔軟的臀肉，奧德莉高潮了兩次的身體又疲又倦，根本承受不住。噗嘰的水液搗弄聲迴響在耳邊，奧德莉抓著腰上的手，在他手臂上留下幾道抓痕。

當安格斯終於在她身體裡射出來的時候，這具羸弱的身體早已到了極限，沉沉昏睡過去。

恍惚間，她似乎聽見了安格斯在她耳邊低聲道：「小姐，好夢。」

唯一與從前不同的是，隨之而來的，還有一個落在唇上的輕吻。

Chapter03

納爾遜的死訊傳遍了整座海瑟城，在城中掀起不小的風波，對外公布的死因是飲酒過量。據斐斯利家的女僕所說，昨夜納爾遜如廁時，服侍其左右的侍從在外間等候，不一會兒，卻聽見了裡面傳來重物倒地的聲音，等人進去查看時，人已經昏迷倒地了。

侍從將納爾遜抬回床上，候在偏廳的三位醫者迅速趕來，幾經診治，還是沒能從死神手裡把人搶回來。

納爾遜年事已高，又長年縱欲，飲酒過多的確容易出事，他的死幾乎沒有引起任何人懷疑。

海瑟城沒有盛辦喪事的習慣，無論貧苦人家或大家貴族，一律收殮入船，一隻火箭破空射出，在神父的一通念叨下燃成灰燼，而後沉入海底，消失不見。

昨夜主持婚禮的神父換了身黑色長袍，身形筆直地站在清晨的冷風裡低聲吟誦，意圖引導納爾遜骯髒不堪的靈魂通往極樂世界。

葬禮於晨光顯現時開始，一望無際的海面上薄霧如紗，還未消散。奧德莉站在休斯身後，安格斯早晨指派來服侍她的一名侍女——安娜攙扶著她，將納爾遜迎娶的柔弱新娘扮演了個十成十。

納爾遜死後，休斯行事頗有幾分久經壓抑的放縱，不等聯繫族人親眷便舉辦葬禮，他實屬頭一人。

斐斯利家的族人連夜趕來為納爾遜送葬，往常這些人在城裡都是有頭有臉的人物，此時卻全都得站在年紀輕輕便成了寡婦的奧德莉身後。

早上天還未亮，奧德莉便被安娜叫醒，她昨夜睏極了，連安格斯是何時離開又是如何處理後面的事都不知道。

只在醒來後發現床前掛著一整套雪白的婚紗，和奧德莉婚禮上穿的那件別無二致，但她明明記得安格斯把自己的婚紗撕得破爛……

不過算了，他都敢做那種事了，留有後手也不稀奇。

她實在打不起什麼精神，百無聊賴地站在休斯左後方，困倦地望著碧藍大海上飄遠的大船，試圖給自己找點樂子，譬如從安德莉亞的記憶裡尋找自己死後葬禮的情形。

但很快，她就發現自己根本沒有舉行葬禮，眾人只見了她最後一面，一夜之間，屍體便從卡佩家消失了，至今無人知道屍體被誰運走。

但從奧德莉死後，卡佩家族的未成年女性至此遭受的不平等待遇來看，奧德莉合理懷疑她的屍體是被她的幾位兄弟偷偷處理掉了……

熊熊烈火在冷風呼嘯中越燃越旺，映照著岸邊人或肅穆或悲痛的神色。尤其休斯，雙目含淚，就連奧德莉都看不出他幾分靠演、幾分出自真心。

休斯已年過三十，仍生活在父親的鐵權之下，若說他對納爾遜毫無怨言，顯然不可信。從早上七點便迫不及待地進行火葬，便可窺見一二。

在奧德莉看來，到底是醫者沒有從死神手裡救下納爾遜，還是沒能從他貪婪的兒子手裡救下人，還有待查證。

奧德莉對納爾遜的死不太感興趣，納爾遜死了，於她而言便是少一頭環伺在身側的野狼，百利而無一害。

她感興趣的是，在女僕的描述中，昨夜並無任何異常之處的管家安格斯。

納爾遜昏迷後，他第一時間派人去請醫者，納爾遜去世後，他有條不紊地命人安頓賓客、協助休斯處理後事，好似整個過程中盡職盡責，未曾離開過人們的視線。

任誰也想不到他們年輕有為的管家在最忙亂的時候避開了眾人，在新娘的房間裡履行著新郎的職責。

奧德莉思考著，若有所思地看向站在休斯身後的安格斯，抬眼的一瞬，不期然撞入了他望向自己的眼睛。

金色瞳孔穿透晨霧對上她蔚藍色的眼睛，奧德莉只瞥了一眼就收回了目光。

她才剛不幸坐實了剋夫的稱號，沒興趣在頭上再添一個蕩婦的名頭。

送完賓客，奧德莉一行人回到斐斯利家。

家中一片頹喪之色，侍女侍從皆換上一身黑衣，大殿裡高掛的斐斯利家族旗幟降下一半高度，以示悲痛。

侍女將午飯的餐食擺上長桌，菜品豐盛，並未因納爾遜的死而節衣縮食。桌前只坐著奧德莉和休斯兩人，休斯懷胎八月的妻子莉娜臨近產期，行動不便，很少下樓用餐，奧德莉只在昨夜的婚禮上匆匆見過她一面。

按照海瑟城遺產制，納爾遜死後的財產三成上繳遺產稅，五成由休斯繼承，而身為妻子的奧德莉則能繼承兩成。

對於如今的奧德莉而言，這無疑是一筆巨大的財富。

當然，休斯也同樣明白這一點。

在他眼裡，他父親許諾贈與安德莉亞父親的那十間鋪子已是這個外姓人能從斐斯利家拿走的一切，至於那兩成巨額財富，奧德莉想都不要想。

於是，整個早餐時間，關於遺產的事他一字未提，鋪面產權如今皆掌握在他手裡，只要他不放手，奧德莉便不能染指分毫。

唯一慶幸的事，贈與安德莉亞父親的那十間鋪子，有一半隨進了嫁妝裡，令奧德莉不至於完全受制於人。

「父親死了，妳看起來似乎並不難過。」休斯低頭切著盤中鮮嫩的牛肉，隨口說道。

奧德莉覺得他的話直白得好笑，毫不避諱地嘲諷道：「如果你在十七歲時被迫迎娶了一個六十歲的老婦，而她在新婚夜不幸離世，只要你沒有舉辦盛宴慶祝，我就當你是個善良的人了。」

奧德莉挑眉輕輕瞥了他一眼，見他愣住，勾起左側唇角，高挑的眼尾滿含少女風情，出口的話卻十分尖銳：「難道你還指望我為他痛哭一場嗎？我親愛的兒子。」

休斯聞言，忽然哈哈大笑起來，他將手肘撐在餐桌上，傾身向奧德莉靠近，別有意味道：「安德莉亞，妳的年紀可不適合做某人的母親，而應該做無數青年仰慕的玫瑰。」

他執起奧德莉的手，作勢要親吻她的手背，「我從不為嫁給我父親的女人感到悲哀，妳是第一個，安德莉亞。」

聽見這近乎調情的對白，一側服侍的侍女手一抖，盛滿甜湯的勺子「啪」一聲摔在盤子上，湯汁濺灑在奧德莉身前的桌面，她驚慌地跪倒在地，顫聲道：「非常抱歉！夫人，請、請饒恕我……」

失誤的是昨夜領她去婚房的其中一位侍女，也就是受命將她鎖在屋中的一位。

如今納爾遜已死，新家主又擺明對奧德莉感興趣，奧德莉一舉從可憐的安德莉亞小姐變成了斐斯利夫人，眾人也不敢再輕視她。

休斯下意識停住動作，偏頭看了跪在地上的侍女一眼，奧德莉像是沒聽見她的話，不為所動地從他手裡輕輕抽回手，指尖溜出休斯的掌心，黑色細紗手套刮過男人的虎口，搔得人心癢。

她看著男人本能握緊的手，對上休斯的眼睛，粉潤的唇瓣啟合，輕飄飄說了句：「我的榮幸。」

在她說出這句話時，一股灼熱的視線猛然自身後打在了她身上，候在一旁的安格斯一言不發地抬腿走近，動作自然地接手本該屬於侍女的工作，換下了奧德莉身前濺上甜湯的餐盤。

高大的身軀站在她右後方，布料粗陋的衣襬自她裸露的手肘上輕輕掃過，不知是有意還無意。

沒有吩咐，地上的侍女不敢擅自爬起來。好在休斯顯然心情不錯，朝她擺了擺手，侍女連忙站起來退到一邊去了。

男人含笑撚了撚指腹，又忽然想到什麼，抬頭看了眼壁鐘的時間，他看向整理完一切便無聲候在身側的安格斯，為奧德莉介紹道：「想必妳已經認識了，這是管家萊恩，他對家中一切事物瞭若指掌，我不在的時候，他會替我好好陪伴您的。」

他挑了下眉，緩慢道：「母親。」

休斯語氣熟稔，卻在叫「母親」二字時極盡輕挑，比起家主納爾遜，奧德莉相信安格斯私下和斐斯利家的兒子聯繫更多，不然休斯也不會在納爾遜死後還把他父親的人留在家中擔任管家。

只是……

原來他如今又改叫萊恩了，而昨夜自己卻是喚他安格斯，難怪他能認出自己……

「他是個忠誠且能幹的管家。」休斯狀似隨意道，但在奧德莉耳裡，這顯然並非單純的誇讚，他將安格斯留在奧德莉身邊，卻以「忠誠」為由，明顯是在警告奧德莉，他忠心的小管家會替他好好監視自己。

奧德莉飲了口甜湯，放下勺子，「這世間並不存在忠心的東西。」

藍色的眼睛從安格斯的面上一掃而過，她嘲弄般挑起嘴角，對休斯低聲道：「你最好小心點，免得被自己養的狗反咬一口。」

納爾遜死得突然，留下一大堆急需跟進處理的事務，休斯在用過早餐後，便匆匆離開了。

奧德莉有意養好這副虛弱的身體，坐在餐桌前一個人細嚼慢嚥地用了半個多小時的餐。

大廳裡候著幾名侍女，安格斯仍接手了侍女的工作，他開口詢問了幾次奧德莉是否還需要些什麼以及待會的行程打算，奧德莉一個字都沒回。

眾目睽睽下，安格斯不想頻生事端，便閉上了嘴，安靜謙恭地站在一旁，半垂著眼看著地面，沒再說半個字。

奧德莉對管家冷漠的態度太明顯，連一旁的侍女都看出來了，昨夜看見了夫人也不打招呼的管家，此時只能站著受她的冷臉。

就連沏茶的侍女，待遇都比管家大人要好上許多，至少夫人還會對為她沏茶的侍女溫柔地笑笑。

在眾人眼裡，管家的一腔熱情顯而易見地冷卻下來，面上更是毫無溫度。他黑布纏眼，另一隻金色瞳孔看起來冰冷而詭譎，一如既往地沉著張臉，叫人難辨心思。

局勢變化之快，真是令人唏噓不已。

侍奉的侍女深知這位管家不近人情，行走的步伐都輕了許多，深怕自己出了岔子引得他發怒。一時餐廳裡人人屏氣斂息，只有奧德莉坐在座位上享用甜品時發出的輕細聲響。

昨夜她被某個畜生不知分寸地按著做了兩次，早晨起來兩隻手腕上的半圈淤痕分外顯眼，挑了副長至小臂的黑色手套才勉強遮住，但隱隱約約仍能透過薄紗看見底下曖昧的痕跡。

這也就罷，可她每走一步，胸前被咬破皮的地方和雙腿間更是刺癢般的疼。奧德莉自小在富貴人家長大，哪像他從角鬥場爬出來，何時受過這般皮肉苦，自然對某人沒什麼好臉色。

久別人世，她並不打算在家裡待著虛耗時光，準備換一身更加舒適柔軟的衣服出門，起碼不要讓自己每一步都如同在受刑。

奧德莉未叫安娜替她更衣，一對鎖骨往下，吻跡齒痕布滿了柔嫩的皮膚，尤其白軟的雙乳，被淩虐得不成樣子，見了實屬叫人心驚。

除非安娜是個完全不曉人事的姑娘，否則定能看出是怎麼回事。

燈燭懸掛在身後牆壁的金色鐵鉤上，衣帽間裡，奧德莉褪下衣服，對著與人同高的鏡面照了照，看見腰上兩隻掌印，沒忍住低罵了句瘋子。

她早晨昏昏沉沉，隨手套了幾件衣服就遊魂似地跟著一行人晃出了門，此時仔細一看，才知道安格斯昨夜做得有多狠，兩隻掌印像是大片扎眼的刺青，烙在了她半截細腰上。

她抬手取下一旁掛著的衣服，皺著眉摸了摸絲滑的布料，就在這時，一陣冰涼的風忽然自身後靠近，猝不及防地，奧德莉被擁進了一個冰涼的懷抱中。

一切的始作俑者自身後牢牢環著她，粗啞的聲音響在略顯狹小的衣帽間：「主人，是我做錯了什麼嗎？」

奧德莉根本沒看見他從哪冒出來的，不由得渾身一顫，手裡的衣服落在了地上。

安格斯握住她得空的手，粗礪的鱗紋自她腕骨上緩緩磨過，細麻的癢意順著皮膚傳入神經，布滿疤痕的長指不由分說地嵌入了她的指縫。

他低著頭，下巴貼著她的額角，彷彿一隻備受冷落的小狗，楚楚可憐地扒著他的主人汪汪叫。

滾熱的唇瓣含上她的耳郭，從敏感的耳根一路舔到耳尖，留下道道濕濡瑩亮的水痕。

鏡子映照出舔弄著白嫩耳尖的猩紅舌頭，他收緊手臂，無視奧德莉緊皺的眉心，得寸進尺地舔上她的下頜，再次詢問道：「請您告訴我，我是不是哪裡做錯了……」

奧德莉並不認為肆無忌憚地闖入她的房間並放肆地在她臉上亂啃的男人會不知道自己錯在哪裡。

難道他覺得自己技術很好不成？

奧德莉未著一物，渾身赤裸地被安格斯鎖在懷中，貼伏在頰邊的濕熱唇舌猶如滑膩的遊蛇，不厭其煩地舔吻過她的臉龐，曖昧的水漬親吻聲自近在咫尺的臉側傳入耳郭，不斷迴響在窄小的衣帽間。

衣帽間並不寬敞，也沒有窗戶，唯一連通臥室的那道門關閉得嚴嚴實實，奧德莉知道他身手絕佳，但仍舊想不通他是如何進來而未發出一點聲音的。

安格斯的行為和言語矛盾非常，他緊緊擁著不著片縷的奧德莉，表現得像擅闖獵物巢穴的野獸般肆意妄為，貪婪地舔舐過她的每一寸肌膚，汲取她身上散發出的每一縷香氣，而口中卻說著極為不相稱的話。

「請不要對我如此冷漠，主人。否則我不知道我會做出什麼事來……」似威脅、又似請求。

他聲帶毀壞，嗓音嘶啞，外表更是傷痕累累，環在腰際那隻手上面遍布著道道細碎的傷疤，二指寬的黑布自右眼至腦後纏繞一圈又一圈，黑色額髮垂落在眼前，神色陰鬱，怎麼看都不像良善之人。

但當他壓低聲音喃喃時，卻宛如一隻外表凶悍的野狗垂下頭顱，令奧德莉無端地產生了一種別樣的憐惜之情。

或許因為這條狗曾經被她真心地飼養過，又或許是出自她不可多得的良心。

但這想法只在她腦海裡出現了一秒，便因嘴角邊蹭弄的舌頭散了個乾淨。

安格斯低眉垂眼，目不轉睛地盯著奧德莉，神色極為專注，黯淡燭光照落在他半側眉眼，下垂的眼尾拉開一道柔軟的弧線，看起來隱隱有些委屈。

但當奧德莉透過鏡子，看見那隻斂藏著半抹燭光的金色眼眸時，她便知道，那不過是明暗交替的光影營造出的錯覺。

那隻眼睛裡的欲望分明濃烈得要將她溺斃其中。

未聽見奧德莉開口，安格斯動作越來越放肆，左腳向前挪了半步，腳尖抵著鏡面，卡進她的雙腿間，屈腿在她大腿內側的嫩肉上重重蹭了蹭。

勁瘦的軀體隔著衣物緊貼在她身上，布料粗硬的制服摩擦著她的皮膚，奧德莉聽見他吞咽的聲音，開口欲罵，不料忽然間，安格斯腿上的布料卻從腫脹破皮的外陰處磨蹭而過。

奧德莉渾身一顫，咬唇痛「嘶——」了半聲，又害怕外面候著的侍女聽見，下意識忍著把聲音吞回了喉中。

聽見她痛呼，腿間亂動的腿驟然停下，她曲起手肘往後捅去，怒道：「滾開！」

這一下用足了十成力，可惜用在安格斯身上卻像是撞上了一塊堅硬的石頭，他不閃不躲，任由奧德莉在他身上發洩怒氣，連聲不滿的痛哼都沒發出。

甚至還握住她的手肘輕輕揉了揉，像是怕她把自己給弄疼了似的。

金色瞳眸在昏暗光線裡發出暗金色的光芒，通過鏡子，安格斯緊緊盯著她蔚藍色的眼睛，「您終於願意和我說話了嗎？」

奧德莉猛地抽回被他握在掌中的手肘，他卻貪得無厭地順著力道整個人靠在她身上，兩手環住她，興奮地舔舐她的唇縫。

奧德莉不耐煩地偏過頭躲開往嘴裡鑽弄的舌頭，斂眉罵道：「你是狗嗎?!發情也要有個限度！」

雖是被罵，安格斯卻表現得異常亢奮，奧德莉甚至能感受到抵在她腰後的那根火熱的東西，他笑出聲，回答道：「是，我永遠是您的狗……」

他盯著暴露在口下的白皙頸項，低下頭，不輕不重地咬了上去，品嘗美食般磨弄著他的兩排尖利牙齒。

奧德莉難以置信地看著鏡子裡的男人，三日喪期未過，若在這種地方留下痕跡，怕是浪蕩的名聲要跟著她到死。

「你瘋了嗎?!」她反手抓住他的衣領，「安格斯，給我鬆開！」

這一聲喝斥終於令他停了下來，安格斯收回牙齒，在她頸窩裡深深吸了一口氣，頗為留戀地在那淺淡的牙印上用舌尖勾了一下，聲音沾染著未被滿足的喑啞，「是……主人。」

奧德莉鬆開手，頭疼地揉了揉眉心，以前怎麼沒發現他對自己有這種想法？她原以為自己要面臨的最凶險的惡狼是斐斯利父子，沒想到卻是從前對自己唯命是從的僕人。

奧德莉對上他的眼睛，平復下胸中的怒火，問道：「你到底想要什麼？」

安格斯深深看了她一眼，圓潤瞳孔透出一抹淺淡的金光，毫不遲疑道：「您知道的，主人。」

他抓著奧德莉的手放在自己胸膛上方，強而有力的心跳震顫著從她的手心傳至全身，他低頭在她掌心烙下一吻，「我想要的，一直都只有您……」

安格斯身形高瘦，橫在她身前的小臂緊貼著她飽滿的胸乳，上面青紅點點，一側白軟的乳肉被擠得變了形狀。

乳首被衣裙束縛磨蹭，腫脹未消，一個又一個浸血的齒印烙在頂端那兩粒乳尖外圈，破損處色澤紅糜，不難想像之前是怎麼被男人含在嘴裡肆意啃咬玩弄。

安格斯抬手拖住一團沉甸甸的乳肉，五指一收，柔滑的軟肉便滿得溢出了指縫。他嘆息一聲，又不捨地將其捧回掌心，沾了藥膏的指腹輕輕捏住尖上那粒熟透的櫻果打圈，餘下三指撐著胸乳掂了掂，「主人，您的身體好軟。」

奧德莉轉頭面無表情地看了他一眼，視線瞥過他腿間聳高的布料，試著動了動被他圈握住的手腕，譏諷道：「你指的要我就是強迫我和你上床？」

安格斯不說話了，他抱著奧德莉轉過身，與她正面相對，前行一步將她抱起來抵在鏡子上。

眼前的這具身體年僅十七，膚白腰細，胸臀豐美，昏黃光色也藏不住的一身細膩膚肉，如同一幅漂亮的美人油畫。

金屬鏡面冰涼的觸感激得奧德莉忍不住顫了顫，纖瘦的脊骨像餐盤上熟透的小蝦般蜷縮起來，頭頂傳來一聲輕笑，待她適應後，安格斯掌住一手軟腰，屈膝跪在了她腿間，將她的雙腿架在肩上，虔誠地在她腿根內落下一吻。

「我很抱歉，但我無法克制靠近您的本能，一如我生來便是為了取悅您而存在。」

粗啞的嗓音平靜得宛如神父在低念誓言，如果他的臉不是正對著自己的腿心，那麼他的話將會更具說服力，奧德莉想。

她雙腳無力地搭在男人背上，身體騰空的不安感令她下意識想抓住些什麼，身邊卻空空蕩蕩，她只得胡亂扶著腰上的手以防自己失去平衡摔倒在地。

「你又想做什麼?!」

安格斯似乎很滿意奧德莉的舉動，他伸出舌尖舔過下唇，回答道：「我說過，我生來是為了取悅您而存在。」

說完，在奧德莉驚訝的視線中，安格斯低下頭，含住了暴露在眼底的粉嫩穴肉。

「唔——」溫熱的唇舌是撫慰皮肉傷的最好良藥，奧德莉低吟出聲，不知是因為受傷的地方被觸碰還是因為純粹的快慰。

濕長的舌頭靈活地挑開兩片閉攏的唇瓣，抵進軟熱的內裡，將裡裡外外皆舔得濕透滑膩。

這種事不需要太多的技巧，簡單的吮吸舔舐就足夠讓一個女人丟盔棄甲，軟成春水。

奧德莉的私密處非常漂亮，沒有毛髮，腹下一片雪白，再往下，便是粉嫩濕軟的蜜穴，隱在一雙漂亮的雙腿間，叫人覬覦而不得。

安格斯邊含吮著那片柔軟的肉瓣邊想著，這裡只有他看見過，只有他親吻過……

他幾乎將整張臉都壓在了她的陰阜上，奧德莉低頭便能看見埋在腿心裡的黑色頭顱，她看不見他的動作，卻能充分感受到他是如何將她的半邊唇肉含在嘴裡吮吃。

安格斯如同在品嘗一道佳餚，一手掌住她的軟腰，一手抱著她的臀，半瞇著金黃色的眼睛，張開嘴，用牙齒在她穴口處細細啃咬。

高挺的鼻尖戳弄著她的陰蒂，舌尖鑽入腫脹紅嫩的肉洞裡大力攪弄，如他所說，他的確是為了讓奧德莉感到快樂，越淌越多的淫液便是最好的證明。

牆上蠟燭燃了一半，敏感的身體便再也受不住，收緊的媚肉死死攪住了鑽入細長縫口的舌頭，奧德莉繃緊腿根，無意識地勾住了他結實的背肌。

而從她體內流出的液體，一滴不剩地，全被身下的男人吞入了喉中。

他從她腿間抬起頭，張嘴含住落在唇邊的細指，方才大力往裡鑽的舌頭此時又變得柔軟而靈活，他將舌頭墊在過於鋒利的牙齒上，舌尖一圈圈繞著她的指尖輕舔，提醒道：「主人，小心，如果您劃傷了我的臉，他們會發現的。」

安格斯很喜歡含著她身體的某一部分，昨夜是她飽受凌虐的胸乳，此時是她脫力垂落在他臉側的指尖。

奧德莉逐漸回過神來，忽然明白了為什麼有些人如此熱衷於性欲，含在溫熱唇腔的手指動了動，她抽出手指，在他的眼布上擦乾淨濕漉漉的涎水。

方經過高潮，奧德莉白皙的臉龐緋紅如霞，安格斯昂頭看著她，唇上沾染著淫靡水色，一隻手握住她的腿根，另一隻手撫上了腿間幾乎要頂破布料凸出來的一團。

很顯然，這場以取悅為名的性事還沒有結束。

他再次低下頭，含住眼前顫顫巍巍收縮的穴口，掏出脹痛的肉根，喘著粗氣撫慰起來。

勁瘦有力的腰胯挺動又收回，舌頭以相同的頻率在那條紅腫的肉縫裡戳刺抽動，不難猜想，他正一邊自慰，一邊想像著將粗實的肉根插進奧德莉身體裡的滋味。

他忘記告訴他的主人，他是她的狗，卻也是一條無法得到滿足的發情的狗。

身後的鏡子被他的動作撞得發出聲響，他收緊虎口，模擬著高潮絞緊的穴道，粗糙的掌紋刮磨過肉莖表面凸顯的青筋和粗大龜頭的棱角。

那比真正操入嘴下肉洞的滋味差上太多，但是沒有辦法，是他不知分寸地弄傷了她。

奧德莉低低啞啞的呻吟於安格斯而言是最好的催情劑，他快慰地喘著粗氣，絲毫不在意自己的動靜是否會被他人聽見，他張口含住痙攣的穴口，用力一吸，頓時聽見一聲變了調的吟喘。

他抬眼瞥見奧德莉失神的雙眼，立刻站起身吻住了她，硬挺的肉莖抵入她的腿間輕顫的唇縫，前後大力抽動著，將黏稠白腥的精液盡數射在了她的臀縫和身後的鏡面上。

粗實的陰莖蹭磨過柔韌敏感的陰蒂，清黏的淫液不斷從縫口流出澆在他的肉棒上，安格斯抱著她，將她壓在鏡面上放縱地吻了下去。

舔舐過穴口的唇舌沾染著她的味道，奧德莉氣都喘不過來，哪還有精力應付他瘋狗一般的吻，於是她抬手抓著他的頭髮，皺眉一口咬住在口中肆意攪弄的舌頭。

甜腥的血液頓時溢滿口中，安格斯卻不痛不癢，反而越吻越深。奧德莉皺眉，抵著他的舌頭欲將他推出去，舌頭卻無意間重重勾過劃破的傷口。

牆上燭火忽然一閃，眼前黑了幾秒，在細小的火苗搖搖晃晃重新站起來時，奧德莉看見一條長滿鱗片的黑色長尾憑空自安格斯腰後出現，彷彿黑色蟒蛇般笨拙又粗莽地纏上了她的腰際。

涼意入骨的堅硬觸感貼著柔嫩溫熱的皮膚，靠近尾巴尖的地方不斷在她腰胯上來回摩擦，奧德莉驚愕地睜大雙眼，卻見安格斯眼眸半闔，仍沉醉地啃吻著她的舌頭，彷彿根本不在意發生了什麼。

奧德莉一時連反抗都忘記了，粗韌的舌頭抓準時機深入喉頭，刺激得她抓著他的手臂皺眉低低「唔」了一聲。

安格斯抬起眼睫，奧德莉完整地看清了近在咫尺的纖長睫毛下，那只圓潤的金色瞳孔倏然拉長，立在眼中，猶如一柄筆直豎立的刀鋒。

奧德莉呆愣地看著他，那是一隻絕不屬於人類的、暗金色豎瞳。

Chapter04

壓在唇上的吻炙熱灼人，逼得奧德莉喘息不及。

安格斯吐出的氣息滾燙急促，身上的味道獨特而淺淡，是與柔軟的女人香全然不相同的強勢。

濕潤灼熱的氣體在兩人唇齒間肆意流竄，來不及咽下的涎水順著奧德莉的嘴角淌落，很快又被男人追趕出來的舌頭舔舐進了口中。

健碩精瘦的軀體隔著一層衣物緊緊壓在她身上，安格斯吻得又凶又急，粗糙的布料磨得她乳尖刺痛。

揉弄膚肉的手掌、腿間抽動的性器，無一不像是一團團發燙的火源，燒得奧德莉喉間乾渴，面紅耳赤，唯獨不屬於人類的尾巴泛著微微涼意。

濕熱的吻含弄著她的唇舌，奧德莉無力地抓著他的頭髮，指尖無意間勾到腦後裹纏的黑色布料，將潦草繫上的布結勾得鬆垮。

安格斯金色的豎瞳直直凝視著她，腰上纏繞的粗壯尾巴仍在不斷摩擦她柔嫩的皮膚，叫人心驚不已。

赤身裸體的少女、長著黑色鱗片尾巴的男人，昏暗燭火照落在他們身上，猶如被迫與化作人形的惡魔糾纏的少女畫像。

嘴裡血腥味久久未散，奧德莉動了動，做了一個十分大膽的舉動，她伸出手，摸到圍著腰足足纏了兩圈多的尾巴，從尾巴尖順著粗壯的一頭往根部摸了回去。

她仔細地觀察著他的反應，只見那金色豎瞳如同貓眼一般驟然放大又縮成一條筆直的線，她聽見安格斯低笑了幾聲，沉啞的笑聲在一片親吻的水漬聲中分外清晰。

冰涼的鱗片手感堅硬非常，白皙細膩的手掌一寸寸撫摸過黑色鱗尾，越往回摸溫度越高，靠近根部的地方溫度和他的體溫差不多。

奧德莉彷彿不知畏懼為何物，在幽暗不明的環境中，一點一點摸到了和脊骨連在一起的尾巴根。

根部的地方藏在黑色褲子裡，柔嫩的手掌貼著男人勁瘦漂亮的腰線，順著凸顯的脊椎朝下方探去。

在觸碰到尾巴與男人身體相連的部位時，奧德莉反反覆覆摸了數次，到最後，她不得不接受呈現在眼前的事實。

傳說裡的怪物是真實存在的，安格斯是怪物更是事實……

但安格斯在她身邊待了十一年，她卻連他是人是怪物都沒有發現。何止沒發現，她根本就沒有懷疑過！

他到底瞞了自己多少東西?!

安格斯的尾巴根部尤為粗壯，奧德莉一隻手只能勉強握住一半。尾巴根微微一翹，她都能感受到這條尾巴擁有不屬於人類的強大力量。

安格斯對奧德莉觸碰他尾巴的反應十分奇特，他彷彿有些應付不來這樣的觸摸，吻著吻著，竟將舌頭主動從她口中退出，咬著她的唇瓣悶聲短促地喘了幾口粗氣。

要知道昨夜他可是一直啃著她的肉，幾乎沒鬆過口！

奧德莉不知道安格斯從鏡子裡看見他們的姿勢是怎樣的，她一隻手放在他腦後，一隻手握著他的尾巴，就像她在主動擁抱他一樣。

奧德莉敏感地察覺到壓著她的安格斯不由自主地顫了顫，纏著她腰的尾巴都失去力氣似地放鬆了纏繞的力道。

只是，當她把手從尾巴上挪開時，他又變本加厲地甩著尾巴纏得更緊，似乎想要她的撫摸，但又忍受不了這樣的快感。

尾巴根部下方與臀部相連，此處鱗片細密柔軟，像肌肉般略有些軟軟的彈性，溫度和體溫相近，奧德莉用修剪整齊的指甲輕輕刮了刮，安格斯竟然直接喘出了聲。

「唔嗯——」

奧德莉皺了皺眉，感覺他喘叫得像隻發情的獅子。

這令奧德莉有一種自己並非在碰他尾巴的錯覺，而是像他剛才跪在地上給自己做的那樣，在用手撫慰他腿間那根猙獰又敏感的醜東西。

安格斯好似被她摸上了癮，尾巴在她手心裡前前後後緩慢地滑動了幾下，自己撫慰起來，低頭輕咬她的耳郭，笑著問道：「主人，您喜歡它嗎？」

奧德莉撇開頭，面無表情地鬆開了手。

奧德莉昨晚做了一個夢，夢裡的她不是她自己，也不是安德莉亞，而是一個她不認識的男孩。

那個夢給人的感受尤為真實，她從始至終都待在那個孩子的身體裡，以他的視角經歷著他的故事。

夢裡的他衣衫襤褸，手上綁著鐵鍊，和一群年紀相仿的孩子前後排成列，步伐緩慢地走在熱鬧的大街上。

地面泥濘濕潤，赤腳踩在地上的感受就像是踩進了腐爛的水果裡。一條繩索將他們拴在一起，他們身邊站著兩位手執皮鞭的男人，大致推斷，應該是買賣奴隸的牙行，而這群孩子就是年幼的奴隸。

他們大多看起來只有十歲左右，墜在手上的重鐵拉扯著瘦弱的身軀直往下掉。

街邊擺著各種新鮮的蔬果，叫賣聲不斷，熱鬧非凡，而他們好似已經被苦痛磨去了小孩該有的好奇心，只管低著頭往前趕路。

他們應當是要去奴隸交易所，但在途中，有幾位孩子就已經被行人看中，與牙行談好價錢後當場解下鐐銬帶走。

只有在這時，其餘的孩子才會抬起頭看一眼買家是什麼人，是被買回富貴之家做奴僕又或被肥胖的老女人買回家伺候她。

他們自小已經學會了察言觀色的好本領，如果是前者，他們則會眨也不眨地看著買家，挺直身板，裝出一副強壯的體魄，又或低聲哀求幾句，期待買家能生出半點憐憫之心。

而只有那名男孩，自始至終低頭盯著自己沾著泥點的雙腳和鐐銬緊鎖的手腕，不曾抬起過頭。

當隊伍再一次停下時，他們停在了一間鮮花店旁，不遠處牙行和行人一來一往地商討著價格，男孩充耳不聞，竄入鼻尖的馥鬱芳香卻引得他抬起了頭，睜著眼睛看向大開的花店櫥窗，尋找花香的來源。

顏色明豔的各色花朵紛紛探出淺色木窗，花團錦簇，爭芳鬥豔，有些花朵小如指甲蓋，有些含苞待放如小孩的拳頭。

以男孩的身體感受一切的奧德莉知道，收進他眼裡的色彩，只有花店裡一盆新鮮豔紅的玫瑰。

「漂亮……」

奧德莉聽見男孩幾不可聞地低聲道。

她莫名覺得這聲音有些許耳熟，不等她想明白，眼前畫面倏然一晃而過，眨眼的時間，面前所見就成了一條長長的昏暗甬道。

「嘿，別傻站著，該你上場了！」奧德莉聽見身後一個人朝他大喊道。

男孩聞聲走出長長的甬道，寬闊的場地，墨水寫著數字的衣服，叫好聲和怒吼聲一起自頭頂傳來，眼前的一切驟然變得無比熟悉。

這是城中那處角鬥場……

匡噹一聲，一柄鑲著紅寶石的短刃突然掉在了他身邊，奧德莉心神一震，男孩倏然抬起頭，視野所見便從短刃移到了一個女人身上。

那個女人衣著華貴，帶著一頂黑帽，薄紗覆面，一雙紅唇點在白皙面容上，在一眾穿著普通的觀眾中，美得惹眼。

男孩好似天生容易被過於豔麗的顏色吸引，目不轉睛地盯著扔下短刃的女人，眼底只有那抹紅如玫瑰的綺麗色彩。

奧德莉忽然明白過來這個男孩究竟是誰，她看見自己站在高高的看臺上，指著地上的短刃，問道，「漂亮嗎？」

眼前所有一切場景瞬間拉遠，奧德莉幾乎能聽見年幼的安格斯心臟跳動的巨響和雙耳深處產生的轟鳴。

漂亮……

她聽見年幼的安格斯在心底無聲道。

離開衣帽間前，安格斯替奧德莉身上的傷重新塗抹了一次藥膏，藥性潤涼，有效地緩解了行走時產生的刺痛感。

納爾遜才離世，奧德莉不便過分張揚，換了身顏色樸素的衣裙，戴了頂帽子遮住面容便出了門。

安格斯舉著傘撐在她頭頂，跟在她身後半步遠的地方。

自從新城主上任後，海瑟城發生了翻天覆地的變化，乾淨的街道，廢棄的角鬥場，十四街道貧民窟更是變成了一條有名的鐵器街。

早上送葬時街上還是冷冷清清一片，此時已是車水馬龍的繁榮景象。

奧德莉此次出門不為別的，只想看看夢中經歷的一切究竟只是她作的一場荒誕虛無的夢還是安格斯曾經的真實經歷。

午後的太陽亮得晃眼，奧德莉走在街上，恨不能把自己整個人縮進傘底藏起來，她撚起頰邊一縷長髮，淺淡的髮色在陽光下看起來比起昨日還要淡一些，越發像一頭綢緞似的銀髮。

安格斯在斐斯利家持著管家的身分，不便與她過分親近，但一到外面，又不知分寸地靠了上來。

他瞧見奧德莉往傘下躲的動作，偏手將整把傘舉在她頭頂，往下壓低了傘面，離得遠的行人只能看見他白皙的下巴和傘下帶帽的奧德莉，兩人走在人群中，如同一對普通的戀人。

奧德莉記得夢裡年幼的男孩走過的街道靠河，且有一半是石板路，石板路只在海瑟城最繁華的街道才有，而其中靠河岸並連通奴隸場的，就只有他們此刻所在的第四街臨水街。

走了大半天，安格斯也沒問她此行的目的地在哪，似乎並不在意。

他跟在她身側，一路上不厭其煩地玩弄奧德莉的頭髮。她的頭髮側邊留了一小縷，他也不碰固定住的髮絲，免得弄亂了惹她生氣，就只碰那一小縷。

看準奧德莉不可能在人群中對他發脾氣這點，他伸手將淺色的頭髮攏進掌心，湊近鼻尖輕輕嗅了嗅，低聲道：「小姐，您的頭髮好香……」

奧德莉看了他一眼，停下腳步，罕見地沒有刻薄以對，「或許是花香。」

面前的花店時隔多年仍幾乎沒有任何變化，店主仍舊喜歡把各色鮮麗的花朵擺放在櫥窗後，讓花朵探出頭以吸引來往的行人。

她抬頭看了他一眼，對上他變回了圓形的金色瞳孔，沉默了一會兒又收回視線，隨口問道：「你小時候有來過這裡嗎？」

「小姐，我只是個低賤的奴隸。」言下之意就是沒有。

「是嗎。」奧德莉平靜道。

安格斯不知道她為何這樣問，但他了解她的主人，她不會去打探她不在意的事。看著提起裙襬走向花店的奧德莉，安格斯並不認為她像表面上表現得那麼平靜。

於是他又盡力搜刮著腦海深處塵封的記憶，終於挖出了一點有關花的資訊。

「我曾經偶然路過一間花店，見到了一種十分漂亮的花，色澤紅豔，就像您嘴唇的顏色……」

他頓了頓，伸出手欲碰一碰奧德莉的嘴唇，但最終只是懸停在離她唇瓣一線之隔的地方，「但我不知道那花的名字。」

他嘶啞的嗓音混入一聲聲此起彼伏的叫賣聲中，在嘈雜的鬧市有種說不出的感覺，像是一種歷經苦痛後具象化的歲月感。

高跟鞋底踩在石板路上的腳步聲倏然停下，奧德莉偏頭看向他，極力平復著心下激動的情緒，「……曾經？」

安格斯傾斜傘面，利用牆壁形成一個無人可以窺視的角落，低頭隔著面紗在奧德莉唇上烙下一吻，「是的，曾經。在我遇到您之前……」

「二十多年前，一個小奴隸見到了某種不知名的花，他以為那就是他短暫的一生中能看見的最漂亮的事物，直到後來他遇見了他的主人，那花便有了一個名字……」

奧德莉。

安格斯勾起嘴角，一朵只屬於他的花。

奧德莉和安格斯回到斐斯利家已近傍晚，她本想今日若還有空再去看看名下那幾間鋪子，卻被安格斯突如其來的一個吻攪亂了計畫。

眾目睽睽之下，靠一把破傘擋著，他竟然就那般無所顧忌地親了下來，含住了就不肯鬆口。明豔的口脂被他吮得一乾二淨，津液一潤，唇前那塊面紗染出曖昧的紅，一聞滿面的脂粉香。

濃夏空氣乾熱，海風自遠處湧入城中街道，揚起的黑色面紗下，紅唇花得不成樣，任誰看了都知怎麼回事。奧德莉曾在宴會上看見過許多莫名消失一陣後又悄然出現的女人，回來皆是頂著一張腫潤的紅唇。

偏偏安格斯還一副無所謂的模樣，笑得像個不懷好意的惡徒，舉著把小花傘躲在下面替她擦拭溢出的口紅。

返程還有一大段路，奧德莉不想惹得他人矚目，又看不見自己花掉的妝面，無法自己整理面容，只好任他拿指腹在她唇角摸蹭。

一小段食指陷入她的唇縫，觸及裡面溫潤的觸感，安格斯舔了下嘴唇，唇角微勾，「小姐，請別這樣看我，您不知道自己動怒的樣子有多迷人……」

奧德莉盯著他，恨不能將他身上刺出兩個窟窿。

她前世死時已有二十八歲，執掌卡佩家整整九年，並非不諳世事的純真小姐，安格斯隨口幾句不知從哪學來的情話打動不了她，就算他話裡懷有幾分真心，也不見得多珍貴。

在奧德莉心中，她已經把安格斯死死釘在了不忠的恥辱架上，怕是要安格斯再給她無怨無悔地賣上十年的命才有可能把釘子拔出來。

兩人一前一後回到家，安格斯規規矩矩跟在她身後一步遠，面上照例掛著一副冰冷的死人相，如同在外受了奧德莉一日的折磨，在前院碰見他的侍女問好聲都壓低了不只一個度。

只有侍弄花草的年長侍女見了兩人，才能從安格斯那層喪氣的外皮下尋摸出一點不同的味道，腳步輕盈，顯然萊恩管家的心情不似明面上那般糟糕。

年長侍女看了一眼便轉身繼續工作了，真真假假，學會裝傻才能在這貴門的院子裡待得安穩長久。

天色漸黑，休斯仍舊未歸，奧德莉並不意外，她剛從父親手裡接手家族事務那會兒，足足五日沒沾過床，路過家門都沒時間進，休斯大概這幾日也同樣忙得回不了家。

到晚餐時，奧德莉走進餐廳，看見餐桌邊坐著一個孕婦，休斯的妻子，莉娜。她昨夜在婚禮上見過一面。

莉娜身後站著一個眉目溫和的男人，正扶著椅背，俯身在她耳邊低聲說些什麼，引得她捂唇直笑。

奧德莉腳步頓在門口，一時不知自己該不該直接進去。

……現在偷情竟然偷得如此明目張膽嗎？

莉娜乃公爵獨女，老公爵年輕時隨先城主將分裂的海瑟城收攏歸一，獲封公爵之位後方成家，四十多歲得了她這麼一個女兒，一脈單傳單得不能再單，可沒聽說有什麼兄弟姐妹。

那個男人比莉娜先一步看見奧德莉和她身後的安格斯，朝她輕輕笑了笑，又和莉娜說了什麼，而後莉娜也隨著轉過了頭。

莉娜今年三十有五，紅髮碧眼，身材豐腴，保養得當，看起來不過二十七八。她的肚子已經很大，奧德莉毫無懷孕的經驗，只覺得她的肚子大得令人心驚。

莉娜看見奧德莉後，目不轉睛地看了她幾秒，不可置信地問道：「妳就是安德莉亞？」

奧德莉緩步走過去，無視莉娜和那個男人交握在一起的手，朝他們笑了笑，挑了個不遠不近的位置坐下，「是的，想必妳就是莉……」

奧德莉話還未說完，莉娜又打斷她，「妳今年幾歲？」

奧德莉愣了一秒，回道：「十七。」

莉娜聞此眉頭越皺越深，猛一拍桌子，開口怒罵道：「納爾遜那老王八蛋真不是東西，竟然禍害這麼年輕的小姑娘！」

罵完一句還不夠，她還要把斐斯利家的人揣窩一起罵，手重重捶上桌面，「休斯那爛貨學他父親的王八病真是學了個透！」

「……」

奧德莉曾與老公爵見過幾面，知他性格直爽，沒想莉娜竟遺傳了個十成十，聽見這兩句怒罵屬實讓她愣住了。旁邊的侍女卻好似見怪不怪，忙著自己的工作，沒抬過起頭。

安格看樣子也是對此司空見慣，上前替呆住的奧德莉斟了杯熱茶，又給罵「納爾遜老王八蛋」的莉娜也斟了一杯，隨後往後廚的方向去了，應是去看晚餐準備得如何了。

奧德莉看得出莉娜是真動了氣，以至罵得太狠還扶著肚子痛得哼哼了幾聲，她身後那個男人立刻單膝跪在她腳邊，熟練地替她托著肚子，伸手在她肚子上的穴位按了幾下。

她緩了一會兒，伸手把男人扶起來，對面露擔憂的奧德莉擺擺手，毫不在意地笑了笑，「沒事，只是稍微動了點胎氣。」

莉娜身邊的男人叫伊萊，她懷有身孕，行動不便，用餐時伊萊便替她處理較為繁瑣的食物。

莉娜和奧德莉想像中的貴婦大不相同，休斯的風流她中午已經有幸見識過，父親還沒沉入海底，都能對她這個年輕的繼母出手，沒想莉娜比她的丈夫過得還快活。

伊萊是莉娜的情人，像這般的情人，莉娜共有二十多個，但現在跟在她身邊的，就只有伊萊一個人。

她說這些話時候，絲毫不顧及家中的僕人，看來這事在斐斯利家中已不算什麼祕辛。

「我和休斯乃家族聯姻，婚前我並不了解他，他一張巧嘴騙過我父親，我那時剛好也沒有喜歡的男人，見他長得還行，就糊裡糊塗和他結了婚。」

「婚後發現他們一家兩個男人都不是什麼好貨，一個比一個放浪，休斯那畜生和我結婚後的一個月竟然睡了十三個女人，簡直太不把我放在眼裡！」莉娜憤恨道，但面上並不見多傷心，反倒更像是在驚嘆於她的丈夫一個月玩弄女人的數目。

「我不想見到他們，他們在家時，我便和伊萊待在樓上。所以休斯在家時，我從不下樓用餐。不過現在……」她挑了下眉，對奧德莉舉起酒杯，「這個家裡終於有一個可以說上話的女人了。」

奧德莉抿了一口酒，瞥見莉娜那杯被伊萊直接攔了下來，換成了一杯鮮果汁。

桌前兩個女人聊著天，安格斯便站在奧德莉身旁不遠處，如午時用餐一般，接過了侍女上菜的工作。

他這時看起來倒像是斐斯利家真正的管家。

莉娜聊天餵食皆不誤，她吃了塊牛排，又插了一塊給一旁站著的伊萊，伊萊搖了搖頭，低聲道：「我用過餐了。」

她頭也不回，又舀了一勺土豆泥遞到伊萊嘴邊。伊萊拗不過她，只得張嘴吃了。

「我和他如今各過各的生活，他如何，我不管；我如何，他也管不著。」莉娜見奧德莉看著她的肚子，笑著解釋道，「肚子裡的這個應該是他的，納爾遜怕自己後繼無人，聯合休斯陰我，僅僅一夜，便要我難受了八個月……」

她摸了摸肚子，又看了眼伊萊，撒著嬌抱怨道：「還要一個多月才能卸貨……」

伊萊反握著她的手，「我會陪著您。」

奧德莉聽得多，說得少，時不時應答一聲，聽到這，端起酒杯擋住臉，不動聲色地拿眼角瞥了一眼身旁安靜站著的安格斯。

她記得，昨夜安格斯好像也是射在了裡面，她該不會要像莉娜一樣挺著大肚子吧？

莉娜性格風趣外向，聊天時話題橫豎繞不開「及時享樂」四字。

「妳還年輕，可千萬別在納爾遜身上吊死，男人的滋味嘗過才知道，」碧綠的眼眸朝奧德莉輕輕眨了下，莉娜壓低聲音，「妳喜歡什麼樣子的？我幫妳找找？」

「莉娜夫人。」

「莉娜。」

兩人身後一直站著沒出聲的安格斯和伊萊同時道。

伊萊搶先上前扶起莉娜，「您今日還未午睡，既已經吃好，便早些上樓休息吧，安德莉亞夫人為了和您聊天，都未能好好用餐。」

莉娜欲反駁他，忽然面色一變，皺眉捂住嘴，起身往餐廳外的側屋奔去。一旁的侍女見此，紛紛動起來，拿出早早準備好的瓷盆和濕布、沏茶倒水，跟在她身後忙做一團。

偌大的餐廳裡，除了幫不上忙的奧德莉，只有安格斯還像石柱一樣杵著。

奧德莉若有所思地看著莉娜離開的背影，趁眾人都將注意力放在莉娜那邊時，微偏過頭，雙目留意著側屋的情況，低聲喚了聲安格斯。

兩人回來後，這還是奧德莉第一次主動和他搭話。安格斯面上浮現出一抹笑意，兩步上前，俯身低下頭，壓低聲音問道：「小姐，您需要什麼？」

他手搭在奧德莉的椅子上，面上笑意深濃，「心情舒暢」幾個字明晃晃擺在了臉上。

殊不知他此刻這副模樣讓奧德莉看了更不順眼。

奧德莉放低嗓音，抑制住了罵他的衝動，盡力維持著語氣的平和，幾不可聞道：

「你昨天……算了，你去廚房熬一碗避子的湯藥給我。」

話語方出，安格斯倏然收了笑，偏頭看向她。他背著明黃燭火，眉目深邃，金色瞳仁又深又暗，面上浮現出駭人的陰鬱之色。

如今安格斯心性古怪，如果他有意隱藏心緒，奧德莉根本辨不出他心中喜怒。可此時奧德莉卻瞬間察覺出他動了怒。

安格斯唇縫抿得筆直，他定定看著她，暗金色豎瞳短暫地顯現了一秒，見奧德莉因他而目露驚愕之色，他又將眼瞼一垂，一言不發地直起身重新站回了她身後。像是根本沒有聽見奧德莉喚他。

他身形站得筆直，如一塊無聲無息的人形石頭，明滅不定的燭火一閃，將投落在地面的身影拉得又瘦又長。

經此一遭，莉娜算是再沒了聊天的興致，她道過晚安，和伊萊一起走了。但剛出餐廳，又想起什麼似地折返回來。

她扶著伊萊的手臂，彎腰貼近奧德莉，認真道：「還有一件事忘記說了，休斯那王八蛋是個十足的爛貨，如果他找妳麻煩，記得找我，」她看著奧德莉，「同為女人，我會幫妳的。」

奧德莉看她腰上墜著的肚子都心驚膽顫，但她卻好似不以為意。奧德莉對上她碧綠的雙眸，彎起唇角，回了一個真誠的笑，柔聲道：「謝謝妳，莉娜。」

莉娜再次眨了眨那雙漂亮的綠寶石一樣的眼睛，未再多言，扶著伊萊離開了。

桌前只剩下奧德莉一人，她抿了口酒，莉娜某些話的確觸及到了她的心弦，她前世籌謀半生，最終卻英年早逝，的確活得很不盡興。

身後的安格斯看著她一直沒出聲，他站一會兒，出了餐廳，數分鐘後又走了回來，手裡端著一小碗東西，不知道是什麼。

奧德莉以為是避子的湯藥，掀開一看，卻發現是碗海鮮湯。她看了眼安格斯，應酬似地喝了一口便蹙眉放下了碗。

並非她有意當眾叫安格斯難堪，是這湯的味道實在叫她不敢恭維。

不知道是哪幾種海味混在一起熬的，腥味沒壓住，令人難以入口。奧德莉蓋上蓋子，嫌惡地將碗推遠了些。

碗擱在一旁，侍女低著頭面面相覷，一道道盤子皆被依次撤走，卻沒人敢動那碗湯。

那可是萊恩管家親手端上去的東西，她們只能當沒看見。

安格斯低頭看著用餐的奧德莉，過了一會兒，又伸出手把湯往她跟前推了過去，恰到好處地推到她手邊。

他戴著一副黑色手套，手套拉至腕間，袖口有些亂，露出一小截蒼白的腕骨，燭火映照下，皮膚似是失了血色，比瓷盤還要白上幾分。

安格斯收回手，如從前奧德莉還是卡佩家主那般，恭恭敬敬地彎下腰，低聲勸道：「這湯後廚熬了一個下午，對您身體有益。」

切入魚排的餐刀驟然停住，奧德莉此刻急需的可不是什麼味道奇怪的海鮮湯。

餐廳裡的侍女看似規矩，其中卻說不定有多少休斯的人，她如今一舉一動皆被人盯著，連一碗避子的湯藥都得看人臉色。

銀質刀叉輕輕磕在瓷盤上，發出幾聲細脆的響，她放下手中餐具，推開凳子站起來，平靜道：「不喝，難喝。」

聲音不大，卻帶著徹骨的冷意，叫餐廳裡所有人都聽得清清楚楚。

說罷，奧德莉未再看安格斯一眼，徑直轉身離去。在奧德莉與他擦身而過的那一刻，裙襬不經意擦過他的腳踝，隔著一層硬質皮靴，安格斯卻好似有所感受。他抬起頭，一言不發地望向奧德莉。

看見那雙漂亮的、令他著迷的蔚藍色雙眸，涼如凜冽寒冰。

Chapter05

奧德莉睜眼時，看見了一條在月色下靜謐流淌的細流，平靜的水面倒映出一張被水打濕的臉，黑髮異瞳，正是安格斯。從外貌看來，應當是他十七八歲的時候。

這已經是奧德莉連續兩夜做有關安格斯的夢了，在自己夢中經歷他人過去這種事，實在奇特又詭異。

安格斯單膝跪在水邊，掬起幾捧清水胡亂清洗臉上的血跡，露出底下一張乾淨清俊的臉。水珠順著兩側長長的頭髮滴落，「啪」一聲掉入水面，暗紅色漣漪圈圈蕩開，很快又消失在不足一米寬的岸邊。

奧德莉認得安格斯此刻所在的地方。人工鑿引的水流、岸邊鋪陳的鵝卵石、眼前的花木……一切她都無比熟悉，正是卡佩莊園裡的一處花園。

冰涼的水澆在臉上，即便在夢裡，奧德莉也能感受到冬夜裡那份徹骨的寒意，然而安格斯卻面不改色，洗完臉，又低著頭將手掌埋入水下，仔仔細細將掌紋裡的血汙清洗了一遍又一遍。

若說他等會兒要用這雙手去捧城主的權杖，奧德莉也深信不疑。

他身側放著一柄洗淨的彎刀和一張逼真的人皮面具，懷裡鬆鬆垮垮別著一本薄冊，封面角落用暗紅色的筆寫著帳簿幾字，許是剛完成任務回來。

月掛中天，夜色已深。一抹昏黃光線從安格斯背後投落在他身前，這般晚房間還燃著燭火的，應是她的書房。

四周靜謐無聲，偌大的花園裡，唯有細微的水花聲不斷響起。

忽然，遠處的轉角傳出腳步聲，水邊的身影倏然動起來，安格斯一把抓過刀和面具，繞過巡夜的侍衛，悄無聲息地攀上牆壁，從窗戶輕車熟路地翻了進去。

不怪安格斯這般謹慎，自他選擇成為奧德莉暗中的一把刀開始，他便已經學會了最基本的隱藏和偽裝。

在人前戴上各式各樣的面具，令真正的模樣淡出人們的視野，被人遺忘，直至完全「消失」。

如今除了奧德莉，已無人知曉當初卡佩家的小姐從角鬥場買下的那名異瞳奴隸，是出門在外時，跟在她身後的那名不起眼的侍從。

安格斯推開二樓窗戶，卻未看見書桌前有人。他輕巧落地，隨意掃視了一圈後欲離開，鼻尖卻嗅到了一絲若有若無的香氣，像是奧德莉常用的香料，又像是酒香……

他停下腳步，若有所思地轉身望向書房裡供休息用的隔間，門扉半掩，露有一道半指寬的門縫。清淺的呼吸聲繞過那扇未閉攏的門，一聲接一聲地鑽入他耳中。

安格斯握緊腰間的彎刀。她在裡面……

髮間還在滴水，他卻好似沒有察覺，一動不動地站在書房中間，定定望著那扇樣式普通的木門，或許是因為緊繃的神經帶給他的錯覺，他總覺得鼻尖的酒氣更重了。

鐘錶裡的細指針一走一停，發出「喀喀喀」的輕響，不知過了多長時間，安格斯彷彿終於下定決心，忽然動了起來。

他抬步往裡走去，長指握上門把，輕輕一推，一股濃烈酒氣頓時撲面而來。

隔間裡那張床榻上，正倒著身著華服的奧德莉。她衣鞋未褪，面容紅潤，顯然已經醉得一塌糊塗。

一隻勻稱白淨的手臂垂在床邊，五指纖細，彷彿從雪中撈出。安格斯握著門把，呆站著看了好幾眼。

「……小姐？」他輕喚一聲，似是被滿屋的酒香薰啞了嗓音，那聲音低而沉，不復往日清亮。

聲音在屋中繞了一圈又回到他的耳朵，他沒聽見任何回答。

安格斯關上門，放輕腳步走到她跟前，單膝跪在床邊，那雙洗得乾乾淨淨的手輕輕執起奧德莉垂在床邊的那隻手，低頭在她手背上烙下一個濕潤的吻。

他今夜殺了數人，身上血氣未消，兩瓣嘴唇亦是滾熱的，安格斯滾了滾喉結，緩緩將額頭貼在她的手背上，低不可聞地喚道：「主人……」

書房雖燒著炭火，但手臂裸露在空氣中太久，已凍得發涼。溫熱的嘴唇貼上來，床上的人發出兩聲細細的嚶嚀，下意識便尋著那抹熱意追了過去。

安格斯不曾見過這樣的奧德莉，她總是冷靜自持、高貴矜傲，連笑時都含著三分漫不經心。當奧德莉尋著熱意倦懶地攀上他的肩背時，他整個人瞬間僵成了一塊不能動彈的石頭。

他知道他的主人醉了，她根本不知道自己在做什麼，自己卻是清醒的……理智和身體彷彿割裂成了兩個人，腦中大吼著不行，身體卻誠實地抱住了她。他不僅沒有阻攔她的行為，反而還往前膝行了半步，好讓她在自己身上靠得更舒服。

懷裡的腰肢柔軟纖細，呼吸間盡是她身上的軟香和酒味，安格斯悄悄湊近她唇邊聞了聞，是甜膩的果酒。

「主人，您醉了……」他艱難開口，一面說著，一面將攬在她腰上的手臂收得更緊。

她醉得太厲害，眼睛都不願睜開，連安格斯喚她的聲音也聽不清，喉嚨裡溢出半聲哼吟，本能地尋著他身上溫暖的地方將手往裡鑽。

「冷……」她靠在他肩窩低低呢喃。

十指貼上他的脖頸，卻摸了一手濕涼，手指不加停留，又沿著蹭開的衣襟往裡鑽去，攤開手掌窩在滾燙的胸膛上，將他身上一處皮肉熨得溫涼，又挪著手撫上下一處。

她眉間舒展了些，卻仍是叫冷。一雙手胡亂動著，抓不到被子，便想把他身上的衣服扒下來給自己披上，柔嫩的指腹擦過少年胸前的乳尖，惹得安格斯低低吸了一口氣，無助地又喊了一聲：「主人……」

他如今不過十七八歲的年紀，渾渾噩噩長這麼大，連女人都沒正眼看過幾個，夜裡白日肖想過無數次的人就在懷裡，他面上掛著羞赧的紅，胯下的東西早已硬得和石頭沒什麼兩樣。

安格斯偏過頭，含住唇側那片白膩的耳肉，任她一點一點蹭開他的衣服，布滿粗繭的手指摸到她背後衣裙上的繩帶，指尖發顫，「我會讓您暖起來的……主人。」

懷裡的書冊掉在地上，在靜謐的夜裡發出一聲悶響。

奧德莉記得自己那次醉酒，卻對詳情一概不知，如今夢中再現這一幕，親眼看著安格斯褪下她的衣物，把神智不清的自己裡裡外外侵犯了個遍。

此時的安格斯也不過十七八歲的少年，性事上的經驗匱乏得可憐，除了蠻幹就是蠻幹。挺腰把性器撞進去又抽出來，恨不得把底下兩顆飽脹的囊袋也一併操進去，全然不管她吞不吞得下。

纖弱的手臂攀不住他的肩背，他便抱著人坐在自己腿上往上頂，嘴裡一邊喘還一邊沒完沒了地喊，一時喊「主人……」一時又喊「小姐……」

第一次總是女人吃虧得多，受不住了，染著紅丹蔻的指甲便在他身上一刮，又增一道血痕，血珠浸出，糊了他滿背。

結束後，他如處理自己殺人後的蹤跡般細緻仔細，輕手輕腳地替她穿戴好衣物，將可能暴露自己的痕跡清理得一乾二淨，除了留在她身上的印記和射在她體內的東西。

彷彿他從未出現……

突然間，異樣的失重感襲來，眼前場景突然潑墨似地暗沉一片，她驟然從夢中驚醒，睜開眼，猝不及防地對上了一隻熟悉的金色瞳孔。

屋中未點燭火，月光自視窗照入屋內，並不明亮，只能令奧德莉勉強看清眼前的景象。安格斯跪在她床上，兩臂撐在她身側，見她醒來，聲音嘶啞地喚了一句：「小姐……」

經過下午的求證，奧德莉已經確定夢中所見的確為安格斯真實的過去，此時猛然驚醒，夢中一幕幕仍戲劇似地在她腦中反覆映現，令她一時有些恍惚。

安格斯髮間沾著水氣，纏繞在右眼的黑色布帶亦被潤濕，他面色發白，眉眼隱在陰影裡，無端顯出幾分落寞和孤寂來。

奧德莉閉眼定了定神，又睜眼看著他，開口道：「我方才做了一個夢，你知道我夢見了什麼嗎？」

安格斯長密的睫毛顫了一下，似是沒想到她會如此心平氣和地與他說話。不等他回答，奧德莉又繼續道：「我夢見了以前的你，約莫十七八歲的模樣。」

奧德莉抬手，兩指撫上他的下巴，指腹沿著瘦削的下頜骨緩緩擦過，她抬眼盯著他的眼睛，語氣溫和：「那時我叫你去取肯特家族有關角鬥場收支的帳簿，第二日一早你來見我時，我問你何時回來的，你還記得你如何回答我的嗎？」

指尖掃過的地方，臉上泛開細密的癢意，安格斯滑滾了下喉結，忍住了將下巴上白嫩的手指含在齒間抵磨的衝動，啞聲道：「記得……有關您的一切我都記得。」

安格斯怎麼可能會忘，那時的他以無恥的手段享受了人生中最快樂的一個夜晚，欣喜若狂，卻也惴惴不安。

他去呈交帳簿時，書房裡只有他們兩個人。他站在她的書桌前，奧德莉端坐在椅中，手裡翻看著他交給她的那本帳簿。翻了幾頁後，開口問他：「你何時回來的？」

安格斯背上還有奧德莉昨夜抓出的痕跡，微微一動便被粗糙的布料摩擦得泛起疼癢，他面不改色道：「天剛亮時。」

奧德莉放下帳本，看向他，「以你的能力，取個帳本也耽擱了這麼久嗎？」

安格斯不慌不忙道：「肯特家族的人緊追不放，我在十四街躲了一夜才回到莊園。」

他說完，抬頭看向奧德莉，一截骨肉勻稱的手臂驟然映入眼簾，昨夜掐在他背肌上的那只手正輕輕撥弄著桌上的鵝毛筆，臂彎上還有他吮出來的紅痕。

「小姐，昨夜……發生什麼事了嗎？」安格斯問道。

奧德莉對上他的視線，又垂下了眼簾，靜默數秒，平靜道：「昨夜有人潛入了我的書房，你將那人找出來，殺了。」

「若是人沒找到，你就不用再來見我了。」

「……是。」安格斯應道。

他知道奧德莉在遷怒他，但比起昨夜所有被調離的值守侍從，他得到的已是最優待的「懲罰」。

他低著頭，不敢為自己爭辯。他能說些什麼？難道要告訴她，昨夜不知死活爬上她床的人，其實是他？

他的主人高傲不屈，能忍受他這樣低賤的奴隸玷汙她的事實嗎？

他不敢賭。

眼前，纖細的五指漸漸下移，撫上安格斯脖頸上凹凸不平的疤痕，奧德莉笑了一聲，眉梢卻盡是冷意，「你當時告訴我，你歸時已天亮。」

他答了，她便信了，她此後猜想了無數人，唯獨沒懷疑過與她酒後亂性的會是安格斯。

易容和偽裝，是她命人教給他的第一項技能，以前不覺，奧德莉現在才算知道，他這一方面學得有多精通。

奧德莉簡直佩服他精彩的演技。

安格斯神色微變，啟唇欲說什麼，奧德莉卻忽然收了笑意，她收緊卡住他脖頸的虎口，面無表情地問道：「從前也是，現在也是，偷偷摸摸地和我上床，就這麼讓你欲罷不能嗎？安格斯。」

即便再強壯的男人，脖頸亦是柔軟脆弱的，頸項鮮活的動脈震跳不息，牽扯著頸部的皮肉，一動一止皆傳遞至奧德莉的指尖。

纖細的五指卡著他的喉嚨，越收越緊。蒼白皮膚下，因血液滯澀而逐漸暴出幾道青筋血管，像條條猙獰細蛇攀附在他頸上。

命脈掌握在他人手裡，安格斯卻不見絲毫恐懼。他俯身撐在奧德莉上方，只是靜靜看著她，沒有一絲掙扎與反抗，彷彿一隻溫順聽話的寵物。

堅硬的喉結在她虎口處滾動了一下，他垂著眉眼，望著她腕間那圈淤青未消的指痕，低聲詢問道：「您要殺了我嗎？主人……」

嘶啞嗓音蕩進朦朧夜色，宛如情人間曖昧的低語。

單薄的白色長裙罩在她身上，纖細的手臂高高抬起，袖子滑落至肘間，領口亦拉扯得鬆散，安格斯微垂下眼，便能看見大片裸露的肌膚。

她身上哪裡都瘦，鎖骨纖直，腰肢更是細得不盈一握，可女人該有的地方卻叫他望一眼都喉間乾渴。

胸前白花花的乳肉擠出一道誘人的深溝，底下的粉紅乳尖抵著薄薄的布料，飽滿的胸乳上浸血的齒痕半掩半露，那是他先前品嘗時留下的痕跡。

光是看著，安格斯都能感覺到自己腿間的東西硬得不行。

床上的兩人，一個怒不可遏，一個卻滿腦子想著怎麼和他的主人上床。

奧德莉看著他，漸漸蹙攏眉心，五指又收緊了幾分，反問道：「你難道不該死嗎？」

她的皮膚因用力而泛出一抹淺淡的紅，像粉色清澈的酒潤入了雪地，散發出一種令人著迷的鮮活氣息。

殺人並不是一件輕鬆的活，卡在脖子上的力度對安格斯而言不痛不癢，根本無法掐死他。她鬆手後，明早能不能留下痕跡都難說。

其實他很樂意奧德莉在他身上留下些什麼，傷疤、記號……或者名為奧德莉私產的標誌，很多奴隸主都有在奴隸身上烙下印記的愛好，可惜他的主人並不喜歡。

他的主人力道太小，殺人這種粗糙的工作不適合她，她應該身著華服，端坐於高位，只需發號施令，他自會心甘情願為她賣命……

他喜歡她高高在上的樣子，尤其發怒時，迷人得要命，讓他想吻她。

安格斯不想破壞她身上此刻別樣的美感，因此並沒有敗興地告訴她，她無法殺死自己的事實，臉上甚至刻意流露出幾分痛苦的神情，配合著她，好令這齣戲更真實。

「該死……」他困難道。

喉管被擠壓著，出口的每一個字都伴隨著不容忽視的疼痛，但他卻不理不睬，寬大溫涼的手掌輕輕握住她柔軟的手腕，撫揉著那抹扎眼的淤痕，嘶啞道：「但我想知道，您生氣……是因為我侵犯了您？還是因為……侵犯您的人是我？」

「侵犯」兩個字從他嘴裡輕描淡寫地說出，除了將奧德莉胸中的火澆得更加旺盛外沒有任何作用。

「你是真的想死！」奧德莉驀然勾緊指尖，指甲陷入皮肉，那雙望著他的蔚藍雙眼如濃郁夜色下的深海，長睫半掩，微弱的瑩白月光灑在臉上，眼底又深又冷，從前身居家主之位沉積的一身凜冽氣勢，此刻全收進了那雙漂亮的眼睛裡。

闃寂深夜，房間裡只能聽見一個人的呼吸聲，細碎的黑色鱗片緩緩浮現，像瓷器裂開的蛛紋一般爬上安格斯的額角。

他皺緊眉頭，金色眼瞳不穩定地變換著，拉成一道蛇眼般的豎瞳又忽而變得圓潤，五指緊抓著床被，手臂青筋暴起，好似正承受著極大的痛苦。

奧德莉的確沒殺過人，她如果殺過，就該知道自己的力氣根本不可能把安格斯掐得喘不過氣。

掌下的動脈跳得越來越快，扯動著頸部肌肉，疤痕更是活過來了似地在奧德莉掌心亂鑽，她定定看著安格斯，看見他額角低落的汗水，幾十秒後，突然鬆開了手。

她頭疼地閉上眼，甩開他抓在自己腕間沒鬆開過的手，難以忍受般偏過頭，語氣頗有些拿他無可奈何的無力感，「滾出去……」

手掌挪開，一圈淺淡的紅痕印在脖頸上，柔嫩的指尖不經意擦過安格斯頸上的疤痕，泛開酥麻的癢意，方才面露痛苦的男人悄悄地勾起了嘴角。

自頸上撤去的手掌在安格斯眼裡無疑於一道至高赦令，他情不自禁地抓住奧德莉收回的手，雀躍地低下頭去吻她，奉上姍姍來遲的道歉，「主人，我錯了……」

溫熱的唇瓣落在唇邊，奧德莉昂頭倉促躲開，看見他得意的神色，抬腿便一腳踹了過去，「滾——」

那一腳結結實實踹在安格斯腿上，比方才奧德莉掐他的力道不知重了多少，他卻哼都沒哼一聲，反而更加興奮地追著吻上來，咬著奧德莉的下唇含糊道：「小姐，我知道錯了……」

他言辭真切，好似世間最忠誠的奴僕，可若真是知錯，就不會欺身抵進她腿間，不安分地把手探進她的裙襬，更不會抓著她的手去揉他胯下那根脹痛的肉根。

奧德莉被他壓在身下，實在無可遁逃，剛才掐在他脖子上的五指此時被迫張開，隔著褲子壓在他腿間熱硬的性器上，被他一隻手扣帶著重重揉弄。

他喘著氣，舒爽得哼個不停，聽見這聲，奧德莉頓時想把手又掐回他脖子上。

她不殺他，不代表她願意被他壓在床上承受他像條春天的狗一樣沒完沒了地發情！

安格斯難耐地哼喘著，隔著粗糙的布料挺腰在她手心裡亂頂，濕熱的呼吸融入兩人的唇齒間，他瘋了似的，舌頭不管不顧地往奧德莉嘴裡鑽，卻只能嘗到一嘴閉門羹。

自醉酒那夜之後，安格斯不知在夜裡回味了多少次吻她的滋味，他想碰她想得發狂，這具身體積攢了太多久經壓抑的欲望，一旦洩開了一個口，再不能輕易堵住。

安格斯稍直起身，看見她不耐煩的神色，討好地湊上去舔弄她緊閉的齒關，祈求道：「主人……可憐可憐我……」

也不知他有什麼好可憐的。

柔韌舌頭抵進緊抿的唇縫來回地舔，安格斯將她的唇縫舔得濕透，牙齒咬住一小片飽滿的唇肉含在嘴裡輕吮，他彷彿生怕守夜的侍從發現不了他在做什麼，腰下頂得床都在晃。

他接起吻來狗啃似的沒完沒了，奧德莉覺得他煩得要命，鐵了心不想讓他把舌頭鑽進來，除非他強力捏開她的齒關，否則別無他法。

但安格斯耐心好得可怕，沒嘗到甜頭就壓著她一直舔，奧德莉覺得自己嘴上的皮都給他舔薄了一層。

他底下也沒閒著，胯下那根東西尺寸驚人，頂了幾下就在她掌中明顯地變硬變大，奧德莉不知道是否所有男人的這根東西都這麼大一包，還是因為安格斯並非人類，所以尺寸才會這麼嚇人。

他低聲祈求著，操她手心的力道卻絲毫不收斂，粗熱龜頭一下又一下撞上來，奧德莉掌心的肉被他撞得疼痛，縮動一下，寬大的手掌便死死抵在她手背，扣著她叫那隻可憐的手掌挨操。

陽奉陰違、口是心非，他一貫的拿手好戲。

束在褲子裡的東西漸漸狂妄起來，褲子上龜頭抵住的地方，濕黏的水液浸了出來，先是一小抹，而後隨著他在她手裡蹭磨，黏膩得糊滿了奧德莉整個掌心。

一聲聲嘶啞、不加掩飾的喘息聲鑽入耳中，蹭頂的動作太大，濕滑的肉莖從褲腰邊沿滑出來，他抓著她的手扣握住敏感的頭部，晃著腰將粗大的龜頭抵在她的掌心打圈，自給自足，爽得直喘。

她的手太小，握不住粗長的柱身，他每晃動一次，奧德莉的手指指腹便會擦過敏感的冠狀溝，剩下一大截可憐巴巴地晾在空氣裡，等他往前撞時才有機會從她柔嫩的腿根磨過。

「嗯……主人……」安格斯低頭咬著她的嘴唇，鼻子裡發出舒服的哼吟，他半瞇著眼，拉長的豎瞳盯著她的臉。

不知道過了多久，直撞得奧德莉手都痠了，手裡的肉莖前端才小口地吐出濕熱的黏液，一副快射出來的模樣。

情迷之際，安格斯再也藏不住掠奪的野獸本性，他哪需要奧德莉可憐他，吃不到她的舌頭，他便尋到她的唇瓣重重咬了下去。

鮮血溢出，安格斯興奮地含吮著吸舔起來，裙子下的手胡亂抓住她的臀肉，他動如野獸，瞳孔猶如金色懸立的刀鋒。

奧德莉吃痛，千句粗鄙的爛話堵在喉頭，手裡直接一把抓了下去。

「呃嗯——」

她這一下根本沒收力，安格斯吃痛，後知後覺反應過來，可他爽得實在有點神志不清，雖及時卸了她手裡大半的力，但還是刺激不小。

那根東西的脆弱程度不比其他地方，強烈的疼痛與射精快感混雜在一起，安格斯倏然弓起腰，深紅色的肉棒脫離柔軟掌心的束縛，高高彈起打在小腹。

頂端張大的鈴口擦過奧德莉紅色的指甲，安格斯悶哼一聲，小腹繃緊，緊接著，一大股精液如失禁般射了出來。

奧德莉眼前一晃，幾乎同時，一條長長的黑色鱗尾從他身後憑空冒了出來。

長尾一甩，靈活地纏上她的小腿，因射精的快感將她勾得死緊。剛射出一股，他又迫不及待地把肉根頂回了奧德莉的手心，記不起前車之鑒似的，繼續抵著她柔嫩的手心邊操邊射。

掌心裡的東西跳動著，頂端小口歙張著咬著她掌心薄薄的軟肉，他挺腰來回撞進她的手心又抽出來，粗喘著咬住她的嘴唇，一股股精液接二連三地射在她手裡。

哪像是先前被她掐得氣都喘不過來的人。

奧德莉初次切實地感受到精液的觸感，又黏又滑，稠得不像話，手掌根本抓不住，一縷縷白濁溢出指縫，滴在了她乾淨的裙襬上。

奧德莉抽回痠軟的手臂，虎口、指尖上皆掛著欲滴不滴的濁液。她皺起眉頭，如果安格斯昨夜在她身體裡也射了這麼多……

奧德莉煩躁地閉了閉眼，她手疼、嘴唇也疼，抬手抓他的下巴，看著他暗金色的豎瞳，忍無可忍道：「爽完了嗎？爽完了就從我身上滾下去！」

Chapter06

安格斯低頭看向捏著自己下巴的手，一大股稠白精液順著手掌往白皙手臂上流去，掌中紅了一大塊，是他胯下的東西撞的。

鹹腥味逸散在空氣中，他舔了舔唇上未乾的血跡，沒有說話，但纏在她小腿上悄悄收緊的尾巴表明了他的答案。

還沒爽完⋯⋯

也不想滾下去。

「主人⋯⋯」安格斯低低喚了她一聲，嗓音嘶啞，不僅沒滾，還挺著腰胯把性器往她的腿心處頂。分明剛射完沒兩分鐘，胯下的東西就又翹了起來。

盛夏午夜的空氣潮濕炎熱，大半小時下來，奧德莉身上被他撞出了一身薄汗，此刻棉質長裙汗津津貼在皮肉上，被他撞得身體微往後聳，更惹她心煩。

安格斯體溫同樣炙熱，他目不轉睛地看著她，額上濕汗滴落，碎在她裸露的胸前，在清朗月色下粼粼海面似地閃著碎光。

黏膩的精液混著汗水糊在粗長肉莖上，濕滑一根在她腿間亂磨，硬挺的龜頭蹭開薄軟的穴肉，有意無意磨過敏感的陰蒂，奧德莉掐在他下頜上的手一僵，蹙著眉心喘了口氣，不耐煩地重申道：「滾開！」

「……不。」

腿上的尾巴頓時纏得更緊，安格斯未理會掐住他下頷骨的手收得有多緊，俯身就伸出舌頭去舔奧德莉唇瓣上的傷口，浸出的紅血珠緩緩潤進唇紋，猩紅的舌頭掃進唇縫，意料之中被咬了一口。

尖銳的疼痛自舌尖擴散，麻痺的痛感令安格斯瞇起了眼，暗金色豎瞳中間生出一道猩紅的血線，他抬眼看著她，舌頭仍不管不顧地往溫暖的口腔裡鑽。

奧德莉不會知道，她賦予的疼痛在安格斯眼裡和催情的藥物沒什麼區別，除了叫他發瘋，沒有任何作用。

濃厚的血腥味湧入奧德莉口中，她扯著他的頭髮欲拉開他，安格斯卻緊壓著她不放，自虐般故意拿舌面破開的傷口去抵弄她的牙齒。

血液一股股漫出傷口，安格斯的舌尖探至喉頭，喉管受激吞咽，他幾乎是硬生生往奧德莉嘴裡灌下一口血。

熟悉的腥味滯留舌尖，和那碗腥味壓不住的海鮮湯如出一轍。

奧德莉若有所覺，摸到安格斯握在她腰上的手，沿著清瘦的腕骨滑入袖口，方往上挪了小半指長，便觸到皮膚上有一長條凹凸不平的硬物，像是……凝固不久的血痂。

安格斯越吻越深，纏著她的舌頭啃咬吮吸，直到奧德莉抓在他腦後的手漸漸脫力，他才不捨地退出來。

看見奧德莉雙頰緋臉氣喘吁吁的模樣，他舔了舔下唇，忍住了再次吻下去的衝動，

「小姐……」

他全身上下，唯有圈在她腿上的尾巴堅硬冰涼，存在感極強，不安分地在她小腿上來來回回滑了一圈又一圈。細細的尾巴尖時不時勾過敏感的膝窩，泛起股股惱人的細癢。

奧德莉下意識往後收攏小腿，卻無意中將他的尾巴牢牢夾在了膝窩間，柔軟溫暖的膚肉貼合住尾巴上的鱗片，安格斯瞇了瞇眼睛，喉嚨裡發出一聲獸類般舒適的「呼嚕」聲。

幾乎同時，奧德莉便感覺到那條細細的尾巴尖蜷縮起來，彷彿意外發現了一處溫暖的場所，直直往腿窩裡擠。

陌生的燥熱感自身體某處升騰並漫開，奧德莉感覺自己的靈魂像被穩固在了肉體裡，令她有種莫名的安定感。

那血似乎有些問題……

那條尾巴和他的主人一樣不知饜足，汲取走腿窩裡的溫度，如一條不斷生長的藤曼覆上柔軟的大腿。他尾巴根最粗的地方和奧德莉的腿差不多粗壯，半獸態尚是如此，不知道原形又會有多麼恐怖。

安格斯好似愛上了奧德莉不同於他的柔軟膚肉，每行至一處，都要用堅硬的鱗尾壓進肉感舒適的腿肉蹭一蹭。

奧德莉穩了穩心神，伸手抓住他的領口把人拽至眼前，直直看著近在咫尺的眼睛，斥道：「我從前待你不好嗎？你就這麼想搞大我的肚子？」

不知是哪個字刺激到了安格斯，金色瞳孔如貓瞳般驟然收縮，安格斯抬手撫上她的肚皮，咽了口唾沫，解釋道：「主人，您忘了嗎？我是個怪物，沒有辦法使您受孕……」

說著，尾巴找準機會撩開裙襬，抵進床榻與腰下的縫隙，纏上細腰，在白裙上撐出一個醒目的形狀。

昏暗壞境裡，奧德莉看起來的確像是個懷了孕的女人，而且還是個懷孕後被男人按在身下玩弄的女人。

奧德莉才剛緩一口氣，立刻又察覺到腰上的尾巴動了起來，細細的尾巴尖繞至她腹前，貼著平坦的腹部滑下來，搭在陰阜，抵著穴口輕輕戳弄，那非人的觸感令她汗毛直豎。

只可惜奧德莉雙腿被他的身體頂得大開，此時連抬腿踹他一腳都做不到。

安格斯盯著腿間被尾巴蹭開的紅豔縫口，兩瓣濕軟的穴肉顫巍巍裹住深黑色的尾巴尖，他喉結一滾，挺胯把硬得不行的性器往腿心頂。

一紅一黑兩根東西抵著穴口，一條溫涼，一根炙熱，肉莖上精液未乾，縷縷白濁抹在肉唇上，實在淫靡不堪。

安格斯壓住喉間的興奮，繼續挺腰把東西一點一點地送進柔軟濕熱的肉穴，補充道：「無論我射多少東西進去，您都不必擔心……」

簡直瘋得可怕。

冰涼堅硬的鱗片沾濕了水液，尾巴尖軟軟地套在深紅的冠溝上，奧德莉吞下他的性器就已經足夠困難，他居然還想把尾巴一同塞進去，結果便是全部卡在了穴口。

靡紅的穴肉被兩根東西撐得粉薄，奧德莉察覺到身體裡那冷涼的觸感，又驚又怒，這要真讓他插進去，自己下面非被撐裂了不可。

她半支起身體，一手拽住腰上的尾巴，怒道：「除了上床你就不能想點別的事嗎？」

手掌貼上他尾巴的那刻，安格斯喉中忽然悶出一聲低哼，卡在穴裡的尾巴尖在柔軟的內壁裡不安分地攪動了幾下。

他繃緊下頜線，一副又爽又難忍的模樣，粗壯的尾巴在她手下來回磨蹭了幾下，「但我只想操您……」

我看你是想殺了我！奧德莉心中暗罵。

他渾身上下穿著整齊，褲子都沒脫，只有性器和底下兩個脹圓的囊袋裸露在外，布滿細小疤痕的蒼白長指圈握著肉莖根部，粗大的青筋盤布於柱身上，奧德莉在夜色裡一眼便看得清清楚楚。

纏著她的長尾裹滿黑色鱗片，清亮月色一照，反射出粼粼瑣碎暗光，指甲抵在上面，如同觸碰到了堅硬冰涼的甲冑。

奧德莉忽然深刻地意識到一件事——自己完全沒辦法阻止他。

纖細柔弱的手掌死死握著他粗壯的黑色尾巴，不肯讓他往身體裡鑽，奧德莉平緩著呼吸，拿出了自認最溫和的語氣與他交談：「安格斯，你如果需要女人，我能、呃——」

奧德莉話未說完，手下按住的黑色長尾忽然毫無預兆地纏繞收緊，勾得她的腰高抬著脫離床面。

奧德莉倒回床上，腰胯自上而下落下來，被迫將用尾巴圈住的碩大龜頭往裡吞進了一截。

堅硬的鱗尾刮磨過濕軟脆弱的內壁，她痛吟了一聲，眼底頓時浸出一層晶瑩的水色。

該死……

內裡的穴肉痙攣似地蠕動起來，安格斯半張臉隱在陰影中，唇瓣緊抿，直直看著她。暗金色豎瞳裡那抹猩紅越發明顯，直至完全將金色填滿，在黑暗裡隱隱泛出惡魔般的駭人光亮。

「別說這種話，主人……」

一片片黑色鱗片驟然自他臉側、頸項緩緩生出，覆蓋住邊緣一小部分蒼白的皮膚，他神情陰鬱，自唇後探出獠牙，在奧德莉驚疑不定的眼神中，埋首用力咬在她頸側，他喃喃重複道：「求您別說這種話……」

鋒利的尖牙壓上皮膚，在快刺破皮膚的一瞬間，安格斯又克制著收了回去。他似乎還記得她說過不要在脖子上留下痕跡，最終只是伸出舌頭，重重舔舐過烙上牙印的膚肉。

「我想要的只有您一個人而已……」

震顫的聲帶貼在奧德莉喉管處，舔舐時的水聲清楚地傳至她耳中，他的聲音本就嘶啞不堪，此時悶在肩頭，越發低沉。

奧德莉在一團煩亂的思緒中，忽然生出了一個大膽的猜想。安格斯或許，是真的迷戀著自己。

黑色頭顱緊緊抵著她的下巴，奧德莉看不見他的身體，卻能感受到他的身體在發生變化。

握在腰上的手掌變得堅硬，舔舐著喉管的舌頭長出了細小的倒刺，舌面沾著濕潤的涎水，每刮過皮膚，都會引起微弱的刺痛感。而當舌頭離開，餘留的只剩難耐的癢意。

他越貼近於獸態，他餵入奧德莉口中的血液便對她影響越大，無論是燥熱的欲望，又或是莫名的安定感……

安格斯抬起頭，貪戀地吻上奧德莉的雙唇，他舌頭的傷口已經止血，似是害怕再聽到她說出要把他送給別的女人這種話，沒敢硬來，卻也沒捨得離開。

不同於人類的兩排鋒利尖牙輕柔啃咬著奧德莉的舌尖，他抽出插在肉穴裡的尾巴，獸形的利爪掰開她的雙腿，露出底下紅粉濕透的淫靡穴肉，挺腰將脹痛的肉莖一寸寸緩慢擠進了日思夜想的肉穴裡。

濕漉漉的尾巴揉弄著細小的陰蒂，奧德莉掐著他的肩膀，昂起頭無助地吸著氣，飽脹的痛感和性交的快感同時沿著神經湧上來，叫她一時有些承受不住。

她明顯感覺到，操進她身體裡的東西和之前不是一個尺寸。

「出、出去，唔呃……」

安格斯置若罔聞，刻意將肉莖緩慢地頂進又拔出來，粗大的肉棒帶出糜紅的媚肉，直到讓肉穴夾著半個龜頭再挺腰全根沒入。

窄熱的肉穴無助地吸咬著他，每碾進一寸，掌下的腿根便止不住地顫抖一分。

「主人……唔嗯……」安格斯瞇著眼，俯身依戀地舔吻著她的唇瓣，又吻過奧德莉迷離的蔚藍瞳眸。

喉間不停發出粗啞低沉的喘息，猩紅的瞳孔不規律地變化著，時而收縮為豎瞳，時而瞳孔又急速擴散成圓形。

僅僅是緩慢地抽插，他也爽得快要維持不住僅存的人形。

太小了……又緊又潤，肉褶艱難收縮著咬住他，流出的淫水將他的褲子都打濕了。

他抬起利爪輕鬆撕開了她的衣裙，露出藏起來的纖細身軀。

布匹撕裂的聲音稍微喚回了奧德莉的神智，她眨了眨眼睛，看清了安格斯此時的模樣，他已經完全不像一個人類，更像是異教殿中信奉的惡魔。

他額上生出了兩隻黑色彎曲的尖角，隱在汗濕的額髮間，臉上的鱗片褪色般自兩側往中間延伸，逐漸變得透明。堅硬的黑色鱗片包裹著他的耳根和喉頸，暗黑色一路蔓延至衣服看不見的地方。

握在軟腰上的獸爪雖還殘留著人類手掌的特徵，但同樣生滿了黑漆漆的鱗片，骨節凸出，指甲尖長，在腰間軟肉輕輕一壓便是一個血點。

奧德莉毫不懷疑這隻手掌能輕易穿透她瘦弱的身軀。

安格斯小心翼翼地收著指甲，低下頭在出血的細微傷口上輕輕吮過，他每抽動一下便忍不住低聲喚她，喉間渾濁的喘息猶如野獸的低吟。

而性事，亦如獸類般粗暴。

尾巴纏著她的腰，碾開層層收斂的肉褶操進去時，尾巴便用力把人往下拽，性器頂上痠軟的子宮口還不肯停，挺胯徒勞地把剩下的小半截沒吃進去的肉莖往裡送，結實的小腹拍在奧德莉臀肉上，性器抽出時，猙獰深紅的柱身上帶著濕亮滑膩的淫液。

奧德莉抓著他的手臂，密集的快感浪潮般淹沒了她，呻吟聲低低啞啞，猶如十幾年前醉酒的那夜。

但如今的安格斯已和那時青澀的少年已經完全不同，操她時肆無忌憚，射精之時性器上長出的倒鉤更是要命。

奧德莉脫力地被他抱在懷裡，脹大的性器將她釘死在身下，肉鉤牢牢將痙攣收縮的穴道勾住，不讓她逃離。

咒罵的話他全當聽不見，擁著被幹得意識昏沉的奧德莉低聲安撫著，下身卻一個勁地操得更深。一股股濃稠的精液噴在穴道深處，動物繁衍的本能叫他把精液堵在她的身體裡，不准她流出來，以提高她受孕的幾率。

即使這並不會發生，他還是忍不住咬著她紅腫的乳首幻想，「如果能操到您懷孕，這裡是否會有白色的奶水流出來？」

而奧德莉除了在他脖子上添一道血痕，再也給不出任何回應了。

整整四個小時，穴肉被操得紅腫不堪，她喊到最後喉嚨連話都說不出了，埋在被子裡止不住地細碎喘息，又被安格斯撈出來趴在自己身上，從下往上頂……

待一切結束，奧德莉感受到一條濕熱寬厚的舌頭舔舐過她的全身，而後整個人被攏進了一處堅硬冰涼的懷抱裡。

她如果還能思考，便能聽出響在她身側的呼吸，粗重不似人類。

木窗對著高懸的圓月，潔白的月輝照進屋內，在眾人安睡的夜裡，誰也沒有想到，會有一隻巨大的、蜷縮著占滿了整張床鋪的野獸，睡倒在他們年輕漂亮的家主夫人身邊。

粗長的尾巴將渾身赤裸的女人圈進懷裡，叫人分不清他究竟是在保護他的主人，還是在看守他的獵物……

奧德莉醒時，烈日已升高空，午間灼目的陽光斜照入房，閃得雙眼刺痛。她睡得頭腦昏沉，晃了一眼就又閉上了，躺著醒了會兒神。

但不過兩秒，奧德莉就發覺身邊有他人的氣息，思緒猶如琴弦驟然拉直繃緊，她倏然睜開了眼。

她未著片縷，一隻粗壯的野獸鱗爪映入眼簾，大剌剌橫在身前，腰腹處還搭了一條黑色的尾巴。

奧德莉未多想，下意識去摸昨日藏在枕下的刀，但看清那爪形和黑色鱗片後，伸出的手又停在了半途。

一道溫熱的呼吸噴灑在髮頂，她愣了一愣，半支起身回過頭。一隻足有三、四公尺高的野獸側躺在她身後，前爪把她攏在胸前，正睜著一隻眼目不轉睛地看著她。

它右目緊閉，眼角處有一道彎曲猙獰的刀疤，像是被人剜去了眼珠。左眼完好，圓潤的暗金色眼眸中間漫開一道豎長的血線。

野獸形如獅虎，頭生犄角，身有長尾，周身覆滿黑色鱗片，大小傷疤遍布，面目冷硬，活脫脫像是剛從地獄裡爬出來的惡獸。

若是這樣的怪物，難怪能讓海瑟城世世代代恐懼如斯。

奧德莉望著他緊閉的右目和脖子上的傷疤，愣愣看了好一會兒，才遲疑喚道：「安格斯？」

昨晚荒唐了一夜，此時她嗓音又澀又啞，出口便是一股倦懶的欲色。說完，抬手按著喉嚨低低咳了咳。

它不能人語，長尾輕輕一甩，被她腰間皮膚潤得溫熱的尾巴尖滑下，轉而勾上她細瘦的腳踝，喉中發出一聲厚重嘶啞的低吟，低下頭在她額上輕拱了一下。

細細的尾巴尖戳弄著她瘦白的踝骨，奧德莉本能地往後躲，又被他一爪子攏回了身前。他伸出濕熱寬厚的舌頭，用舌尖輕輕舐過她纖柔白皙的脖頸，舌尖柔密的倒刺刮過，留下一片濕漉漉的水痕和刺癢感。

熟悉的觸感舔上皮膚，奧德莉瞬間便回憶起昨夜迷迷糊糊中被他翻來覆去壓著舔的經歷，令她有一種自己在睡夢中也要被吞吃入腹的錯覺。

奧德莉皺著眉，偏頭欲躲他，可無論怎麼躲，除了將細白脖頸更多地暴露在他眼底，沒有任何作用。

他獸型體格過於龐大，擠在床上，大半身子都在床沿邊懸著。奧德莉躺在他身邊，簡直像是剛出生的小嬰兒，他若睡死了翻個身，能將她一身骨頭壓碎。

奧德莉昂著脖子被他舔了兩下，就感覺腳掌踩著的那塊稍顯柔軟的鱗片下隱隱有什麼東西要破出來。

究竟是什麼東西，無需想便也能猜到。

奧德莉瞬間變了臉色，忍著腰臀處傳來的不容忽視的痠痛感，縮回腿，兩腳蹬開在腳踝上磨蹭的尾巴，毫不猶豫地扭頭從他爪下鑽了出去。

身後傳來重物爬起的聲音，床瞬間地動似地搖起來，奧德莉下意識扶住床架，還沒下得了床，就被一隻追上來的獸爪攬住腰拖了回去。

黑色的鱗爪逐漸幻化成人類的手掌，奧德莉頓時往後倒去，溫熱的男性軀體赤身貼上纖細柔美的背脊，腰上仍舊可見昨夜他情動時用利爪刺破的傷處。

安格斯俯首貼近她耳邊，手緊緊抱著她不放，姿態眷戀地在她頰邊蹭了蹭，聲音嘶啞：「主人……」

黑色長尾靈活地纏上她的腿根，堅硬的鱗片將柔嫩的腿肉擠壓得變了形狀。

他擁著她，像野獸翌日擁著前夜交配過的伴侶，黏膩磨人，不肯放她離開半步。

奧德莉赤裸著跪坐在柔軟的床鋪上，渾身上下都是安格斯昨夜啃咬出來的痕跡，斑斑點點，尤為驚心。

動作間，腿間傳來溫熱細癢，濃稠的液體貼著腿根流出，滴落在反射出暗光的黑色鱗尾上。奧德莉到後來已累得神智不清，不知道他究竟射了多少進去，此時細流般緩緩流出，潤進薄薄鱗片中，又一路往下流至白皙的膝蓋，染濕床單。

薄軟的嘴唇蹭過她的耳郭，奧德莉沒再躲開，而是偏過頭靜靜望著他。

安格斯似乎將此當作了同意的象徵，把人拖進懷裡抱住，伸手握住滿掌豐軟的乳肉，貪婪地吻上她的臉頰。

「主人……」

奧德莉沒回話，仔細感受著他的動作，他握在腰上的手掌，纏緊的尾巴，唇下急不可耐卻又小心翼翼帶了點討好意味的親吻……

拋卻本能的欲望，他的動作已堪稱溫柔，僅僅是擁著她索吻而已。

經由昨夜，奧德莉已經意識到，除非他自己願意，否則她絕不可能讓他離開。既然趕不走他，那她唯一能做的，就是再次「馴化」他。

至少……要讓他變得聽話一些。

有從前的十分之一，便也足夠了。

奧德莉後仰著頭躲開他的親吻，柔軟的手掌撫上他的臉，看著他的眼睛，低聲問他：「昨晚開心嗎？」

她離得很近，近到安格斯能在那雙漂亮的蔚藍色眼睛裡清楚看見他右眼醜陋的疤痕，這是他第一次完全地把自己的身體暴露在她眼底，道道疤痕恍若瓷器裂紋，絕稱不上美觀。

他呼吸一滯，緩緩收緊尾巴，偏頭吻上她的掌心，嘶啞嗓音像陶罐裡翻滾的石沙發出的聲響，「無與倫比，小姐……」

他一點點吻過她的手掌、腕骨，又吻上她纖瘦的肩膀，溫軟的嘴唇點過肩上浸血的牙印，正待深入，卻聞奧德莉冷聲道：「我不開心。」

游移至耳郭的嘴唇頓住，纏在腿上的尾巴僵直繃緊，安格斯抬起頭，對上奧德莉冷漠的視線。

她低聲問道：「一個不會反抗的性奴和我，你要哪個？」

方才吻過的那根纖細手指輕輕撫上他柔軟的下唇，奧德莉凝視著他的眼睛，炫目的陽光穿過她纖長的睫毛，令人著迷的藍色雙眸恍若不化的寒冰。

「嗯？萊恩，回答我。」

奧德莉醒來後便有些頭暈目眩，她料想自己大概是生病了。

這副身體本就柔弱，前兩日忙於婚嫁喪禮，昨夜又未休息好，用過飯後，傍晚時分忽然發起低燒來。

她先前還未察覺，只當自己沒睡好，精神不足。她回到房間，坐在桌前看過名下幾間鋪子的帳目，站起身時忽然眼前一黑，腳下晃得站立不穩，這才驚覺不對勁。

這感覺尤為熟悉，她前世離世便也是這樣，奧德莉下意識伸出手去抓身邊可扶的東西，脫口喚道：「安格斯！」

一旁靜候的侍女安娜見奧德莉身形搖晃嚇了一跳，驚呼一聲「夫人」後，連忙上前去扶。

但她腳下還未來得及跨前半步，就見一道身影迅速自身側晃過，素日陰冷寡言的管家神色慌亂，一把將夫人摟進了懷裡。

管家大人手肘重重撞上椅背，發出「咚」一聲悶響，他似是不覺疼痛，自身後擁著夫人，寬大手掌扶在夫人腰側，指尖顫抖，低聲喚著「小姐」，看起來竟比她還慌張。

安娜覺得自己可能發現了這個家族裡的大祕密。

安娜不過十四歲，先前為舉辦婚禮，家中新買入不少侍女，她便是其中一位，婚禮過後剛剛調教好，貼身服侍的第一位主人便是奧德莉。

她年紀尚幼，反應卻快，留下一句「我去喚醫者」便拔腿朝外奔去。

好奇心作祟，她跑出房門前偷偷朝裡望了一眼，看見對著僕人向來冷著一張臉的管家大人動作輕柔地將夫人放在床上，而後單膝跪在床邊，俯身用額頭去碰夫人的額頭。

姿態親暱，似是在測量夫人的體溫。

安娜吃驚地瞪圓了眼，猛然扭頭收回視線，提起裙子「咚咚咚」往樓下衝。

她哭喪著臉，覺得自己恐怕活不久了。

醫者提著病箱往奧德莉房中晃了一趟，她病倒一事很快便傳至了家中眾人耳中。

莉娜聽聞此事，拽著伊萊來看她。

她來時，醫者已經走了，她懷有身孕，如今奧德莉染病，伊萊拉著她不讓她靠得太近，她只好坐在幾公尺外的椅子上和奧德莉交談。

但才談了兩句，就尋出點別樣的趣味來。

奧德莉靠在床頭，安娜正服侍奧德莉喝藥，而作威作福的管家卻陰著臉，在角落裡「罰站」。她和奧德莉交談時，萊恩一直看著奧德莉沒挪過眼，唇線抿得筆直，一副想上前又不敢靠近的模樣。

只可憐了在一旁服侍的安娜，安格斯死死盯著這邊，她嚇得大氣也不敢喘，給奧德莉餵藥時手都在抖。

莉娜總覺得他想接了安娜的位置。

奧德莉一邊喝藥，一邊回著莉娜的話，聊的無外乎是病情嚴重與否。她頭暈胸悶，見小姑娘嚇得不清，於是趁談話的空隙裡偏過頭，神色淡淡地看了安格斯一眼。

安格斯收斂了幾分，但仍緊盯著她不放。

見莉娜饒有興趣地看著她與安格斯，奧德莉無奈，只得頭疼地接過藥碗，擺擺手讓安娜出去，而後又把藥碗在空中劃了半圈，往安格斯方向一遞，揉著眉心無力地喚道：「管家……」

安格斯立刻大步上前，小心地接過她手裡的碗，坐在了安娜的位置上。

莉娜挑眉，意味深長地看了安格斯一眼，他果然是想接安娜的位置。

莉娜不喜歡安格斯，但也算不上討厭。在她眼裡，安格斯無疑是休斯的走狗，但安格斯和斐斯利家族的男人又有些許不同，不喜宴會，不愛酒色，家中侍僕雖畏他，卻也敬他。

三十多歲的老男人，對誰都是一副愛搭不理的死人臉，也不知納爾遜和休斯為何如此倚重他，輪番將家中大小事務一併交由他處理。

旁人不認識安格斯，她卻在安格斯第一次出現在她面前時便隱隱覺得他頗為眼熟。

而後見到安德莉亞，才驟然想起來。十幾年前，她還未出嫁時，曾在一處宴會的人群中見到過奧德莉。當時她身後跟著一名沉默寡言的侍從。雖容貌不同，但侍從那只金色的眼眸及身形和萊恩卻尤為相似。

她很久以前就感覺到萊恩在這家中別有所圖，如今見他對待安德莉亞的態度，才尋摸出一點蛛絲馬跡來。

畢竟安德莉亞，和她的姑姑奧德莉長得幾乎一模一樣……

藥剛熬好，夏日裡涼得慢，碗口還冒著熱氣，房中飄散著一股清苦的藥草味。安格斯半垂著眼仔細吹涼，再將勺子送到奧德莉嘴邊。

奧德莉昨夜叫啞了嗓子，喝得極慢，咽一口藥，喉嚨便泛開碎玻璃渣似的刺痛。安格斯也不急，手裡穩穩當當地托著藥碗，等她一點一點慢慢吞。

莉娜何曾見過這陰鷙的老男人這副模樣，看戲似地坐在一旁嗑起了炒葵花籽。

奧德莉皮膚白皙，病中更顯面色蒼白，唇上顏色都淡了幾分，說話也是一副有氣無力的模樣，活脫脫一個病美人。

莉娜見此越發為奧德莉感到不值，還想著上次勸她不要吊死在納爾遜這棵死樹上一事，眼下聊著聊著又翻了出來。

許是快為人母，她母愛氾濫，看不得年紀輕輕的奧德莉年紀守活寡，勢必要讓奧德莉知道年輕英俊又懂事的男人有多好。

她單手支著頭，循循善誘道：「若妳嫁給尋常人家也就罷，偏偏嫁進了斐斯利，偌大一個家族，單單為了名聲，休斯也不可能讓妳改嫁。」

說完，她搖搖頭又添了一句，「休斯死後倒還能行，可這小王八蛋看起來不像是快死的相貌。」

奧德莉聽得好笑，「大多女人為了肚子裡的孩子忍氣吞聲，妳怎麼一副巴不得自己丈夫早日咽氣的口吻。」

莉娜搖了搖頭，「巴不得他死的可不只我一個，妳姑姑奧德莉死後，卡佩家衰落至此，如今城中舊貴族只剩斐斯利一支，四處籠絡人心，毫不收斂，休斯又是個蠢蛋，遲早會出事。」

說著驚人的話，莉娜卻一副毫不在意的模樣，顯然在她眼裡男人可比那些隱祕事要重要得多。「妳如今體弱，就該找個溫柔貼心的服侍。」她眨眨眼，身體往前傾了傾，「又不需妳費心思，妳只需告訴我喜歡什麼樣的，我去替妳尋。」

伊萊身姿挺拔地站在一旁，毫無怨言地替莉娜剝著難剝的葵花籽，一粒粒米白的葵花籽仁從殼裡露出來，身體力行地詮釋了什麼叫溫柔貼心的男人。

見奧德莉不為所動，莉娜還欲再勸，卻聽她忽然鬆口：「我沒什麼別的愛好……」

她抬起眼看向莉娜，輕笑了一聲，「只要聽話就好。」

無人出聲之時，盛滿藥汁的白瓷勺突然磕上碗沿，發出一聲輕響。

安格斯低著頭，幾滴黑紅色的藥汁濺落床被，在薄薄的布料上暈染開一片深濃的黑色。

Chapter07

莉娜和伊萊離開後，房間裡又只剩奧德莉和安格斯兩人。

橙紅夕陽悄無聲息地落下，燭火隨著月亮一同升起來，照亮了整間屋子。

一碗滾熱的苦藥，奧德莉慢吞吞抿了二十分鐘，病中身體沉重，身上彷彿裹著件吸滿了水的厚棉衣，扯著她直直往下墜。她靠坐在床頭，提不起半點精神。

安格斯好似又變回了從前她身邊那位沉默寡言的侍從，一手端碗，一手執勺，一言不發地服侍她喝藥，只在奧德莉偶爾問他一兩句海瑟城如今的情況時才開口。

他掌中托著碗，奧德莉垂眼看過去，恰好能看見他袖口中藏在腕骨後的那道細疤。紅嫩肉色橫亙在蒼白的皮膚上，似一條墜在雪地裡的紅繩，極其惹人注目。令奧德莉瞬間回憶起了那甜腥的血味。

奧德莉看了一會兒，突然毫無預兆地抬手握住安格斯的手腕，食指挑開銀扣，探入了衣袖。

柔軟溫熱的指腹觸及皮膚，安格斯一愣，手裡險些未掌住藥碗。他眉目低垂，定定看了眼腕上纖細的手指，又抬頭看向奧德莉，低低喚了聲：「……小姐？」

奧德莉沒說話，只輕輕扯過他的手臂，手指推開衣袖，垂著眸細細打量著那道疤，長長一道掛在勁瘦的手腕間，刀疤平整鋒利，橫劃過手腕內側一整面，像是恨不得把手給切下來。

下手狠厲，和他脖子上那處傷倒有些相似。

比起昨夜所見，傷口癒合了大半，粉嫩新肉已經長了出來，奧德莉將手指搭在上面，能清楚感受到底下活躍跳動的脈搏。

叫人驚嘆的癒合速度……

柔軟的指腹細細摩擦過新長出的嫩肉，酥麻癢意穿透皮肉，安格斯蜷了蜷指尖，聽見奧德莉問他：「你三番五次要我喝下你的血，有什麼作用？」

奧德莉面色病白，嗓音柔啞，長髮披在身前，和安格斯記憶裡明媚張揚的模樣不同，此時的她，柔弱漂亮得不像話。

安格斯忍住了將那幾根手指握進掌心的衝動，舀起最後半勺藥送到她嘴邊，視線落在沾染了褐色藥汁的嘴唇上，而後又挪到那張和奧德莉本來的樣貌越發相似的面孔上。

他聲音嘶啞道：「固魂。這具身體現在並不完全屬於您，需要一些東西來助您的靈魂穩固在其中，我的血肉是最有效的。」

奧德莉沉默兩秒，淡淡道：「沒有別的東西能代替嗎？」

不等安格斯回答，她又不以為意地笑了笑，「如果我不喝會如何？會死嗎？」

安格斯聞言，頓時抬眼死死看著她，面上短暫地露出一副極其悲傷的神色，似是憶起了某些令他痛苦不堪的過去。

數秒後，他放下勺子，指腹輕柔拭去她唇邊的藥汁，嘶聲回道：「不會……小姐。」

他不會讓那樣的事再次發生。

交談間，一陣輕細的腳步聲在廊外響起。安娜舉著托盤，按照醫者的吩咐送上來一大碗滋補的鮮湯。

她走進門，就看見管家大人又在以下犯上，那隻先前握在夫人腰上的手，此刻放在了夫人的嘴唇上。定睛一看，兩人的手似乎還握在一起。

問安聲斷在喉頭，她連忙低下頭，斂聲屏息地走了進去。

奧德莉從來不是個循規蹈矩的人，她行事一貫無視章法，尤其當了家主之後，無人能管，更加任性。

眼下並未覺得身為夫人的自己抓著家中管家的手有何不妥，看見安娜進來了，也沒放手，不知在想什麼，若有所思地蹙著眉，把他那道疤痕反覆看了好幾遍。

看得安格斯那一處鱗片都冒出來了。

奧德莉從前也是這樣，會莫名對一些不起眼的事物起興趣。安格斯剛開始跟在她身邊的時候，奧德莉曾仔細觀察過他的兩隻異瞳，蔚藍色的雙眼靠得極近，纖長的睫毛掃到他的，眨也不眨地凝視著他，令當初還是個少年的安格斯脖頸都燒紅了。

那時的安格斯和此刻一樣，盡力配合著她，睜著眼睛任由她看了個夠。

安格斯乖乖舉著左手，神色自然地將藥碗放回安娜舉著的托盤上，端起了盤中那碗鮮湯，指腹貼著碗壁試了試涼熱。

奧德莉腹中正飽脹，聞見味道回過神來，倏然鬆開他的手，蹙起眉厭惡地道：「喝不下，端走。」

安格斯看向她收回的手，勸道：「醫者說湯要在藥後食用……」

安娜只當沒聽見，低著頭快步「咚咚咚」又出去了。走時，順便將敞開的大門關上。

奧德莉身體弱，又值夏季，低燒遲遲退不下去。夜裡半夢半醒間，總能嘗到一嘴的血味，晨間醒來，就見安格斯化做龐大的獸型睜著眼睡在她身邊，冰涼堅硬的鱗甲貼著她的背脊，尾巴隔著薄薄一層布料纏在她腰上，似是一夜未睡。

見她醒來，不等她發怒，便試探著在她唇上落下一個吻，解釋道：「您夢中喚熱……」

他規規矩矩沒幹什麼，奧德莉便也沒再管他。

但他似是怕極了奧德莉就此一病不起，她養病這幾日，安格斯一直沒離過身，臉色一日比一日陰冷。

前來診治的醫者換了近十人，終於在第四日養好了病。

休斯接連數日未歸，在奧德莉病好的第二日派人傳話回來，說晚上要在家中舉辦一場約三十人的舞會，讓安格斯做好準備，並命人轉告奧德莉，請她一定要參加。

奧德莉原以為休斯是為了聯絡名流貴族而舉辦，她本欲借此機會了解城中新舊貴族的情況，夜幕降下卻見休斯帶回二、三十名衣著華麗的年輕男女。

齊齊湧入金碧輝煌的大殿中，姿態輕浮，身上沾著酒氣，看樣子是從別的歡樂地轉戰至家中。

殿中細長白燭高燃，時下興起的樂曲一首接一首奏響，樂手激情澎湃，侍女們端著酒水美食穿梭於人群中，一場三十人的舞會極盡奢侈。五顏六色的裙襬舞動，歡笑喝彩聲不絕，吵得奧德莉頭暈。

莉娜放心不下奧德莉，拉著伊萊一同參加了這場舞會，她懷著身孕，和奧德莉遠遠坐在人群外，吃著點心同奧德莉一句話簡單介紹了她丈夫邀請來的朋友，「這些都是他在外花天酒地的狐朋狗友，不務正業，不值得深交。」

奧德莉抿了口酒，打趣道：「他是將整個上流圈子裡不學無術的年輕男女都認作朋友了嗎？」

休斯看見坐在角落裡的奧德莉和莉娜，面色吃驚，他似乎沒有想到莉娜也參加了，更沒想到她會帶著她的情人一起。

但他似乎並不在意，舉著酒杯，和一名金髮褐眸的男人面帶笑容地走了過來。站在莉娜和奧德莉身後的伊萊和安格斯倆人，不約而同地往前走了半步。

休斯意氣風發，此時已喝得半醉。他向身邊那名金髮褐眸的男人介紹道，「凱爾，這是我的妻子莉娜和我的……」他停了一秒，轉而將目光投向奧德莉，毫不掩飾眼裡赤裸的欲望，緩慢道，「我的繼母，安德莉亞夫人。」

納爾遜剛死，休斯就已經迫不及待地告訴他的朋友們如今誰才是這偌大家業的主人。在休斯眼裡，奧德莉是他父親高調買回來的女人，他父親死了，那家中這個漂亮柔弱又無依無靠的女人便成了他的財產，也成了他在這種場合炫耀的資本。

畢竟沒有誰的母親會比兒子還要小十幾歲。

名流貴族，多有以玩弄漂亮女人為榮的蠢貨，戀慕兄友之妻的人之多，數不勝數，休斯無疑是他們中的一員。

他父親的財產會是他的，女人自然也會是他的。

沒有人會比莉娜更了解休斯的愚蠢，不然納爾遜也不會以下藥這般陰險的方法令她懷上一個孩子。如果納爾遜還活著，莉娜肚子裡的孩子長大後，極有可能會躍過休斯繼承這偌大的家業。

休斯挑挑眉，看向莉娜握住奧德莉的手，又看了眼她身後的伊萊，意有所指道：「親愛的，互不干預，我們說好的。」

他來此似乎就是為了將奧德莉介紹給凱爾，說完，拍了拍凱爾的肩膀，很快便轉身找下一名漂亮的美人去了。

凱爾聽不懂他們的暗語，他自見到奧德莉便一直露出一副驚嘆的神色，他盯著奧德莉，語無倫次道：「原諒我的冒犯，安德莉亞夫人，天！您和她長得實在太像了！」

奧德莉愣了一瞬，問道：「誰？」

「您的姑姑，奧德莉小姐！」

奧德莉對凱爾毫無印象，她確定自己是第一次見到他，疑惑道：「你見過我姑姑？」

「當然，夫人！」他解釋道，「十幾年前的角鬥場上，我在一場角鬥中見到了她，她從看臺上擲下匕首給一名瘦弱的角鬥士，吸引了所有人的目光！」

「當時我和休斯也在那，她實在是太漂亮了！僅僅露出半張臉就足夠叫人心動，唇紅膚白，窈窕婀娜，是場中最美的女人！」

「和我見到的所有的貴族小姐都不同，像一簇盛裝擁簇的野玫瑰！而您和她幾乎長得一模一樣！」

野玫瑰……莉娜品味了一番這形容，忍不住笑道，「所以你想要追求你心中野玫瑰的侄女嗎，凱爾先生？」

奧德莉聞言，也覺得好笑。她見過太多男人，凱爾看她的眼神和休斯沒什麼區別。不過一個色欲熏心的念頭，竟然也能被他說得如此冠冕堂皇。

凱爾看見奧德莉的笑越發起興，他解釋道：「不，我只是覺得很遺憾。」

「後來我在一場宴會上見到過奧德莉小姐，只可惜我當時醉得不輕，不敢和她說話，沒想到後來就再也沒有機會了……」

凱爾喋喋不休地回憶過去，渾然不覺自己被盯上了。莉娜瞥見奧德莉身後遠遠站著的安格斯，他立在柱子旁的陰影中，神色陰鬱地盯著凱爾，像是要殺人。

凱爾嘴角挑開一個自信的笑，眼角顯出幾道淺淺的皺紋，褐色雙眸深深看著奧德莉，彎腰朝她伸出手，問道：「不知我是否有這個榮幸，能邀請您跳一支舞？以圓我多年的遺憾。」

以情動人，再借機邀請，情場老手慣用的戲碼。

但奧德莉可沒心思幫他釋懷他曾經的遺憾，更沒心思和這樣的男人跳舞，她欲出言婉拒，身後卻忽然逼近一股寒涼的氣息。

她有所察覺，回過頭一看，安格斯走進明亮的燭火裡，面無表情地看著凱爾，冷聲道：「奧德莉夫人身體不適，不能跳舞。」

凱爾愣住，沒想竟然會被管家拒絕，他樂意對漂亮的女人以禮相待，卻不代表願意忍受一名管家的冒犯，他張嘴欲說些什麼，卻見奧德莉往後靠進椅子裡，應道：「我的確不能跳舞。」

她舉起酒杯，嘴角挑起一個笑，「抱歉，凱爾先生。」

凱爾悻悻離開後，休斯又轉了回來。

「妳就這麼拒絕一個男人的好意？」休斯好奇道。

奧德莉直言回道：「什麼好意？上床的好意嗎？」

休斯哈哈大笑起來，眼中欲色更盛，意有所指地問道：「那如果是我邀請您和我跳一支舞呢？親愛的繼母。」

這話裡的暗示太過明顯，他伸手拿過奧德莉手中的酒杯，嘴唇貼上杯壁上鮮紅的唇印，直勾勾看著奧德莉，慢慢喝光了她的酒，低聲蠱惑道：「慢慢考慮，安德莉亞小姐。我可比我老得只剩皮包骨的父親要厲害太多……」

說完，他將酒杯倒扣在桌上，心情愉悅地離開了。

殘留的酒液順著透明的杯壁緩緩流下，潤進軟布，染開一片緋色。像是無人可見的暗處，年輕男女擁吻在一起抹花的唇印。

安格斯站在奧德莉身後，目光沉沉地看著她。他方才敢在奧德莉之前出言拒絕凱爾，是因為他了解他的主人，他知道她不會答應凱爾。

可是休斯……他無法判定他的主人是否會耗費精力同他虛與委蛇，以謀取所需的利益。

但一想到他的主人有任何想要和別的男人上床的想法，安格斯就覺得自己要瘋了……

他自認自己已無可救藥，嫉恨別的男人稱他的主人為「野玫瑰」，更嫉恨這些男人不知死活地邀請他的主人共舞。

安格斯看著奧德莉思索的背影，終是忍不住俯身靠近她，在眾目睽睽的舞會中，他幾乎要吻上她的耳郭，低聲祈求道：「別想著他們，主人……」

他聲音低啞，好似哀求，卻又似威脅。昏黃燭火在他臉上投落下明暗不定的光影，無端展露出一副落寞的神色。

奧德莉深知他的惡劣，一眼便看出他那張楚楚可憐的皮囊下暗藏的欲望，她笑起來，手指撫過他垂落在她鬢邊的頭髮，以幾不可聞的耳語道：「你能如何，替我殺了休斯嗎？」

安格斯抬手握住奧德莉的椅背，瘦高的身軀罩在她身後，恍若將她擁入懷中。他毫不在意會否被他人看見他們之間過於親暱的姿態，俯身靠得更近，涼薄的嘴唇吻上她的耳郭，「我會的，主人……」

顫抖的聲線傳入奧德莉耳中，安格斯半垂著眉眼，暗金色瞳孔不安地變換著形狀，視線落到她衣襟下的那片布滿齒痕的皮膚上，頸上凸顯的喉結滾了滾，悠揚低沉的維奧爾琴緩緩奏響，他的嗓音更顯嘶啞，「我會替您殺了他……」

所以別想著他們……

大廳中歡聲笑語不斷，逆著夜風傳至莊園各個角落，明亮的燭火傾瀉入花園，蟬蛙藏在夜色下的泥地裡，一聲接一聲高鳴不止。

舞會持續到月上中天也未散場，反而越來越多的賓客接連而至，早已遠超過最開始的三十人。

不同的是，後來的賓客妝容妖冶衣著暴露，舉手投足輕挑放浪，不似名流貴族，更像是供名流貴族取樂的歌妓舞女。

而看休斯泰然自若的態度，顯然是他提前準備好以供他朋友們逗樂的「玩物」。

安格斯似乎是故意要將休斯推到眾目睽睽的高調檯面上去，一場私人舞會奢靡至極，不亞於皇家舞會的格調，遠在數條街外也能看見斐斯利莊園裡瑰麗通明的燈火。

寬敞富麗的大廳裡，美酒佳餚不斷呈上，眾人堆聚在一樓的大廳，將夏日午夜炎熱的空氣烘燥得越發渾濁。

空氣裡彌散開濃烈辛辣的酒氣和煙草味、女人身上濃厚的脂粉香。

一些醉得不省人事的男男女女被門外等候的侍女侍從扶上了馬車，更多的卻藏在光線灰暗的角落裡激烈擁吻。

有人窩進椅子裡點燃包裹著罌粟的煙草，夾在指間大口大口吸食，面頰凹陷，顴骨高高突出，嘴唇噘圓了一吐，便是一口朦朧白煙嗆進空氣。

人人都自甘陷入欲望的深淵，儼然已放縱不知天月。

奧德莉並不喜歡這樣的場合，她厭惡人類墮落不堪的醜態，更討厭自己站在欲望編制而成的巨網下。

反觀安格斯，卻好似司空見慣。他雖然滿身傷疤，可那張殘損的俊逸皮囊仍舊吸引了不少衣著華麗的貴女。

然而他好似天生不解風情，一旦有人纏上他，他便默默行至奧德莉背後，一副自己已經有主的模樣，惹得莉娜直笑。

莉娜用過幾塊糕點，坐了一會兒便開始犯睏，偏偏肚子裡的小東西踢踹著她的肚皮，鬧騰個不停，隔著寬鬆的衣裙奧德莉也能看見她圓潤的肚皮被頂得凸起來。

奧德莉見此，無意再待在舞會裡，起身陪莉娜在花園裡轉了兩圈，而後幾人避開眾人的視線，繞至另一處樓梯上了樓。

她與莉娜在樓梯口分別，卻在經過一間本該空置的客房時，卻聽見裡面傳出了令人臉紅的喘息聲，毫不加掩飾，和樓下賓客模糊的喧鬧一併鑽入了耳中。

而此處離她的房間，僅僅隔了一間房。

奧德莉蹙了下眉，站定，絲毫沒有打擾他人好事的自覺，轉頭看看向了未關嚴實的房門。

淺色的地毯上，一名半身赤裸的女人跪趴在房間中央，身上繁複潔白的衣裙高高撩起，層層堆疊在塌陷的後腰，她身後跪著一位體格健碩男人，兩瓣白膩的臀肉正被身後的男人抓在手裡，揉弄得紅腫不堪。

男人腿間的性器賁張高翹著，他挺著粗壯的腰胯快速在女人腿間插進抽出，底下垂吊的黑紅色囊袋拍打在她白皙的大腿上，傳出一聲聲清脆的肉體拍打聲。

女人嘴裡同樣含著一根粗大的肉棒，胸前肥碩的胸乳被人從衣襟裡掏出一隻，正被一隻明顯屬於男人的手掌大力地重重揉捏著。

竟是有三個人。

握在她乳上的那隻手鬆開，轉而按著她的頭聳腰把肉棒頂進那被操腫的小嘴裡，飽脹的囊袋和濃密的毛髮壓在女人口鼻處，呻吟和哭喊聲全被堵在了喉管裡，只能可憐地發出破碎短促的「嗚嗯」聲。

奧德莉不認識房中的女人，也無法從窄長的門縫看見那兩名男人的臉。可誰會這麼大膽，跑到主人的樓上幹這種事？

房中燭火通明，裡面交媾的三人離奧德莉不過幾步遠的距離，即便是皮膚上分泌出的汗液奧德莉也看得清清楚楚。

女人無力地跪趴著，黑紅色的肉棒從腿間濕濘的豔穴裡大力操進又抽出，身上的濕亮的汗水反射著亮黃色的燭光，分明被幹得叫都叫不出聲，還在搖著屁股去迎接操弄她的粗實醜陋的肉根。

身後的男人揚起巴掌狠狠甩在女人的臀上，而後俯下身像條狗一樣伏在年輕女人的身上聳動收緊的臀肉，喉中發出野獸般的喘息，熟悉的金髮映入眼中，赫然是先前邀請她跳舞的凱爾。

他粗著聲音罵道：「放鬆點，騷貨，夾斷了找誰來操你……」

身前的男人聞言低低笑了聲，罵道：「卡拉小姐，您的未婚夫知道您像條母狗一樣跪在地上吃別的男人的肉棒嗎？」

奧德莉聞言重重挑了下眉，此時聽見聲音，豁然明白了他們肆無忌憚的原因，原來是舉辦舞會的主人也身處其中。

而且看起來，他們並不是第一次幹這種事。

休斯一把按住女人的腦袋，將性器全塞進了那張紅腫的嘴裡，抖著腰似是在射精。

他們似乎並不怕被他人發現，聲音並未刻意降低，專注地進行著這場淫靡荒唐的性事，站在在奧德莉身後默不作聲的安格斯也一同聽了個清清楚楚。

以安格斯站立的角度看不見裡面的場景，此時聽見聲音才辨別出裡面的人是凱爾和休斯……

莉娜和奧德莉從始便是站在這場狂歡舞會邊緣的觀眾，然而安格斯卻自始至終置之度外，冷眼望著他人的放縱下陷，不曾參與一絲一毫，猶如奧德莉在婚禮上初見他那夜。

然而此刻，當凱爾和休斯那一聲聲夾雜著粗鄙辱罵之語的呻吟聲自一掌寬的門縫裡傳出時，安格斯突然對今夜所發生的事做出了反應。

他上前一步，抬手隔空擋住了奧德莉的視線，遍布細小疤痕的蒼白手掌瞬間占據了她的視野，清冷的氣息覆上她裸露的脖頸，安格斯在她耳旁低聲道：「主人……別讓這般不堪入目的畫面玷汙了您的眼睛。」

奧德莉：「……」

房裡的人已被性欲席捲了神智，像動物一樣本能地進行著原始的交配。

沒有人看見，那傳說裡藏匿在人群中的怪物正面色陰鬱地看著他們，冰冷的金色瞳眸在瞬息之間，化作了一道泛出暗光的凌冽刀鋒。

黎明時分，兩名巡城的守衛在街道邊的河流中發現了一架翻倒的馬車。

從街道上車轍歪扭的痕跡來看，馬車撞斷了沿路的實木圍欄，從足有五公尺高的河堤翻了下去。

車夫胸前扎進了斷裂的木頭，頭撞在岸堤的石頭上，血流而亡，體內發現了飲酒的痕跡。

而沉重的馬車將裡面的人壓倒在水流湍急的河水中，讓他們活活淹死在水裡。

在街上成百上千的民眾圍觀下，三具泡得發脹發白的屍體從河中被打撈出來時，衣衫不整，幾近赤裸。幾人死前在馬車裡做什麼一目了然。

「經再三確認，馬車裡的死者分別是休斯．斐斯利先生、凱爾．納德先生、和卡拉．愛德華小姐……」

斐斯利大廳中，彙報的行政官小心翼翼地看了眼莉娜的神色，身後的保安官適時向莉娜呈上檢驗的文書，行政官見她扶著肚子一臉哀戚地接過，鬆了口氣繼續道，「對於您丈夫……」他轉向奧德莉，「……和您兒子的死，城主大人深感遺憾，還望節哀……」

休斯和凱爾的死本不該如此輕拿輕放，即便為了安撫舊貴族，城主也該命人著重調查一番，但偏偏從城衛發現屍體到確認死亡不超過三個小時，城主便擺明不願深究，而此中深意不言而喻。

休斯的屍體被抬過兩條街送到家中，烏壓壓的人群聚在大廳中，白布裡垂落一隻青白腫脹的手臂，昨夜他尚在此處同人歡樂，然而這時人人卻都在圍著他的屍體聽他荒誕可笑的死因。

在場所有人中，除了安格斯，便只有奧德莉知道，休斯究竟是怎麼死的。如果現在派人去她的房間，興許還能在她床前尋到安格斯帶血的腳印。

她昨晚做了半夜的夢，未得好眠，天未亮透又被跌跌撞撞衝進房中的安娜喚醒，告訴她休斯死了。

此時面色蒼白，額角跳疼，她憶起昨夜夢中所見，磅　怒意猶如不可摧毀的山火燒灼著她的神智。

她掀起眼皮，抬起頭冷漠地朝角落裡站著的安格斯看去。他斂眉垂目，溫順地低著頭，如同一名忠心耿耿的管家，在為去世的主人哀悼。

奧德莉收回視線，心中冷笑，他才是最會掩藏……

窗外天色昏暗如夜幕，遠處莊肅的城堡高聳入雲，直直破開厚重暗沉的雲層，天地間彷彿籠了一層灰白的綢紗。

灰濛天色裡，一切都看不真切，天地昏暗無邊，似是要下一場大雨。

從前城主為穩固地位，對於舊貴族只會褫奪爵位，卻未收回其土地和財產。但舊貴族不僅不收斂，反而互相攀附牽扯越發張狂，織成了一張巨大的利益網。

卡佩家族衰落後，立於蛛網中間的便僅剩斐斯利家族，納爾遜、休斯接連去世，如今站在風口浪尖的人就又成了獲得巨額遺產的奧德莉。

休斯身亡的消息於短短半日內便送到了各大家族的書桌上，人人心懷鬼胎，紛紛將貪婪的目光投向了她。

要從老謀深算的納爾遜和他兒子手裡謀利可謂是痴心妄想，但從一名年紀輕輕的寡婦手裡奪財卻是手到擒來。

眾人手裡的算籌才敲響半聲，後半日各貴族又接收到另一條十分荒唐的消息——斐斯利家那位新獲財權的寡婦奧德莉，將名下一半的土地和財產贈奉給了海瑟城的國庫。

這一舉動，無疑是將舊貴族間利益往來的名冊交到了城主手中。一日之間，顯盛一時的斐斯利家族徹底倒了，而與此同時，城中所有舊貴族頸上通通懸了一把無形的斷頭劍。

放出消息說要將土地和財產贈給國庫，後果便是奧德莉直至深夜還在書桌前簽署土地財產轉讓書。

斐斯利家族的產業比奧德莉預想的要雄厚，從前卡佩家族名下的土地和商鋪被斐斯利併吞不少，如果斐斯利有異心，完全可以另立新城。

難怪城主忌憚如斯。

窗外暴雨如冰針，砸得窗櫺啪嗒作響，晚夏的風自窗縫洩入房中，已有些許涼意。桌上融化的潤白蠟油盈滿了純銀燈盞，順著底座緩慢流過，乾涸成一道道白色交錯的河。

燭火映照在奧德莉疲倦的眉眼間，房間裡的落地鐘發出規律細微的聲響。

安格斯看著奧德莉伏於案前的身影，上前將小臂上搭著的薄毯披在她身上，第三次勸道：「小姐，您該休息了。」

奧德莉未理會他。

她今日面見了城主，無數人正盯著她的一舉一動，半點馬虎不得。她何時將所應答的財富奉上，何時才能真正地脫離險境。

鵝毛筆吸飽黑濃的墨水，她欲提筆繼續，卻猝不及防被一隻冰涼的手掌握住了。修長五指牢牢將她的手握在掌心，安格斯一改溫順的態度，寸步不讓道：「您大病方癒，不宜操勞。」

言語時，指腹無意識地在她柔嫩的虎口輕輕摩擦了幾下。趕在奧德莉動怒前，他又道：「您明日一早還要參加葬禮。」

安格斯看似面色坦然，實則慌得心跳都有些亂。不知為何，自今日晨時起，他的主人便未用好臉色看過他。

他完全不知道自己做錯了什麼，卻本能地感知到他的主人在壓抑著怒火。

是因為休斯的死嗎？

安格斯不懂運籌帷幄，籠絡人心，奧德莉沒教過他這些，他也沒學過，只想著把休斯殺了就一了百了，卻沒有思考過休斯的死會帶來什麼後果。

但直覺又告訴他事實並非如此，更像是他的主人察覺到了某些他不敢讓她知道的事。

而他不敢讓她知道的事實在太多……

安格斯小心翼翼地著將臉頰虛虛挨著奧德莉發涼的臉龐，手臂穿過她的腰際環住思念已久的軟腰，「您在生氣嗎？」

暖熱的體溫透過薄毯傳入他的身體，安格斯克制著滾了下喉結，緩慢低頭靠近她，在涼薄的唇瓣勉強要貼上那張漂亮的嘴唇之時，他聽見她開口道：「我做了一個夢，你知道我夢見了什麼嗎？」

靜謐的夜裡，燈芯突然爆開，跳起一串細弱的火星。

奧德莉轉頭看著他，面色平靜，蔚藍雙眼中卻是霜寒一片，緋潤的紅唇輕輕啟合，「我夢見我在全然不知的情況下，像個低賤的妓女被你玩弄，等第二日醒來，你卻裝得若無其事……」

奧德莉抬手握住他的下巴，纖細冰涼的食指輕輕撫過他的眼角，雙眸直視著他的金色眼眸，「告訴我，那是真的嗎？」

冰冷字句猶如柄柄鋒利長劍戳穿了他的心肺，安格斯僵在原地，霎時猶如涼水澆身，他無措地蜷了蜷冰涼的手指，過了許久，才艱難地喚道：「小姐……」

奧德莉面上褪去最後一絲溫和，她慢慢收回手，閉了閉眼，壓抑著胸腔騰騰燃燒的怒火，聲線涼得沒有一絲起伏，「滾下去，跪著。」

Chapter08

安格斯遇到奧德莉之前，活得不比路邊的爛石頭好，誰見了都能踢他一腳。他不懂什麼叫衣食無憂，生來低賤，赤腳淌進惡濁爛泥裡也不覺得有什麼。

直到奧德莉買下他，摘下他頸上沉重的奴隸項圈，帶回金碧輝煌的莊園洗乾淨養好傷，才算勉勉強強有個人樣。

安格斯雖是從角鬥場中殺出來的，卻也防不住冷刀暗箭。他剛開始替奧德莉做事的那兩年，身上添了不少疤。

他並不惜命，自小在泥沼裡掙扎存活的野草意識不到自己的命有多珍貴，骨子裡生來藏著野性，廝殺求勝只是與生俱來的本能。

教他暗殺技巧的老師是奧德莉母親留給她的一名女侍從，她曾對奧德莉說，安格斯看似悶不吭聲，實際是個血流乾了也能掙扎著把敵人摁在自己的血泊裡淹死的人。

她不只一次提醒奧德莉，那小奴隸太烈了，脖子上沒有燒紅的鐵索拴不住他。

奧德莉每次都只是一笑了之。

她就是要養一條不叫的烈犬，若不完全信任他，又如何令其甘願伏在她腳下？

奧德莉做到了，安格斯毅然決然地拋去一切，成為了她手裡最趁手的一柄利刃。

他只在意她所看重的東西。奧德莉野心勃勃，欲求權貴，他便無怨無悔地替她剷除腳下的絆腳石。

事情本該如此。

但當某日安格斯忽然意識到他的主人十分看重他時，自初見便埋在心底的那顆腐爛種子便一夜間生出了欲壑難填的果實。

他見慣了汙濁，本就不是心境純粹的好貨，只是他的小姐太過信任他，沒能看清這一點。

安格斯像看不清容貌的幽靈一般隱匿在奧德莉身後，替她做見不得光的髒活。每次任務，都會約定五日為期的時限。為掌握局面，即使任務未完成，安格斯也許在第五日傳遞給奧德莉訊息。

一般而言，安格斯很少有五日已過還未完成任務的情況，但也不是沒有例外。

某次安格斯外出五日毫無消息，奧德莉察覺有異，待夜深人靜、侍女歇下時，孤身推開了安格斯的房門。

兩扇一人多高的木門徐徐打開，在安靜的夜裡發出尖銳的「咯吱」聲。奧德莉透過緩緩開啟的門隙，一眼便看見屋中渾濁月色裡，歪靠在窗下的血人。

濃烈的血腥味湧入鼻尖，奧德莉心神一凜，險些未認出屋中人是誰。

木窗半掩，月光從安格斯頭頂洩入半抹，勉強照亮了他的模樣。染血的白紗布和藥瓶凌亂堆在手邊，身邊立著一盞不知何時熄滅的燭臺，他坐在冰冷的地板上，衣裳破爛，滿身血汙，垂著頭背靠牆面，似乎陷入了昏迷。

奧德莉關上門，提起裙襬朝他快步走去。

高跟鞋踩在堅硬的地面發出鈍沉的聲響，安格斯察覺有人，倏然抓起手邊的短刃戒備地抬起頭，他面色蒼白，瞳眸深暗，像一隻瀕死狀態下強撐著保持警覺的野獸。

奧德莉腳步不由得一頓，但只有短短一秒，很快又擰緊眉心朝他走了過去。

安格斯在看清夜訪者是奧德莉的那一刻，面上浮現震驚之色，他似是對奧德莉的到來顯得尤為詫異，不可置信地動了動唇，無聲喚了一句。

「……小姐？」

但很快，他又垂下頭，神色慌亂地看向了地面。他掙扎著試圖站起身，卻又狼狽地摔了回去。

「你胡亂動什麼！」奧德莉提著裙襬，隨手拿過桌面上將熄未熄的燈燭，厲色道。

安格斯眨了下眼睛，低頭不語。他從未在奧德莉面前受過這樣重的傷，往常即便身上在流血，只要能動，一貫洗乾淨換身衣服無事一般地往她書房裡湊。

此刻，他似是不想被她看見這副虛弱無能的模樣，徒勞地抬起手捂住傷重的左腹，抿緊唇眼神閃躲。

他是奧德莉手裡最鋒利的一把刀，如果一把刀鈍了，就沒有存在的必要了。

安格斯害怕從她臉上看見任何厭惡的神色，不願讓她看見自己這副窩囊的模樣，更不想被她捨棄。

但他又忍不住抬起頭，看她向他走來的身影。他很少有機會正面看他的小姐，更多的時候都只能在身後偷偷看她纖細筆直的背影。

溫熱的血液不斷地從傷口湧出，潤濕了他乾燥的指縫，失血過多令他眼前發黑，頭暈目眩，流入眼角的血液染紅了他的眼睛，模糊了他的視野。

安格斯一隻手死死撐著地面，卻仍舊歪斜著身子無力地往下倒去，鞋底踏在石板上的聲音越發靠近。

恍惚中，他倒進了一個溫暖的懷抱裡。

奧德莉低低悶哼一聲，伸手費力地攬住他，十九歲的青年已經不再是從前那副瘦弱的模樣，她得苦苦支撐才不至於讓兩個人都摔倒在地。

走近後，奧德莉才發現他黑色的衣服都被血浸濕了，地上像是有人拿毛筆沾著紅墨胡亂劃過，在灰色的石板地面留下道道乾涸的血跡。

繁複精美的裙襬掃過髒汙的地面，安格斯在混沌意識中，拾起了她的裙襬一角。

奧德莉並未發現他的小動作，肩頭抵著他的臂膀，一把抓過身邊的紗布，捂住他腹前那道還在滲血的傷口。

奧德莉察覺他快陷入昏迷，掰過他的臉，試圖喚回他的神智：「安格斯?!」

他傷勢嚴重，無力地依偎在奧德莉身上，即使相隔這般近，奧德莉也幾乎快聽不見他的呼吸聲。

他猶如溺水之人，牢牢抓著她的手腕，壓在皮膚上的手指冷得發青。

他全身上下傷口足有十數道，但都不致命，唯獨腹前那道深長的傷口血流不止，如不盡快止血，怕是熬不過今夜。

為了隱藏，安格斯住在莊園偏遠處，奧德莉此時出門去叫醫者都來不及。

奧德莉抬頭看見他渙散的神色，伸手扶著他的頭道：「別睡，安格斯，看著我！」

異色雙眸短暫地聚焦在她臉上，他艱難地動了動唇，似乎想說些什麼。

但奧德莉卻什麼也聽不見，只能從他的嘴型辨別出，他似乎在喊「小姐」。

奧德莉難得放柔了聲音，看著他的雙眼，回道：「我在。安格斯，你得保持清醒，告訴我要怎麼做，明白嗎？」

身邊是處理傷口常用的傷藥和工具，藥盒鎖釦上染著血，藥罐藥瓶倒在地面，奧德莉按在他腹前的手掌糊著一手黏糊的藥膏，看來他是在處理傷口時昏了過去。

她小心地扶著他靠在牆上，拿過剪刀俐落地剪開他的衣服，在一團狼藉裡找到了穿好細線的細長骨刺。

奧德莉以前看過別人處理刀傷，她並不需要安格斯教她，那樣說只是為了讓他保持清醒，盡量不要昏死過去。

她伸手扶著他的肩膀，說著「忍一忍」，而後拿起藥液沖倒在他的傷處。

安格斯根本不知道她在做些什麼，只覺腹前傳來一股劇痛，他閉著眼，重重捏住她的手腕，喉嚨裡發出一聲痛極的嗚咽。

奧德莉骨頭都快被他捏碎了，忍著手抖替他沖洗著傷口，口中生疏地安慰道：「你做得很好，忍著別動，一會兒就好了……」

安格斯早已意識不清，額上頸項冒出汗水，體溫卻是涼的，他渾身發著抖，痛極時下意識弓著身把臉埋進了她的肩頭，濕透的額間抵在她溫軟的耳郭，他開張嘴，咬住了貼在唇邊的頭髮。

奧德莉頭皮被扯痛，愣了一瞬，抬手輕輕撫了撫他汗濕的脖頸，繼續柔聲和他說著話，用藥液沖過骨刺比劃了幾下，而後硬著頭皮縫合他腹前那兩片翻開的鮮紅血肉。

一針又一針，安格斯眼前灰暗一片，耳中猶有蜂鳴不止，依稀聽見耳邊有人溫聲對他說著什麼，只是他已經聽不清楚。

徹底失去意識前，刻在記憶中的，是從一股濃厚的血腥味裡，聞到的一抹淺淡而熟悉的馨香。

傷口即使在睡夢中亦隱隱作痛，像是碎成渣的刀片裹在他的傷口裡面。安格斯在短短昏睡了幾小時後便疼醒過來，天色依舊黑沉無邊，身前立著幾盞微弱的燈燭。

他側身睡在地面，上身赤裸，頭枕在奧德莉腿上，身上披著一條薄軟的灰色毛毯。身上的傷都已經處理過，肋骨下纏了一圈又一圈的紗布，為避免再次流血，紗布將傷口勒得極緊。

奧德莉屈腿靠坐在牆邊，閉著眼，已經睡著了。她一隻手搭在他脖頸，另一隻手的手腕則被他死死攥在掌心，一直沒鬆開，白皙纖瘦的手腕上此時已是青瘀一片。

安格斯愣愣鬆開手，將那細瘦的手腕握在手裡輕輕揉壓著。

奧德莉顯然並不習慣坐在地上休息，眉心微蹙，不太舒服的模樣。睡夢中察覺到他動了動，搭在他脖子上的那隻手輕柔地撫過他的後腦，似是安撫。

安格斯睜眼直直看著她，花了好一會兒才意識到他的的確確枕著奧德莉的腿在休息，側臉壓著裙襬布料底下腿部柔軟的脂肉，鼻尖一片軟熱淺香。

那是她身上的味道……

安格斯已經許久沒有近身聞到過她的味道，距上一次他離他的主人這麼近，已有十四個月的時間。

他悄悄地將掌心裡的那隻手拉近嘴邊，欲吻下去，卻又在看清自己手背上乾涸的塵灰與血跡時停了下來。

安格斯捂著腹部輕聲坐起，脖子後的那隻手順著肩膀滑下去，被他輕輕接住。本是執筆的手染上了血液與藥膏的味道，深色的血印在白皙的手指上，恍若潑在雪地裡的紅墨。

安格斯眼裡的奧德莉總是與各種各樣的紅糾纏在一起。她潤豔的嘴唇、染了丹蔻的指甲、發怒時燒紅的膚色，和此時被血液玷汙的手指……

平穩順長的呼吸聲響在身側，安格斯腦子裡一瞬晃過數個相背而行的念頭。他看著奧德莉的臉，輕輕叫了一聲「小姐」，聲音消散在靜謐無邊的夜裡，過了許久，沒有聽見任何回應。

最終，他低下頭，用他乾燥的唇瓣，將那根手指含進了帶著血腥味的口中。濕熱的舌面觸及柔軟指尖，圍繞在鼻尖那難以捕捉的香氣，在那一刻，化作了實質。

小姐……

安格斯無疑是奧德莉最忠心的下屬，就連趁機褻瀆睡夢中的她都懷著五分不合時宜的敬意。

靈活的舌頭隨著主人日復一日的寡悶一同變得遲鈍無比，舌面貼著指縫內側，緩慢而不知饜足地反覆舔過那片最柔嫩的肌膚。他上癮似地將口中纖細的手指越含越深，直至因缺水而變得乾燥粗糙的唇紋抵住了指根才停下。

細小濕濡的水聲消散在靜謐的夜裡，安格斯微垂著眉目，盯著奧德莉收緊的衣袖中若隱若現的白皙腕骨，長指逡巡著爬過她的手背，將她整隻手腕都收進了掌中。

安格斯喉中發出愉快又滿足的喟嘆，卻仍覺不夠，又近乎病態地把奧德莉的另一隻手放回了他的脖頸上，髒汙的寬大手掌按住她的手背，令那柔軟的掌心牢牢貼著他的後頸，遠遠看去，就像是奧德莉主動伸手在撫摸他。

安格斯比任何人都清楚，他的小姐在清醒時不會這般親暱地觸碰他。只有趁她還未清醒的時刻，他才敢如此膽大妄為，妄想她充滿憐愛的輕撫。

猶如一年前奧德莉醉酒的那夜。

淺睡中的奧德莉不適地偏了偏頭，蹙眉細細哼了半聲，裹在寬厚舌頭裡的食指輕輕勾了勾。指甲刮過敏感的舌面，泛開一層酥麻的癢。

在他頸後的手也同樣無意識輕抓了一把，像是主人在安撫鬧騰個不停的寵物。

安格斯舔舐的動作倏然頓住，睫毛忽地顫了一下。他眨了下眼睛，而後面色近乎茫然地抬起了頭，目不轉睛地看著奧德莉並不沉靜的睡顏。

若奧德莉醒著，以她的視角，便能看清安格斯直直望著她的異色雙瞳裡，毫不遮掩的亢奮之色。

月色朦朧得令人昏頭暈腦，在安靜昏暗的環境中，時間總是難以丈量。

月光投落在地面的光影肉眼可見地發生了變化，安格斯就這樣看著她，像是被她綺麗的容色魘住了。

過了許久，他緩慢吐出口中舔得濕漉漉的手指，仰頭神色虔誠地在奧德莉唇邊印下一個輕若無物的吻。

柔軟的唇瓣好比岩漿炙熱，安格斯只是這樣用嘴唇輕輕壓上去，就輕而易舉地填平了他心底空洞的裂縫。

奧德莉仍舊睡著。

安格斯忽然想起了很久以前在街上看見一條搖著尾巴在店鋪門口討食的小灰狗，為了一口吃食躺在地上打滾賣乖，最終卻一無所得。

有些時候，光明正大是行不通的。

一種隱祕的快意驟然虜獲了安格斯，他喉結上下滑滾，愈加放肆地伸出舌頭，去舔奧德莉的唇縫。

嘴唇外已經變得乾燥，內側卻仍舊濕潤軟熱。安格斯害怕舔花了她的口脂，不敢太用力，只伸出一點幾乎看不見的軟紅舌尖去勾弄她，貼近了聞她身上好聞的香味。

情欲永遠無法飽足，得到的越多，反而會越不知足。

即便欲得到了滿足，情也會越發空虛，變本加厲地拽著他往下落。

他的靈魂深處被掏開了一個洞，只有他的小姐能填滿它，安格斯深知這一點。

他依依不捨地點吻過她的嘴唇，在奧德莉醒來前，悄無聲息地躺回了她的腿上，心安理得地抓著她的手，閉上了眼。

天色還未亮，月色仍舊如之前一般靜靜照落在血汙遍地的地面，飄閃不定的燭火越發微弱，安格斯微蜷著身，像大型犬一般枕在她身上，纖瘦的手掌重新搭回他的頸項，彷彿什麼都沒發生過。

安格斯傷勢的恢復速度遠超奧德莉的想像，他因失血過多昏迷過去，卻在第二日就清醒了過來，好似先前淌出去的血在一夜間補了回來。

連腹部那道傷口都開始結痂了。

奧德莉命安格斯拋去身分，脫離一切與他人的聯繫，隱於黑暗之中為她做事，自認有庇護他的責任。

她在離自己書房相近處挑了間客房讓安格斯搬了進去，書房的書櫃後有一道可容納一人通行的暗道連通書房與他的住處。一來，為方便他彙報任務；二來，若再出現上次那般情況，她也能及時發現。

她辛辛苦苦養大的狼犬，可不是為了叫他某一日在捕獵中身受重傷，因一時不察而悄無聲息地死在她眼皮子底下。

她大安格斯三歲，興起把他從角鬥場撈出來，看著他從懵懂無知的少年長成如今身手卓越的青年，心底多多少少都有些介於朋友與主僕間的情誼。

安格斯卑微到骨子裡的忠誠得到了奧德莉的信任，卻不知青年在背後看她的眼神早已不似當年純粹。

她年長於安格斯，因而忽略了安格斯已經成年的事實，他是一個身體健康、精力旺盛的男人，而非一個毛都沒長齊的小孩。

安格斯無須經過任何盤查便能從臥室去到奧德莉的書房，而奧德莉一個月幾乎有二十五日都宿在書房。

安格斯起初因住處離她更近而暗地欣喜了幾日，但很快他就意識到一件事——

他的小姐並未把他當一個男人看。

偌大的卡佩莊園中，站崗的守衛站在數十公尺遠的廊道上也能聽見從書房裡傳出的怒吼聲。

「斯諾那老頭是不想活了嗎?!」

他們的家主平日看起來弱不禁風，罵人的聲勢卻是比誰都足。

奧德莉坐在書桌前，怒不可遏地將下屬呈上來的帳簿摔在地上。書房中間站著一位衣著整齊的中年男人，他畢恭畢敬地低著頭，沒敢回話。

中年男人是奧德莉口中那名斯諾家老頭的近侍，深受斯諾器重，斯諾今日派他來呈交上半年的帳簿，卻沒料到中年男人實則是奧德莉安插在他身邊的人。

做了手腳的帳簿送到，狀也告得明明白白。

不怪奧德莉大怒，一批城中運往城東的鐵礦被那老頭子私吞了部分扣在自己倉庫，預計的訂單不僅未完成，如今竟還裝模作樣地跟她哭慘。

他平時吃些回扣奧德莉也就睜一隻眼閉一隻眼，由著他折騰，如今卻是越發放肆，也不看看那是誰的貨！

奧德莉連場面話都懶得和他客套，徑直道：「你告訴他，叫他把貨交出來，他若不肯，直接帶人去抄了他的倉庫，我給你半日。那批鐵礦是『城中』裡的單子，若不能按期完工，晚了一日我非割下他的頭不可！」

「城中」的單子指的是城主下令外放的訂單。

中年男人越聽越頭疼，他是跟過奧德莉父親的人，兩廂對比，總覺得老卡佩先生比他的女兒要和藹許多。

他如今已年逾四十，一身老骨頭不比當年，要他領著人去抄老斯諾的倉庫，隨便被人敲一棍子都得在家躺上半個月。

但他又不敢拒絕。

他掏出帕子擦了擦腦門上的汗，彎腰行禮，欲撿起地上的帳簿出去，又聽奧德莉沒好氣道：「這破東西撿起來幹什麼，掛他腦門上頂出去招搖嗎！」

男人汗顏，只好空著手帶著奧德莉撥給他的人抄倉庫去了。

待人離開後，門外的侍從掩上房門，舊木書架緩緩從中間裂開一道半米寬的暗門。

安格斯從書架後走出來，看了眼椅子裡皺眉緊閉著眼的奧德莉，一句話也沒說，撿起地上那本帳簿輕輕放在書桌上，又挑亮了書桌上那一盞燭火。

奧德莉聽見幾道聲響，猜想是他，眼睛都懶得睜開。

安格斯也不欲煩她，慢慢把書桌收拾了，一言不發地走到奧德莉身後，抬起雙臂熟練地揉按她額頭兩側跳痛的穴道。

奧德莉緊皺了一下午的眉心逐漸舒展開，她聞到他身上清苦的藥味，皺了皺手指輕輕敲了敲桌面，開口問他：「我記得你會製藥，你那有什麼治頭痛的藥嗎？」

安格斯靜靜看著她，目光掃視過她稍顯疲倦的面容，低聲道：「您頭疼是因未休息好，我那有助眠的藥丸，您服下安睡幾晚，頭便不會痛了……」

奧德莉抬起手，拉他的手指按在頭上疼得厲害的地方，嗯了一聲。

安格斯白日雖看似無礙，但奧德莉替他換藥時，揭開紗布一看，底下卻仍是黑紅一片，有時還能看見滲出的血液。

線已經拆了，新結的一道深黑血痂掛在腹前，和他身上那些未養好傷留下的陳舊傷疤一道壓著一道，年紀輕輕，身上的傷痕卻斑駁得令人心驚。

奧德莉早已見識過安格斯的恢復能力，可如今他養傷養了十數天，一大瓶藥罐子都快用空了，背上幾道傷也已經長出新肉，腹部卻始終不見大好。

癒合又崩裂，崩裂又癒合，反反覆覆總不見好，像是被人刻意折騰過。

奧德莉疑惑不解，問他時，他也只悶聲搖頭說不知道。

燭火照在奧德莉身上，在地面印下纖瘦窈窕的身影，安格斯垂眼望著她的裙襬，伸出舌頭舔了舔唇角。

他怎麼可能不知道。

每至深夜，安靜沉默的青年便站在書架後的暗道中，目不轉視地看著從書房洩入暗道裡的那一縷燭光。連一掌寬的地面都照不清的微弱光線，他卻連一眼都不肯挪開。

模糊的人影時不時自書架前經過，偶爾會停在書架前，安格斯能聽見她的呼吸聲，和手指捏住書本從一排書中抽出的聲音。

待燭火熄滅，他便打開書架的機關，穿過暗道跪在她床前，小心而虔誠地親吻她的手指、嘴唇、薄而軟的耳垂……

安格斯五官敏銳得超乎常人，他能感覺到她睡得很熟，沒有任何醒來的跡象。

褲子褪至膝彎，拉著她柔嫩溫軟的雙手握住他胯下那根醜陋怒脹的東西，臉埋進她髮裡，繃緊腰腹挺胯一下又一下往前頂，每一聲喘息裡都能聽見低不可聞的兩個字。

「小姐……」

都是裝的。

聽話是裝的，可憐也是裝的，這才是他一直無法痊癒的真相。

淺淡的血腥味和滿屋的馨香融混在一起，安格斯簡直要溺斃在情欲之中。

剛開始只是手掌，後來食髓知味，一日比一日放肆。

那隻綁著紗布的手撩開她的裙襬，把肉棒抵在她柔嫩的腳心中間，寬大的手掌一隻便能握著她一雙白皙的腳背，把他的胯下那根粉嫩粗長的肉莖夾在腳掌中，壓抑著喉間的哼喘，瞇著眼望著她的睡顏撫慰。

男人和女人天生長得不同，他的小姐明明比他大上三歲，骨骼膚肉卻處處都比他要小上許多。腳掌不及他的肉莖長，來回幾下肌膚白膩的雙腳被他的性器磨紅了。

躬身喘息著在主人身上發洩欲望的奴隸哪還見素日換藥時的可憐樣子，像一名犯罪而不自知的信徒，一面忍不住貪戀地親吻她的面頰，一面低劣地褻弄她的身體。

等到第二日，還要裝作什麼事都沒發生過。

他一身髒汙，而他的主人是錦繡叢裡一枝獨秀的紅玫瑰，沒有想過他竟對她抱有這般不堪的欲望。

他自己都說不清是什麼時候對他的小姐產生了不可告人的欲望。

怪奧德莉在他剛剛對女人產生了模糊的認知時出現在他的世界，怪自己是個低劣的、控制不了欲望的畜生。

但只有他自己知道，在他滿腔欲愛與尊敬之間，根本找不出一絲歉疚。

妓女。

無怪乎清貴矜傲如奧德莉，在知曉安格斯做過的那些事後用這樣低賤的字眼來形容自己——她那副令男人隨意玩弄的模樣，和妓女又有什麼分別。

Chapter09

斐斯利家族一日裡幾經巨變，人心惶惶，不安的情緒籠罩在輝煌了數百年的家族上方。

直至夜深，這座古老的莊園才漸漸安靜下來。

奧德莉的房間在靜謐長夜中仍久久透著光，從遠處看去，那扇方正的窗戶像是墜在黑漆漆的高樓間的一顆橙黃的星。

房間裡比從外界所見更加明亮寬敞，四面高牆上繪製的壁畫繁複精美，其中一面牆邊圍立著一圈半人高的細燈柱，橙黃火苗映照著滿屋的金器銀具，將整間屋子照得璀璨。

道道交錯的燭光落在房屋中間筆直跪立的男人身上，遠近燭火在他膝下投下一重又一重明暗不定的身影，陰影疊落在地面，形如一塊屹立不動的黑石。

安格斯已經跪了近兩個小時。

奧德莉似是已經忘了房裡還有這麼一個人，輕巧的羽毛筆劃過泛黃的紙面，在一串細瑣的沙沙書寫聲裡留下「安德莉亞．斐斯利」的名字。

桌上新點的長燭又燒了大半，安格斯彷彿不覺得疲累，身形跪得筆挺，他低垂著眉眼，看著書桌下露出裙襬的鞋尖，不知在盤算什麼。奧德莉沒開口叫他起來，他便連動也未動一下。

只在偶爾聽見身後的落地鐘發出報時聲時會輕輕抬起眼睫，斂眉面帶憂色地看一眼還在處理事務的奧德莉。

鐘擺的擺動聲在安靜的氛圍裡沉悶得令人不豫，那鐘多敲一聲，安格斯的臉色便難看一分，腦中不可避免地憶起了奧德莉前世無聲無息倒在書桌上的場景。

像一簇轟然凋謝的花，猝不及防地枯萎在他眼前。

若在平時，安格斯還敢出聲勸一句，但按他對奧德莉的了解，此時他如果敢開口說一個字，恐怕他的小姐能叫他跪到門外去。

細長指針一分一秒轉個不停，桌上的白燭緩緩燃至盡頭，融化的白蠟在燈盞上堆疊成一座小山。

落地鐘第四次敲響時，奧德莉終於停下來，將筆插回了墨瓶。她仔細審閱著簽令的轉讓書，蹙著眉揉了揉痠脹的手腕，等待紙上最後一筆墨跡乾透。

安格斯不動聲色地打量著她的神色，看清她面上的倦色後，垂在身側的長指無意識合在一起撚了撚。

她拿起桌上一塊潤白的玉石壓住厚紙張，衣袖順勢向臂肘滑去，露出細瘦的腕骨來。

她動作忽地一滯，視線凝滯在自己腕間，而後漸漸蹙緊眉心，這才想起房中另一個人似的，抬目瞥向跪在冰冷地面上的安格斯。

挑高的眼尾長而媚，嘴唇紅潤，不帶情緒地看向一個人時凌厲非常。銀白色的長髮垂搭在胸前，這具身體幾經蛻變，如今幾乎與從前高高在上的奧德莉別無二致。

安格斯看一眼，便覺胸腹裡燒開了一團火，要貼身緊緊擁著她，那火才能滅下去。

金色瞳孔對上她的視線，黑布纏著右眼，安格斯眨了一下眼睛，聲音嘶啞地喚了句：「小姐……」

他微揚著頭，只喚了一句就止了聲，喉結緩慢地上下滑滾了一下，兩道薄唇抿緊，素日陰冷的眉目在色澤柔和的光影下呈現出近乎乖順的模樣。

狀似順從，但望著她的眼神卻不閃不躲，如一道網將她罩在他的視野裡，仔細一看，眼裡盡是濃烈的欲望。

夢中荒誕的一幕幕在她腦中不斷閃現，奧德莉冷眼看著他，她已辨清他的本性，這副溫順模樣不過是習慣性的偽裝。

多年來的主僕身分相處，令他習慣性地藏匿自己的欲望，但奧德莉毫不懷疑，若她放緩態度，他今夜就敢再次無所顧忌地爬到她床上。

野犬最是難馴，是她以前疏忽了他骨子裡的野性。

安格斯自十四歲開始跟在奧德莉身邊，如她腳下的影子常伴左右，整整十一年。他見過她萬般模樣，喜悅、煩悶、痛苦，也目睹過她的憤怒。

唯獨沒有見過她站在高處，以一種冷靜得可怕的眼神來審視他。

僅僅五步的距離，近到安格斯可以看清她裙襬上在明亮燭光下浮動的精美花紋，然而他又覺得他的主人在他們之間劃開了一道不可跨越的天塹。

石板鋪就的地面冷得徹骨，赤身伏在地上也捂不熱半分，快要入秋的夜，旁人在堅冰般冷硬的石板上跪上半個小時便知喊錯求饒，安格斯卻好似不覺難受，大腿挺得筆直，全身上下半分不動，只用金色的眼眸直直望著她。

奧德莉站起身，椅子腿刮過地面，發出刺耳聲響。高跟鞋底踩在石板上，沉悶的咚咚聲迴盪在房間裡。

寬長華麗的黑色裙襬隨著她的動作晃動著，白銀絲線繡出的花紋活了一般在她裙襬上起伏，奧德莉沒有走向鋪好的床，而是繞過書桌走向跪在地上的安格斯，最終停在了他身前。

安格斯昂頭望著她，明亮的光線從她身後照下，在她的身形輪廓上鍍上了一圈漂亮的光暈。他顯然沒料到她會走到他身前，那只緊盯著她的金色眼瞳驟縮了一下，瞬間眼裡就有了光。

「小姐……」安格斯目不轉睛地看著她，動作輕柔地執起她的手掌，在沒有得到任何拒絕後，緩緩收緊了五指，矮身彎下脊背，低頭在她冷得發涼的手背上印下一個輕若無物的吻，「我不敢了……」

安格斯身形瘦高，即便雙膝跪在地面，額頭也快到奧德莉的肩膀，他牢牢攥著她的手，強硬地將她禁錮在自己身前。他說著不敢，語氣卻是不卑不亢，眼睫微垂，嘴唇挪動著想去吻她潤白的指尖。

胯間的東西不合時宜地悄悄頂起來，看起來不像是在被罰，反而像是在以下犯上。

奧德莉低頭看了一眼交握的雙手，又蔑了眼他腿間裹在褲子裡鼓起的一包，提起一側唇角，喜怒不辨道：「你有什麼不敢的？」

潤紅的薄唇隔著一線距離懸停在她指骨上方，安格斯頓了幾秒，舔了舔探出唇瓣的尖牙，彷彿是為了驗證奧德莉說的話，咬住了她的指骨。

奧德莉看著他頸後衣襟下凸顯的脊骨，忽然想起很久以前發生的一件事。

那時安格斯剛跟在她身邊沒多久，十五六歲的年紀。某夜舞會結束後，奧德莉被一個醉酒發瘋的男人纏著不放，她彼時根基不穩，無意將事情鬧大。

一直候在馬車旁的安格斯見此情況，死死盯著那個男人，握著腰間的刀，劈頭就朝她走來。然而未行兩步，便被奧德莉一眼釘在了原地。

奧德莉持著笑，不鹹不淡地將人請走，本打算秋後算帳，卻沒想兩日後那人便被發現橫死在了家中。下屬將這消息送至她面前時，安格斯正藏在她書房的內室裡擦拭刀上的血跡。

那時他年紀尚輕，不比如今不露聲色，下屬走後，他自暗處現身，一言不發便在她身前跪了下來，膝蓋重重磕上地面。

主人不需要自作主張的利刃，他也知自己犯了忌諱，一句辯解也沒有。

奧德莉隨後出門去處理他惹出的麻煩，等她回來時，發現走前他跪成什麼樣，回來後他仍舊是什麼樣。噴濺在他頰側頸項的血液早已乾涸，一柄彎刀挎在腰側，雙腿跪得筆直，衣上的褶皺都沒變過。

人都走到他跟前了，他也只是看著地面，連開口求饒都不會，低著頭露出腦後那截凸瘦的脊骨，和此刻看起來一模一樣。

奧德莉忽然反應過來，他那個時候跪也跪了，罰也罰了，該挨的罵一字不落地聽了，卻是一個錯字都沒認。

看來他從不覺得自己有什麼錯。

高跟鞋尖隔著褲子抵住他的膝蓋，戳著皮肉下堅硬的骨頭，奧德莉抬手捏住他的下巴，迫使他昂起頭，冷淡道：「告訴我，誰家的奴隸口中恭恭敬敬叫著主人，卻滿腦子想往主人的床上爬？」

安格斯悶哼一聲，他抬起頭，彷彿聽不出奧德莉語氣裡的怒意，看著她啟合的紅唇，咽了咽喉嚨，嗓音嘶啞：「是我……是我不知死活，想上您的床。」

他跪在她腳下，握住下巴上白皙的手掌，輕輕舔過唇邊的食指指尖，彷彿情人呢喃，「我想要的，就只有您一個人……」

「要我？你憑什麼？」奧德莉彷彿覺得他的話十分好笑，她猛地抽回濕濡的食指，撫上他右眼纏覆的黑色繃帶，指腹沿著布料邊緣輕輕撫過，她勾了下嘴角，「我要什麼樣的情人沒有？你年老又醜陋，哪個情人不比你聽話，你告訴我，我要你做什麼？」

夜風裹挾著寒意吹皺了燭光，短短幾分內，房間裡靜得沒有一絲聲音。

安格斯無法回答這些問題，他從來沒妄想過自己有資格作她的情人，不然也不會使用那些低劣的手段。

但在他心中，也由衷覺得這世上沒有任何人有資格做她的情人，一想到別的男人膽敢覬覦她枕側的位置，他滿心便只剩殺意。

斐斯利父子，只是死在他手裡再尋常不過的兩個人。

安格斯的頭腦在這一刻冷靜無比，他深深嗅著她身上的味道，近乎痴狂地想——如果世上終究有一個人會永遠待在她身邊，那個人只可能是他。

「我面容醜陋，學識貧瘠，所擁有的少之又少，無一不是您憐惜贈與我。除此之外，我什麼也沒有。」安格斯深深汲取著她的香氣。

「但只要是您想要的，我會竭盡所能幫您得到；您所憎惡的，我會不擇手段會為您剷除……」安格斯將額頭輕抵在她手心，低聲喃喃，「只求您可憐可憐我……」

裙襬擦過他的膝蓋，奧德莉微彎下腰，居高臨下地看著他，兩指捏著他的下巴，輕聲問道：「可憐你，你要我怎麼可憐你？」

奧德莉覷了眼他腿間的東西，又把視線移到他臉上，聲線越發冷淡，「要我把手腳借給你，還是直接脫光了和你上床？」

銀白色長髮落在他頸項，安格斯呼吸一滯，他凝視著那雙純粹的蔚藍色雙眼，咽了咽乾澀的喉嚨。

安格斯彷彿此刻才後知後覺地察覺到他的主人深抑的憤怒，理智和欲望不斷交鋒，抬起來欲攬住她腰的手就這麼生生停在了半空。

奧德莉拂開他的手，後退幾步坐進椅子裡，幫自己倒了一杯已經涼透的紅茶，她望了眼窗外黑透的夜色，又看向他腿間的東西，唇邊勾起一個冰冷的弧度，眼中毫無笑意，緩慢道：「既然你如此熱衷於偷偷摸摸在深夜做那些事，不如今夜一次做個夠。」

以「那些事」這種模糊不定的曖昧詞彙來描述安格斯的所作所為再合適不過，他比任何人都清楚他究竟對他的主人做過什麼。

在很長的一段時間裡，除了他自己，沒有人知道身為奴僕的他對自己的主人抱有怎樣濃烈的欲望和幻想。

也沒有人會想到一個表現得如此溫順的奴隸竟敢在主人毫不知情的情況下偷偷爬

上主人的床。奧德莉也同樣不能。

安格斯生來便是一隻不折不扣的怪物，道德廉恥此類人類用以束縛人性的枷鎖於他而言不值一提。

跪在地上被奧德莉斥罵，要他拋卻尊嚴自瀆這種事，對他而言算不得懲罰。

甚至他隱隱生出了一股難言的興奮，在他看來，他的小姐願意罰他，說明她並沒有厭惡他到棄之不顧的地步。

只有還被主人需要的狗才會受到懲罰，一無所用的狗只會被逐出家門。

即便他做的事足以讓他被當眾絞死，他的主人也從來沒有說過「我當初就不該買下你」這種話，他的小姐仍舊需要他，這對安格斯而言已經足夠。

安格斯不是高尚的紳士，在奧德莉面前也從不需要尊嚴這種虛無縹緲的東西，他甘願拋棄一切，做一條臣服在她腳下的溫順家犬，只求他的小姐能看著他。

她不在的這些年，他就像具行屍走肉，麻木的痛苦和蝕骨的思念每日每夜都在撕扯著他的靈魂。

他的小姐不會知道，他有多少次在夢中見到她如此刻一般高坐於他面前，或憐或恨地看著他，毫不留情地斥罵他的卑劣。

夢裡的她鮮活如斯，他在夢裡吻過她白皙的手背，偷偷撫摸過她華麗的裙襬，也曾大著膽子親吻她的頭髮。

除此之外，他不敢奢求更多。他害怕夢中的她憤怒之下，再次拋下他，連他的夢都不肯踏足。

他的主人不知道，有關她的回憶與夢境，皆是他渴飲的鴆酒。

他想她早就想得發了瘋。

安格斯推高衣襬，解開腰帶，長指勾進褲腰，在奧德莉冷漠的視線裡一點一點往下拉。

衣服下起伏縮動的腹部逐漸暴露在奧德莉眼底，他緊緊盯著她的臉，專注得像是望著她出了神。

手中彷彿只是在欲望的驅使下憑藉本能而動作。

露出的腰腹膚色蒼白，卻不顯孱弱，勁瘦漂亮的腰線肉眼可見地隨著繃緊的腹肌變換著，寬大的手掌貼著平坦小腹慢慢往下探。

經年累月，他手上布滿的細小疤痕在本就蒼白的皮膚上更顯病態的森白，每當他的手指撫過身上的一處傷，直勾勾落在她臉上的金色眼瞳便會微不可察地變動一下，像是期待她對此做出反應，卻又害怕她有所反應。

畢竟他的主人嫌他「年老又醜陋」，而事實又的確如此。他一身傷疤，品行低劣不堪，如果這具醜陋的身體不能得她青睞，至少要不使他的主人厭惡。

安格斯表現得像是妓院裡勾引女客的男妓，眉眼欲色深濃，技藝嫻熟又不知恥辱地向美麗高貴的客人展露自己的欲望和渴求，希冀客人能寬容仁慈地讓他上前嗅她裙底的芬芳。

室內氣氛曖昧，不遠處寬大柔軟的床鋪散發著和奧德莉身上相同的柔和馨香，但很快，淺淡迷人的香氣便被一股更加濃郁的鹹腥麝香沖散。

隨著安格斯褪下褲子，麝香味越發濃烈，那是安格斯束縛在褲子裡的肉莖在奧德莉的注視下按耐不住吐出的氣味。

長褲掛在後腰上，並未完全褪下，只有前方鬆散開來，安格斯微微分開雙腿，露出肌理緊繃的腰腹和一點濃密的毛髮，挺直的肉根輕輕勾掛著褲腰。

奧德莉所知的最放蕩的男妓，便是脫光了衣物，用薄薄一片布料掛在腿間高翹的性器上，彰顯自己的「能力」，以此來引誘路過的男女。

她翹著一條腿坐在紅木椅裡，手搭在扶手上，指腹在漆得光滑的扶手上輕輕磨過，不露聲色地看著他。

她雖沒見過那淫靡的場景，但她想，安格斯此刻，和那些男妓看起來應當是沒什麼區別。

安格斯肌骨強健，肌肉卻並不誇張，深長的人魚線自窄瘦腰側沒入腹下，長指拉開褲腰，深紅碩大的菇頭探出濃密的黑色毛髮，粗壯的性器漸漸暴露在搖晃的燭光下。

他每將褲腰拉下一毫，那根東西便撐開褲腰往奧德莉的方向伸一毫。

披著人皮的凶狠怪物，就連性器都比人類的猙獰了不只三分。奧德莉一想到自己在它身上遭過的罪，面色便沉了下去。

安格斯睫毛一動，不小心手滑似的，褲腰瞬間脫離手指，打在那難看的肉莖上，剛探出頭的東西，又可憐巴巴地被罩回了褲子裡。

他觀察著她的神色，蒼白的手掌按在腿間脹得凸顯的布料上，薄薄一層布料被頂得變了形，裡面的巨物將褲子撐得滿滿當當。

他手掌寬大，卻仍握不住鼓脹的一大團，五指隔著布料緩緩揉搓了幾下，黑色布料便被一抹水色浸濕，裡面的東西硬挺得可怕，迫不及待地想要從褲子裡鑽出。

奧德莉平靜地看著他，視線穿透燭光落在他腿間，安格斯看著她低垂的眼睛，忽然像是受了什麼刺激，一把拽下褲腰，裡面粗長的深紅肉棒掙脫束縛，在空氣裡劇烈甩動了兩下。

一滴瑩亮的液體自性器頂端甩落在奧德莉身前，差一點便打在了她的裙襬上。安格斯收攏五指，抓住肉根，喉結滾動，口中發出難耐、滯頓的吞咽聲。

奧德莉終於完完整整地看清了那東西的模樣，尺寸不小，卻怎麼都算不上好看，唯一還算能入眼的是顏色，紅中透著粉，不像之前看見的休斯和凱爾的性器，黑紅發紫，難看至極，不乾不淨，像是從來沒洗過。

悉悉窣窣的聲音響起，奧德莉回神看向他，見他竟膝行兩步到了她腳邊來，那吐著水的東西快要抵上她翹起的鞋尖。

奧德莉皺眉，抬腿拿鞋尖踢了一下他的東西，像是要把它踢開，「誰讓你過來的，跪回去。」

脹硬的肉棒抵著她的鞋面，滾燙的溫度似是透過鞋面傳到了她的腳背上，僅僅一下，奧德莉便挪開了腳。

在她觸碰到他性器的那刻，金色瞳孔迅速化作了一道鋒刃般的細線，但僅僅半秒，很快又恢復原狀。

安格斯像是沒聽見她說什麼，只管用虎口緊緊握住脹紅柱身，從根部一下一下往上擼動，而後又滑下去。

底下兩顆飽脹的囊袋前後晃動著，一道道細長肉褶被裡面堵滿的精液滿滿撐開。

裝聾作啞，他一向的拿手好戲。

他手中每來回一下，肉棒頂端那道細小的紅色孔縫中便擠出一股腥黏的液體，順著光滑的龜頭流至虎口，又被帶抹至整根柱身。

不知道他自己做過多少次了，動作熟練而順暢，猙獰長物在他手裡乖順得驚人。

他的手指靈活地勾弄著深紅色的冠溝，四指握著柱身，食指指腹按在頂端那個細小的孔縫上，濕亮的水液被他用指腹一點點抹開塗在性器上，連底下的囊袋也沒放過，發出細膩濕黏的「咕唧」水聲。

但很快，這水聲便被他自己的喘息聲蓋了過去。

奧德莉支著頭，看著他自己撫弄自己，面無表情地想——當真是狗不成，自己玩自己的東西，還能喘成這副模樣。

安格斯的視線一直沒有從她身上離開過，他將她厭惡的神色看得清清楚楚，但越是如此，那快感卻來得越是迅猛。

因那厭惡來自於對他的凝視，他的小姐此刻在看著他自瀆，沒有什麼能有比這更令他興奮的事了……

思及此，胯下的肉棒興奮地抖了抖，安格斯爽得閉了閉眼，很快又感覺到什麼東西碰到了他的性器。

他睜開眸子，低下頭，看見奧德莉挑起腳尖，乾淨的鞋面勾起了他那根猙獰醜陋的粗長肉莖，隨後微微轉動著腳踝，好奇似的，仔仔細細將他的東西看了個遍。

這是她第一次主動去碰他的性器，澎湃情緒轟然湧向胸口，安格斯渾身一顫，性器在她眼皮子底下又猛然脹大了些。

他抬手托住她的小腿，喉中壓抑著喘出了聲，「唔——小姐——」

嘶啞的嗓音低沉而短促，像是陡然被遏制喉嚨的野獸，在極度驚嚇下發出的聲音。

奧德莉神色不變，看了一眼方才握著肉棒此刻卻在自己小腿上的寬大手掌，腳踝一動，將硬挺的肉棒一腳踩在他的腹前，聲線清冷，「鬆開。」

那東西看似再凶狠實則也是脆弱不堪，粗糙的鞋底抵磨著皮肉，脹紅的龜頭一抖，安格斯弓起脊骨，抓住她小腿的五指卻不鬆反緊，連聲音都沒來得及發出來，鈴口便吐出了一大股稠白的濁液。

摻雜著絲絲晶瑩黏稠的清液，一同射在了她的鞋底。

腥濃的味道驟然瀰漫在空氣裡，看見鞋底滴落的濁液，奧德莉動作一頓，蹙緊了眉頭。

分明是色情至極的動作，奧德莉面上卻仍是清冷一片，她試圖從安格斯手裡抽回腿，他的手卻黏住似地不肯放。

高跟鞋底踩在地面發出一聲悶響，她從他彎曲的脊背上收回視線，道了句：「醜陋至極。」

不知道是在說他，還是在她的逗弄下輕易就射在她鞋底的性器。

Chapter 10

安格斯躬著身子，抬手握住一顫一抖的性器。他並沒有搓動，但殘餘的痛感和快意仍令他陸陸續續射了好一會兒。

厚重呼吸從受損的聲帶發出，粗喘聲似痛苦又似歡愉。他年輕氣盛，單單射一次根本滿足不了。

胯下那根可憐的東西半豎在空氣裡，好像被奧德莉踩壞了，射吐出的濁液又多又濃，碩大肉菇頂端的馬眼裡又一滴接一滴冒出來，猶如過於濃稠的乳汁。

粗碩柱身的薄皮下，一道道猙獰的青色筋脈清晰可見，濃腥的白液掛在粗長的深紅色肉莖上，慢慢往下淌，流過圈握著性器的長指，匯聚成一大滴，緩緩滴落在地面。

就連小腹和毛髮上也都掛著點點濁液，實在淫靡得不像話。

奧德莉呼吸之間，盡是他射出濁液的味道。

射完後肉莖仍舊生龍活虎，絲毫不見疲軟。安格斯卻是喘著氣緩了好一會兒才抬起頭，他呼吸深重，表情卻很淡，圓潤的瞳孔不知何時幻化作金色豎瞳，左眼眼下是數片長出的淺色鱗片。

奧德莉冷眼看著他狼狽的姿態，試著往後抽出腿，安格斯睫毛一顫，手頓時握得更緊。

他舔了舔嘴唇，直直看著她，魔怔了似地叫了聲「主人」，而後便就這麼抬起她的小腿，抬起腰將性器送進她快拖至地面的裙襬裡，硬挺的性器貼在她裙襬下的軟布鞋面上，前後緩緩磨蹭了起來。

他手箍得緊重，腰胯漸漸加重力道，撞得又凶又狠，層層裙襬堆疊下來，完完全全地擋住了裙子底下淫靡的場景。

奧德莉的鞋面被夜風吹得冰冷，他的性器卻是又硬又熱，那灼燙的溫度彷彿透過鞋面傳至她的皮膚上。

陰莖上沾滿的淫水精液，此刻全擦在了奧德莉的鞋上。每操弄一次，都加重了鞋面傳來的濕黏觸感。

奧德莉沉下臉，她清楚地感覺到腥濕的液體逐漸浸透鞋面，沾染在她的腳背上。

安格斯沉甸甸的性器搭在鞋上，奧德莉低頭雖然看不見，卻能感受得到那東西的尺寸，粗長得不似人物。

他挺腰往前操時，她的鞋尖抵不到頭，龜頭卻能一下又一下重重頂在她的腳踝前方，撞得腳踝痠軟一片。

他往後退開時，半根濕漉漉的肉莖便從華麗裙襬裡鑽出，根部的囊袋拍在奧德莉腳底，在悉悉窣窣的衣物摩擦聲裡，那沉悶的拍打聲尤為明顯。

若女僕此刻走進房間，就能看見喘息著跪在夫人腳下緩而重挺腰的管家大人，以及夫人身上隨著他挺腰的動作而微微晃動的裙襬。

細密的淺黑色鱗片繞開頸上那道深長的傷疤，一片片攀上安格斯的脖頸，燭光照耀下，脖子上森白的疤痕越發惹眼。

安格斯彷彿看不見奧德莉眉目間的冷意，他行著如此淫亂之事，分明已喘得像發情的野獸，望著奧德莉的金色豎瞳卻十分專注清醒。

長而直的眼睫在眼尾投下一道筆直的陰影，凌厲非常，那眼神有如野獸看待勢在必得的獵物。

當真是野性難馴。

奧德莉嘴邊勾起一抹幾不可見的冷笑，蔚藍色的雙眼在燭火裡越顯冰冷，她沒有打斷安格斯的動作，亦沒有嘲罵他，只是冷靜而耐心地看著他，任他前後磨弄他那根硬挺醜陋的東西。

安格斯像是被暴漲的情欲逼得失去了思考能力，瑩亮汗珠順著額角滑落，洇濕了纏繞右眼的黑布，他面上浮現出一抹病態的緋色，低喚著「主人」，傾身小心翼翼地隔著長裙去吻她的膝蓋。

腳邊裙襬飄動，奧德莉仍舊沒有制止他。

劈啪！

燈芯爆開一小串火花，牆邊燭火搖晃著又熄了兩盞。

安格斯似乎並不怕被人發現，在這闃寂的夜裡，弓著脊背順服地將額頭抵在奧德莉的膝蓋上，無所顧忌地從喉中溢出一聲又一聲低喘。

他深知他的小姐身體有多美好，他能聞到她身上的香氣，也能觸碰到柔軟的肢體，卻只能隔著鞋面操弄她的腳背。

一波波臨界的快感折磨著他的神智，然而僅僅是操弄鞋上的布料，已經射過一次的陰莖根本就射不出來。

那鞋子的觸感與她的雙腳根本無法比擬……

奧德莉好像感覺不到她的腳背在被安格斯褻瀆操弄，表情淡然得近乎冷漠，安格斯低聲喚她，她也不曾搭理。

他喘息著，眨了眨被汗水打濕的睫毛，抬起頭看向面色平靜的奧德莉，腦中忽然想起了他的小姐在床上被他操弄時露出的媚態。

奧德莉不知他在想什麼，見他磨磨蹭蹭不肯射，抬了抬腳尖，鞋尖硬生生抵進肉棒根部兩顆飽脹的囊袋中間，碾著那片敏感脆弱的柔軟皮肉。

粗大的龜頭擦過腳踝，她動著腿掂了掂腳上的東西，「怎麼？這麼快就沒用了？」

她知他惡劣行徑，在夢中常常不至天亮不罷休，嘲弄地勾了勾嘴角，「果然是老了，連這裡也不中用了。」

安格斯倏然抿緊了唇。

即便那東西真的壞了，安格斯也不可能在他的主人面前承認。

寬大的手掌沿著腿肚摩挲著往下從後方緊緊握住她的腳踝，他沉默地低下頭，膝行半步靠她更進，結實的胸膛抵上她的膝蓋，一言不發地繼續磨蹭起來。

他吞咽著乾澀的喉嚨，將喘息聲死死悶進胸喉，另一隻手托住她的腳心，發了狠地去撞奧德莉的腳踝。

鞋面早已被龜頭吐出的淫液潤得濕透，濕軟鞋面與硬挺的柱身摩擦在一起，安格斯清楚地感受到鞋面下腳骨的觸感。

纖細的腳踝被硬挺的龜頭撞得發麻，直撞得奧德莉裙襬像被風吹似地晃起來，連整條腿都因他的動作而跟著晃動。

木椅摩擦著地面發出尖銳刺耳的嘶聲，勁長的手指偷偷摸摸撫弄著她的踝骨，他的喉管中發出一兩聲震顫的野獸低鳴，不知操弄了多久，安格斯終於悶喘著開始射精。

這遲來的快感折磨了他幾十分鐘，此時他全身肌肉緊得死繃，頸上長筋凸顯，隔著衣服奧德莉也能看見衣服下賁張的肌骨，連同在她腳背上射精的肉棒，渾身都是硬的。

稠白的精液一股接一股地噴在她腳踝上，整隻鞋被浸透後，過了水似的濕，他射得斷斷續續，蹭弄許久分明是為了這一刻，然而他面上卻並不見放鬆，鎖骨上都浮出了汗。

粗長的陰莖溫順地貼著她的鞋面，奧德莉抬腿踩在他的胸前，慢慢將他往後頂開，深紅色的粗碩肉棒一點點從裙襬下鑽出來，頂端的細孔仍在一顫一顫吐著白濁，像是還沒射完，半翹著立著，弄髒了她的裙子和原本擦洗得乾淨的地面。

奧德莉長久的沉默對於安格斯而言無異於縱容，黑色鱗片漸漸覆蓋滿他的眼角、鬢邊和耳下脆弱的脖頸，他抬起頭看著她，豎瞳中間浮現出一道深如血墨的細線，嗓音嘶啞地叫她，「小姐……」

奧德莉看著他胯下那根仍舊不顯疲軟的肉莖，用沾滿精液的鞋尖踩了踩他的囊袋，聽見他咬牙悶哼一聲，轉而又點了點他粗碩的性器，面上神色淡淡，「誰叫你停下的，繼續。」

安格斯深深看了她一眼，頸上喉結無聲滑動了幾下，再次將手覆上了濕漉漉的肉莖，沉啞道：「是……小姐。」

燭火幽微的寬敞房間中，衣裙華麗的女人端坐在雕刻精美的木椅裡，一個滿身傷疤的英俊男人正聽話地跪在她腳邊自慰。

如此場景像是聖女在玩弄可憐的男人，享受男人臣服腳下的快感。但見到男人裸露在外的性器和望向女人的欲色眉眼，又似是卑劣齷齪的男人在褻瀆高貴的聖女。

場面淫靡不堪，猶如教堂牆上掛著的一幅警醒世人的油畫。

月色漸漸黯淡下去，燭火一盞接一盞地熄滅，安格斯已經記不得自己射了多少次，他的手已經動得麻木。

上一次射精已經是一個半小時以前，從馬眼裡艱難吐出的東西只有稀薄的一小股。

在奧德莉的注視下射精有多叫他舒爽，那麼射精前每一次搓動肉根就有多令他難耐，那是一種夾雜著痛苦的快意，叫他停不下來，卻又不想再繼續。

胯下長物硬如石頭，底下紅色的囊袋生出肉褶，溫順地垂掛在根部，裡面的存貨已幾乎射乾，再沒有東西壓榨得出來。

奧德莉的裙襬、鞋面上皆沾著乾透的精斑，椅腳上和地面也同樣有他射出的東西。紅腫的龜頭高翹著，肉莖頂端的紅色小孔更是紅糜發腫，不斷張合著，時而可憐巴巴地溢出一點瑩亮的黏液，像是已經壞了。

安格斯目不轉睛地看著奧德莉，唇縫幾乎抿成一條筆直的線，臉上、脖子上一顆接一顆汗水往下滾落，就連胸前的衣物也被不斷生出的汗液潤得濕透。

奧德莉垂眼回望著安格斯，任他抓著自己的裙襬。他今夜的確很聽話，膝蓋未曾離開過地面，他停在性器上的手也一直沒鬆過，自己摸著自己的東西射了一次又一次。

叫任何一個女人看了，心中都會不由得生出凌虐的快意和憐惜之情。

然而奧德莉望著他蛇目般的赤金色瞳孔，沒有哪一刻比此時更清楚地意識到安格斯並不受她掌控的事實。

那隻眼睛專注而充滿貪婪的欲望，他跪在她的腳下，看她的眼神卻像是在看即將入腹的獵物，又像是看高高在上的情人。

他並不滿足於此。

他此刻如同溫順的家犬匍匐在她腳下，只是因為他願意將脖子上的繩索交到她手裡，而非他只能這麼做。

除了他如病犯沉痾般的迷戀，奧德莉並無任何可真正牽制他的手段。

他孤身一人，無所顧忌。奧德莉無法控制一個不懼生死的奴隸，但她想，或許她能輕鬆掌控一個迷戀她的情人。

情人。奧德莉在腦中細細品味過這兩個字。

如果他足夠聽話的話……

她傾身伸出手指，輕輕挑起安格斯的下巴，白淨的眼皮垂搭下，望著他胯下那根脹得可憐的東西。

安格斯呼吸一滯，望著那雙明亮的藍色雙眼，手裡不由自主地停下了動作，「……小姐？」

纖細冰冷的食指摩擦過他乾燥的唇瓣，銀色長髮垂落在他眼前，奧德莉輕聲問道：「叫你停下來了嗎？」

「沒有……」

安格斯輕輕抿住唇上的手指，手臂繼續動起來，粗糙的掌紋緩慢滑過柱身，馬眼早已刺痛不堪，然而此刻又歡快地顫動了一下，吐出了一小股透明的水液。

遲緩的快感蹂躪著安格斯的神經，他手裡動得更快，連腰胯也挺動起來，與此同時，腹下傳來一陣不容忽視的飽脹感。

柔軟的手掌緩慢地撫摸著他的臉，食指觸摸到眼周的黑布，輕輕挑開鑽了進去。安格斯像是有些受寵若驚，眨也不眨地看著相距不及一掌遠的奧德莉，不肯放過她臉上任何一個表情。

體內沉緩的快感因她的靠近驟然活躍起來，他粗喘著盯著她，不斷搓動著手裡的粗大陰莖。

脹痛的馬眼緩慢地流出一點點稀薄的精液，而後，不受控制的，一股強而有力的液體從針刺般疼痛的馬眼裡射了出來。

淺腥的尿液噴射在地面，地面乾透的淫液和精斑被他的尿液沖得混作一灘，安格斯甚至聽見了奧德莉的裙襬上滴落的水聲。

幾個小時不曾停歇的自慰射精，引起這樣的結果顯然是理所當然，安格斯卻沒想到自己會失禁。

奧德莉愣了一瞬，而後像是覺得很好笑似的輕聲笑了出來，「真髒啊……就這麼忍不住嗎？」

安格斯喉嚨乾澀，想要喚她的名字，卻什麼也說不出口。

奧德莉在他嘴角不輕不重地落下一個吻，柔軟唇瓣溫熱軟潤，輕輕觸了一下便離開了。

纖細的手指離開他的臉，安格斯看見眼前那張漂亮的臉上勾起一抹笑，像是在嘲弄他又像只是單純地在笑，紅潤的唇瓣開合，「髒狗狗……」

天未亮，為休斯送葬的人便不約而同地來到了斐斯利莊園外，送葬者多為斐斯利家族的旁支，幾十輛馬車踏著破曉晨色在莊園外停停走走，人數竟比納爾遜逝世時還多。

他們一身黑衣，面色肅穆地圍在一起討論著些什麼。今日眾人前來，既出自對斐斯利這一龐大古老家族的尊敬，也想為自己看不清的前程謀一個寬闊平坦的出路。

奧德莉做出的荒唐決定已人盡皆知，斐斯利家族的衰敗已然無法回天，既如此，總要商討出一套勉強雙贏的方案來。

莉娜懷孕不便，休斯的葬禮由老公爵命人舉辦。休斯的死狀叫人不齒，老公爵辦得可謂極其簡約，潦草一通大火，燒了個乾淨。

奧德莉並未出席休斯的葬禮，她短暫休息了數個小時，天亮後只在眾人面前露了個面，便徑直坐上馬車前往城堡面見城主去了。

這一去，直到傍晚才歸。

除了當事人，旁人無從得知兩人究竟在那座高聳入雲的城堡商討了些什麼，但城主對奧德莉的態度卻能反映出若舊貴族仿照奧德莉割地投誠會受到的待遇，這一點至關重要。

達摩克利斯之劍正懸在所有舊貴族頭上，他們不得不小心處事。

海島的傍晚靜謐而又喧囂，車輪輾過霞色，體格健碩的一白一黑兩匹駿馬踏進了前院。

院裡的僕從見此皆是一愣，馬車是奧德莉夫人出門時所乘不假，拉車的黑馬也的確是斐斯利莊園所養殖。

可與黑馬並行的另一匹膘肥體壯的白馬卻非莊園所有。

白馬通體無暇，毛髮油光順滑，顯然並非凡物。

安格斯衣衫整潔地候在門前階下，和昨夜簡直判若兩人。自馬車出現在他的視野範圍內開始，他便一直沒鬆過眉頭。

午間下過幾滴雨，此時地面鬆軟，迎來的馬車車輪吃土要比出門前深上好幾分。

車上不只一個人。

安格斯微不可察地皺了下眉。

馬車停下，他上前拉開車門，伸出手，一隻戴著黑紗手套的纖細手臂伸出來搭上他的手掌，隨後一身黑裙的奧德莉彎腰從馬車裡鑽了出來。

奧德莉緩緩落地後，馬車裡又鑽出一個俊俏少年，把著車門一併下了馬車。

安格斯動作一愣，五指倏然捏緊。

那少年面容精緻，十五六歲的樣子，看起來和奧德莉差不多高。他一身白衣，乖乖站在奧德莉身後，像隻羞澀的雛鳥。

他站得離奧德莉極近，不知有意無意，鞋子伸進了奧德莉的裙襬下，他好奇地打量著周圍的環境，看見奧德莉面前的安格斯後，忽然面色畏懼地縮了下脖子，似是被對方的容貌和臉色嚇到了。

少年怯怯地拉了下奧德莉的袖子，黑色的眼睛不安地眨了幾下，聲音輕細，「夫人……」

奧德莉還未答話，安格斯的臉色便結冰似地寒了下去，嘴角下沉，面無表情地看著少年。

橙黃晚霞落在他陰鬱眉目間，金色眼眸裡像是沾染了血色。

少年本能地感覺到了一股鋪天蓋地的殺意。

奧德莉拍了拍少年拽著自己衣袖的手，並沒有過多安撫，而是警告地看向了安格斯。

沉靜視線穿透黑色帽紗直直射向他，奧德莉道：「這是諾亞，替他安排個住處，以後他便是我的人了。」

見安格斯不吭聲，奧德莉蹙了下眉，豔麗漂亮的眉梢滿是厲色，「安格斯，明白了嗎？」

安格斯定定看著奧德莉，緩緩垂下了手，緋紅的薄唇抿得極緊，唇縫都失了顏色，過了許久才沉聲回道：「……是。」

他垂下眼簾，背影在身後的地面拉得頎長，三兩僕從站在他身後數步遠，身前是奧德莉和少年，唯獨他孤形單影，莫名有股委屈可憐的味道。

奧德莉忽然覺得頭痛得更厲害了。

莉娜臨近產期，今日辦完喪禮，老公爵便名正言順地將人接回去養胎了。

奧德莉昨夜未睡足，今日又與城主打了一天交道，此時頭腦昏沉，額穴跳痛，只想用完餐趕緊上樓休息。

前世她受夠了病弱的折磨，每次身體不舒適時脾氣便格外暴躁。

餐桌上，她冷著臉，眉眼間掛著疲色，聽著安格斯彙報今日家中事宜，一副倦於開口的模樣。

家中繁細瑣碎之事皆由安格斯處理，倒也沒什麼值得她裁決的大事，只在聽見今日遞上拜訪名帖的豪貴名單時，奧德莉才稍稍醒了醒神。

她從安格斯手裡接過名冊，瞥了一眼，發現幾乎都是當下有頭有臉的舊貴族，這密密麻麻的二十幾個名字每一位她都知道。

替城主鞭策頑固不堪的舊貴族，將上位者的心思傳達給他們，便是她受城主之命要做的事。

一旁的諾亞坐得筆直，舉著刀叉安安靜靜用著餐，時不時悄悄瞥一眼主位的奧德莉，似是想和她說話，但又不太敢開口。

諾亞禮儀得體，看得出經過調教，他與奧德莉同乘而歸，衣物用品卻什麼也沒帶。旁人或許看不出他的來路，安格斯卻相當清楚。

城堡中有經專人調教以服侍未出嫁的貴女的侍人，也就是所謂以色侍人的奴隸。

諾亞便是其中一位。

不過因樣貌格外出眾，因此比一般的奴隸地位更高些罷了。

在安格斯眼裡，諾亞和那匹城主賞賜給小姐的白馬沒什麼區別。

不過都是貨物罷了。

安格斯瞥見諾亞看過來的視線，面不改色地彎下腰，在奧德莉耳邊低語：「小姐，安德莉亞的父親私下傳信說想見您。」

這並非什麼需要藏著掖著的消息，但奧德莉畢竟不是安德莉亞。如今這具身體的容貌已變得與奧德莉從前別無二致，貿然見她的哥哥，多半會引起他懷疑。

但身為安德莉亞，若連自己的父親都不見，又怕會引得旁人生疑。

諾亞聽不見安格斯在說什麼，他只看見斐斯利家中這位面容殘損的管家俯身離安德莉亞夫人極近，薄唇吻著夫人的頭髮，唇上的紅色像是要染到她的銀色長髮上去。

管家、侍衛、女僕，但凡有幾分姿色的男女，多的是想爬上主人的床的人，他本就為了服侍貴女而存在，這種事雖未親眼見過，卻也在城堡那種地方聽過不少。

只是他沒想到，氣質冷豔的安德莉亞夫人，也會和那些人一樣與下人苟合。

城主將他送給安德莉亞夫人，夫人便是他將要服侍的第一位主人。大多貴族都身形肥胖，容貌普通，他也不曾妄想過自己將要服侍的人會是如何貌美。

在得知自己的主人是漂亮的安德莉亞夫人後，他為此暗暗興奮了一日，此刻看到夫人與管家旁若無人的一幕，心中難免有些說不出口的滋味。

他聽聞許多貴族在床上都有凌虐奴隸的癖好，安德莉亞夫人會是一個好主人嗎？

諾亞胡思亂想著，冷不防對上安格斯的視線。那隻金色眼眸冷得如同鱷魚的眼睛，毫無溫度地看著他，像是在看一個無關緊要的死人。

諾亞輕輕打了個顫，收回視線，不敢再往奧德莉的方向看一眼。

諾亞的房間被安排在另一棟樓，與奧德莉住的地方相差了整整半座莊園。

安格斯雖為管家，但也是個僕人，他的房間同樣不在主樓。只是僕從好像對他的來去並未多加留意，也不知道管家好些日都未曾回過自己的房間。

入夜，安格斯照例將事務吩咐下去，而後舉著燭臺穿過長廊，便往奧德莉的房間去了。

房間外並無侍衛站守，只有安娜站在門口，看見安格斯舉著蠟燭陰惻惻走過來，嚇得一個激靈。隨後又不知想到了什麼，臉頰漸漸紅了個透。

夫人的房間一貫由她打掃，今日晨時她推開門，猝不及防聞了一鼻子的男人味，又腥又濃，地面上的汙穢痕跡看了叫人面紅耳赤。

她下意識看了一眼安格斯的襠部，而後又很快地收回視線。

關於夫人和管家的猜想既已得到證實，此刻看見管家走來，安娜一時不知道要不要攔。

「萊恩管家……」安娜想了想，還是慌忙叫住了直直越過她就要伸手推門的安格斯，結結巴巴道，「夫、夫人正在裡面沐浴……」

安格斯抬起的手頓住，他偏頭看了眼紅著臉緊張不已的安娜，淡淡道：「知道了，下去吧。」

安娜見他反應冷淡，又連忙添了句：「夫人叫我守著不要放人進去！」

聞言，安格斯偏過頭眨也不眨地看著她，安娜被那駭人的眼神盯得汗毛都豎起來了。

夫人也好，管家也好，她一個都找惹不起！她不敢再多話，本能地提著裙子一陣風似地跑了。

四周安靜下來，安格斯手中燭火飄搖，他一動不動地站在奧德莉門前，仔細聽著屋裡的動靜。

他來時房裡並無聲音，方才安娜吼完，屋中才從一片沉靜中響起水聲。

他站了片刻，伸手推開了門。

奧德莉的確在沐浴，她坐在浴桶裡，桶裡還冒著熱氣。房中霧氣氤氳，安格斯在一片水霧裡看見了漫至肩膀的水面。

奧德莉卸了妝，露出白淨明媚的一張臉，面上倦色稍褪，卻煩躁地皺著眉心，像是在浴桶裡睡著後又被門外的交談聲吵醒了。

「誰讓你進來的？」奧德莉語氣困倦，心煩道。

安格斯緩慢走近，將燭臺輕輕放在一旁的桌子上，「沒有人，小姐。是我擅作主張想來服侍您沐浴。」

他拿過一旁寬長的布巾搭在小臂上，見奧德莉曲腿坐在浴桶裡，岔開話題，嘶啞地道：「您要換個大些的房間住嗎，或者在旁邊的房間修一個寬敞的浴池？」

奧德莉垂至肩頭的頭髮仍在滴水，她平靜地看著他，沒說話。

安格斯今日足足一天未見到她，侵襲而來的孤獨和恐懼拉扯著他的靈魂，逼得他快發瘋。

更別提她還帶回了一個男人。

一想到他的小姐和其他男人在狹小封閉的馬車裡一起待了近兩個小時，他就想撕碎了那人，並將屍體扔進河裡。

但他的小姐不准，她說那是她的人……

安格斯走到她身後，被藏在水波下的一片雪色晃迷了眼。

他不動聲色地收回視線，伸出手，蒼白的手指按在奧德莉的額穴上輕輕揉壓起來，繼續道：「樓梯左側第五個房間無人居住，比這間屋子要寬敞許多，東西一應俱全，側屋修造有一浴池。您喜歡的話，明日我便叫人把東西搬過去。」

長指按揉的力道極其舒適，奧德莉閉上眼，眉心漸漸舒展開，這才不輕不重地「嗯」了一聲。

奧德莉動了動水下曲著的雙腿，引得一連串「咕嚕」的水聲，水花拍在桶壁上，蕩開一圈圈水波。

安格斯沒有見過奧德莉沐浴的樣子，不知道她在熱水中是這般放鬆愜意的模樣，她從前時常藥浴，不過他只有幸見過兩次她出水後的姿容。

頭髮濕漉漉的，眉眼亦是一股溫潤濕氣，像被風雨打濕的玫瑰。

此時奧德莉身上不著片縷，肌膚細膩得如同昂貴顏料在畫布上描畫而出。

安格斯用眼睛貪婪地描繪著她的眉眼，腿間的性器漸漸脹大，半硬半軟地頂著被熱水燙得溫熱的木桶。

過了十多分鐘，水溫漸漸冷了下去，奧德莉睜開眼，拉開他的手，從水裡站了起來。

安格斯將備好的乾燥長巾披在奧德莉身上，扶著她從浴桶裡跨出來。

安格斯取過一塊毛巾輕輕擦拭著奧德莉身上的水珠，面色平靜，好似心無旁騖，如果腿間沒有頂著一包的話。

他單膝跪在她身前，低下頭仔細擦拭著她白皙的腳背，那團東西在腿間布料扯開的褶皺裡越發顯眼。

他並沒有要遮擋的意思。

頭頂黑軟的頭髮隨著他的動作晃動著，蒼白的手指不經意擦過她細瘦的腳踝，安格斯咽了咽喉嚨，停下來，忽然抬起頭問道：「我能殺了他嗎？」

奧德莉一頓，好端端地又在發什麼瘋？

她敏銳地察覺出安格斯指的是諾亞，垂下眼簾平靜地看著他近乎溫順的眉眼，伸手鉗住他的下頷，面無表情地道：「不能。」

Chapter 11

「為什麼？」

安格斯毫不掩飾自己對諾亞的殺意，似是執意要置諾亞於死地。

房中熱氣瀰漫，水霧潮濕，安格斯單膝跪地，昂頭看著奧德莉，凌厲的面部輪廓在氤氳霧氣裡顯得分外柔和，白皙脖頸上的猙獰疤痕暴露在眼底，莫名有種楚楚可憐的病弱感。

奧德莉不知怎麼就想到了昨夜他跪在地上自瀆的場景。

腰部肌肉結實緊繃，腹股汗濕起伏，粗長性器上沾滿淫液，五根長指握住那根東西上下搓動，頂端的小口便會吐出稠黏瑩亮的水液……

他身形挺拔，跪在地面仍不現卑微之色，眼神凌厲如寒刀，熱汗淋漓，動情做著世間最放蕩的動作。

而現下，那根東西又硬了起來，裹在褲襠裡，脹大硬挺的一大包。

奧德莉是一個正常的女人，見了那般淫靡畫面，總會有些反應。

即便她對性事不太提得起興趣，也不得不承認，安格斯在低聲哼喘時，沙啞的嗓音確實惹人心癢……

她心裡想著，面上的表情仍舊平靜冷淡，細指緩緩沿著他瘦削的下巴往耳後緩緩撫摸過。

不像是在摸他的臉，倒像是不帶感情地在摸一件冰冷的瓷器。

安格斯冰涼的耳根被她摸得發熱，他忍不住偏過頭，將臉更緊地貼進她的掌心，隨後聽見了她遲來的回答。

「不許動他。」

安格斯愣了一瞬，而後神態自然地抬手握住奧德莉放在他臉側的手掌，恍若未聽出她警告的語氣。然而修長的五指卻越抓越緊，死死將她的手攥在掌心裡。

他定定盯著她，沉默了片刻，像是在短暫的時間裡想了很多，而後緩慢開口道：「您喜歡他嗎？一個以色侍人的奴隸。」

他周身釋放出一股恐怖的殺意，金色瞳孔迅速擴大，幾乎占滿了整面圓潤的虹膜，很快又收縮成一道鋒利的豎刃。

奧德莉毫不懷疑，只要她表露出一絲承認的跡象，安格斯便會毫不猶豫地殺了諾亞，並將他的屍體扔在一個她找都找不到的地方。

她極輕地勾了下嘴角，指腹摩擦過他右眼上纏繞的黑色軟布，反問道：「為什麼不喜歡？以色侍人，也要有色可侍，且他懂事聽話，自然討人憐愛。」

安格斯眉目間驟然戾氣橫生，但不及一秒，就因突然探入口中的手指散了個乾淨。

手上覆著軟香，沿著他的唇縫伸進去，安格斯還未反應過來，就已經主動張開了兩排尖利的牙齒迎接那抹濕潤的香氣。

即將出口的話心甘情願地被堵在了舌尖。

指尖觸及藏在齒關後的舌頭，奧德莉挑了下眉毛，挑逗似地勾弄起來。

一時間，安格斯表情發愣，茫然地眨了下眼睛，而後很快便下意識鬆開奧德莉的手，方便她更好地將手指探入唇腔。

他順從地張著嘴，無師自通地舔弄起她的手指，像一隻迫不及待迎接主人逗弄的狼犬，看似溫順，骨子裡卻充滿了壓倒性的攻擊力。

馴服一隻狼犬，便是要他憤怒，又要他甘願臣服。

安格斯口中分泌出津液，將口腔潤得又濕又熱，手指泡在裡面，像是泡進了一汪溫熱的水泉。

奧德莉沒有說話，三指托著他的下巴，笑了一下，又伸了一根指頭放進他嘴裡。

那截軟熱的舌頭比她想像中更有力，紅舌抵入併攏的指縫裡，極富暗示性地在她細嫩的指縫裡進進出出，如同性交一般。

他的唇無法閉合，只能輕輕含著奧德莉的手指，喉結滾動著，口中的津液越積越多，順著緋紅薄唇流出來，透明的液體流過他拉長的喉頸，還有些許滴落在了他的衣服上。

奧德莉看著他張開的嘴唇，用手指夾住他軟滑的舌頭，他也不躲，反倒將舌頭往她兩根手指間更深地擠進去，然後闔攏唇瓣去抿她的指根，如同含著一塊甜膩的糖，不肯鬆口。

身前是一截柔軟細潤的腰線，往上是白淨豐軟的乳肉，紅潤的乳尖墜在他眼前，安格斯幾乎可以嗅到她身上的乳香。

女人和男人不同，十七歲的少女哪裡都是最好的，腰身細瘦，雙腿纖直，胸臀卻白膩豐腴。

他的小姐孕育於權利富貴的柔軟錦繡中，她內心強大，如叢野肆意瘋長的荊棘，身體卻比一般的女人更加嬌弱，就連手指也格外的柔軟纖瘦，好似裡面的骨頭是軟的。

安格斯自下而上直勾勾盯著她，毫不掩飾自己的欲望。不過一會兒，他便忍不住用舌尖去勾舔她餘下的三根手指。

沐浴之後，奧德莉的肌膚上留有一股濕潤的暖意，水珠匯聚在雪白的肌膚上，從紅潤的乳尖顫巍巍落下來，摔碎在他臉上，又一刻不停地往下流走。

他含著奧德莉的指尖重重吮吸了一口，像是把她那顆墜著的紅粉乳尖吃進了嘴中。

奧德莉忽然將手指重新插進他濕熱的口腔中，拖出濕滑的舌頭捏著用指腹撚了撚，漫不經心道：「好好舔。」

安格斯咽了口唾沫，呼吸越發粗重，尾巴從褲腰裡靜悄悄鑽出來，「啪」一聲甩在桶壁上，好似不覺痛，急切地往她腳踝上纏。

他張開嘴，探出兩顆尖利的獸牙，將口中的兩根手指含得更深。

奧德莉忽然皺了下眉，曲起指骨抵住他的上顎，撐開他咬下來的兩顆牙齒，眯了瞇眼睛，訓斥道：「用舌頭，不准咬。」

嵌入指肉的牙齒被迫抬起，安格斯也不知聽沒聽進去，他察覺嘴裡的手指要抽走，倏然伸手攬住奧德莉的腰把人往自己身前帶了帶，另一條腿也跪了下來，將她的雙腳夾在了自己跪著的膝蓋間。

而那根不安分的長尾，也開始得寸進尺地纏繞著往她的大腿上纏。

鱗片漸漸覆滿了安格斯的脖頸，他似是極其鍾愛於舔弄奧德莉的指縫，舌尖嵌在中間不肯抽出來，軟滑的觸感來來回回，打著轉在那處繞。

安格斯分明不曾在她面前吃過人，奧德莉卻覺得自己被他視作了一塊帶血的肥肉。

濕濡黏膩的舔舐水聲、口水吞咽聲，在安靜的夜裡不斷響起。

她從前不齒於與下人偷情的貴女，豈料如今自己也變成了她們的一員。

一個年輕漂亮的寡婦和陰鬱的怪物管家，沒有會比這更惹人好奇的閒聊話題了。

落在她腳邊的尾巴時不時甩動著，奧德莉能感受到他舌面上逐漸生出了細密的倒刺，而後又像是怕弄傷了她，壓抑著縮了回去。

那感覺像是被一面細針刮過，僅一下，足夠那猝不及防的刺痛感傳達至神經。

奧德莉痛呼一聲，條件反射地往外抽手，「鬆口！」

安格斯喉中發出一聲野獸似的低鳴，金色豎瞳目不轉睛地盯著她，乖乖吐出了濕漉漉的手指。

他舔了舔嘴唇，聲音嘶啞地喚道：「小姐……」

寬大的手掌牢牢掌住她的腰，將她死死錮在身前，粗糙的掌紋來回摩擦著她腰上細膩軟熱的膚肉，不等她說話，安格斯又貼近她，在她的腹前深深嗅了一口。

好似雄獸埋在母獸腿間嗅她發情的味道。

奧德莉看見他的動作，微微蹙了蹙了眉心。

安格斯往前挪了半步，將性器抵著她的腳背輕輕磨蹭著，冰涼的尾巴勾著她的腿根，仰面專注地看著她，安靜等待著她下一步指令。

他嗅到了情液的味道。安格斯知道，她的小姐今夜也想做。

或許用他的舌頭、他的手指，或者令她厭惡的肉莖，無論哪一樣，他都很期待。

結實的手臂緊緊鎖著奧德莉的腰，她連往後退一步都做不到。

奧德莉卻並沒有如他的願，她將手上的津液在他臉上擦乾淨，手指碰到他眼睛旁的黑色鱗片，視線又挪到他舔過唇角的猩紅舌頭上。

她靜默兩秒，自上而下看著他，緩緩道：「夜深了，你該回去休息了。」

暗金色豎瞳縮如細線，安格斯沒想到會是這個回答，他抿著唇，將奧德莉抱得更緊，他一言不發地看著她，「您不讓我替您解決，是想讓那個奴隸來嗎？」

在奧德莉開口前，安格斯忽然施力抬起她一條腿，伸出猩紅的舌頭鑽進她腿間若隱若現的肉縫裡重重舔了一口。

「呃嗯——」奧德莉始料未及，渾身一僵，腰身驟然發起抖來，口中溢出一聲似痛似爽的低吟。

她昂起細頸，一隻手狼狽地撐在桌面，另一隻手緊緊抓住他的頭髮，倒吸著氣，一時連話都說不出來。

安格斯察覺到什麼，用舌頭在自己嘴唇上舔了一下，細密的刺癢傳來，他頓了一瞬，收了倒刺，而後湊近在奧德莉凸顯的恥骨上討好地咬了一口。

「抱歉，小姐……」

她腿心裡的皮膚又白又嫩，藏在裡面的那抹嫣紅透過皮肉，幾乎要從薄軟肥潤的陰阜裡鑽出來。

安格斯不太能好好地控制自己的形態，尤其在情緒起伏較大時，拖曳在地面的尾巴不安地甩動了一下，發出聲響。

掌心的腿肉發顫著抖個不停，似乎那脆弱的地方被他一口舔壞了。

她在身體上吃過的苦少之又少，幾乎一點痛都受不得，何況方才那一下。

安格斯拉開奧德莉的右腿，兩瓣濕軟的、猶如被露水澆濕的玫瑰瓣顫慄著在他眼前打開。淫水扯著絲，滴落在地面，散發出一股情欲的厚重味道。

沒有見血，但卻發腫似的紅透了，像是熟透的漿果。

確實是舔傷了。

奧德莉緩過氣來，第一次懊悔自己的所作所為，她單腳支在地面，腰腿施不上力，只能艱難地扶著桌面，看著跪在她腿間仍舊躍躍欲試的安格斯，頭痛道：「不做了，鬆開！」

她本以為他熟練於此，現在看來技巧屬實爛得徹底。

安格斯頓了一瞬，偏頭含住她的腿肉，一點點朝腿心吻過去，「但是您下面濕得很厲害……」

白嫩的大腿上逐漸留下一串濕濡泛紅的痕跡，安格斯克制著輕咬下去，聲線嘶啞如同魔鬼在引誘無辜的少女，隻字不提方才傷到她的事，保證道：「我會輕一些，讓您舒服的。」

說完，不等奧德莉反應，他便將舌頭深深壓進了那道濕得流水的肉縫中，長而有力的舌頭直直碾入絞緊的肉穴，張開嘴含住兩片柔軟鮮紅的唇肉，渴飲似地吮吸起來。

快感來臨得比奧德莉想像中更迅疾，她微蹙著眉，不自覺抓緊了桌沿。

豔紅濕熱的肉穴裡猶如包了一汪磨碎成漿的紅豆蜜，舌頭遊蛇似地鑽進去一勾，便帶出了一串濕黏的淫液。

安格斯吞咽著，退出來忽然低聲說了句什麼。奧德莉沒聽懂，但她能辨別出那是街巷裡流傳的爛話，總之不是什麼好詞。

聽見頭頂傳來的低吟，安格斯舌頭勾舔得越發賣力。他將尾巴塞進她的掌心與桌面之間，奧德莉壓低聲音細細吟哼著，在快感湧來時手不自覺用力，緊緊抓著那截黑色的尾巴。

安格斯抬起奧德莉另一條腿，抱著她軟熱的臀肉，幾乎將整張臉都埋進了那道紅靡的肉穴裡。

她下身無著力處，看起來好似分開腿坐在了他的臉上。寬厚的舌頭在收縮蠕動的小穴裡長進長出，靈活地刮磨過濕軟的內壁，將內壁上的肉褶撫得平順，層層疊疊一直頂進最深處。

舌面上倒刺時不時生出來，痛感方蔓延開又被安撫下，鼻尖抵著軟韌的肉核頂蹭著，安格斯擠壓揉捏著掌心柔軟的臀肉，不過兩分鐘，便輕而易舉地讓奧德莉繃緊腳背達到了高潮。

他用舌頭堵著濕軟的肉洞，將流出來的水液全部吞進了口中。他慢慢退出來，含住顫抖的唇肉用嘴唇輕輕抿住，又含著小小的肉核啃咬，延長她高潮的快感。

高潮後的穴道又濕又軟，他實在捨不得放過，舌頭埋在裡面便舒適得叫他渾身發熱，即便不碰也會有水流出來，舌尖一戳一舔，顯然還想再探進去。

奧德莉不輕不重地掐了一把手裡的尾巴尖，指甲陷入尾巴頂尖最脆弱的部分，感覺到安格斯整個人石化般停下，開口道：「別舔了……」

細長的尾巴尖往她手心裡鑽了鑽，安格斯聽見後，卻是又鑽入肉縫裡舔過一遍才退開。

他仔仔細細舔乾淨唇上透明的液體，吞進喉胃，注視著她的暗金色眼眸在將熄的燭火下閃著幽光。

他見奧德莉神色滿足又惱怒，想了想便將她放下，躋身於她腿間，強忍住勃發的欲望，拿過搭在木桶邊的布帕打濕，替她輕輕擦洗起來。

粗糙的布料磨過紅腫的穴肉，安格斯方才舔弄時不知趁機咬了多少下，此刻結束才隱隱泛起痛癢。

奧德莉眉心輕皺，像是在發怒，又不知氣往哪裡發，好似在氣自己自作自受。

安格斯擦拭乾淨，仍捨不得鬆開奧德莉，尾巴勾著她的手腕，垂下眼簾，一串接一串的吻落在她腰側。

情欲未褪，他聲線嘶啞不堪，好似請求又如同威脅，「殺人也好，取悅您也好，您想要的，我都會去學。但您若想要諾亞活著——」

安格斯抬起頭望著奧德莉，眼睛周圍的鱗片反射出微弱的光，陰冷又駭人。

他執起她的手，動作輕柔地吻在她的手背上，明明面色冷寒，低緩的語氣卻有種說不明的無力感，「就永遠別讓他上您的床……」

奧德莉擇日回過拜帖，此後便陸陸續續有人登門。

議事廳的窗戶對著庭院，陽光斜斜照進窗扇，一匹體態膘壯白色駿馬正悠閒地在院子裡啃食嫩葉。

相比之下，廳內氣氛倒是有些緊張。

海瑟城內自古白馬稀少，大多由城堡中專人養殖的種馬孕育，像這般通身無雜色的白馬只可能出自宮廷。

近日，一條消息迅速流傳於權貴之間，那便是城主正試圖以金銀錢財換取各貴族手中某些特定的商路和土地，以該方法來實行集權。

正當人們對此消息深表懷疑時，接連抬進斐斯利莊園裡上百箱的銀飾珠寶就成了最好的證明。

這些時日，奧德莉接見來客時，總會將諾亞帶在身邊。這個精心被調教過的少年不只是一個漂亮的奴隸，更表明了宮廷對歸順的舊貴族的態度。

諾亞的確擁有一副好相貌，既懂得察言觀色，又知端茶遞水，這個時候，一言不發站在角落裡的安格斯便顯得有些多餘了。

來客全然不知他杵在這議事廳做什麼。

議事廳門窗高闊，即便白日亦是燈火長明，明亮卻也顯得空曠，無人開口時便有些寂靜。

奧德莉接見了不知多少寢食難安的舊貴族，唯獨今日的客人艾伯納不同，他並非舊貴族一員，而是當下頗受城主倚重的新貴。

奧德莉以為他是由城主派來傳遞消息，不便於怠慢他，可他卻並未帶來任何城主口令，反倒同她聊了些細碎的話題。

一時提起某條繁榮的街道，一時又說起曾經看過的書籍。不知今日來訪究竟是何目的。

艾伯納面容英俊，姿態閒散地靠在椅中，與奧德莉其相對而坐，一通閒談後，不緊不慢地端起茶杯飲了口茶。

奧德莉頭戴黑色紗帽，只露出半截乾淨白皙的下頷，唇邊掛著笑，心中卻覺得這人言語舉措十分古怪。

「夫人身邊倒不缺服侍的男人。」艾伯納放下茶杯，忽然說了一句接近冒犯的話。他掃視過立在一旁的諾亞，又往她身後默不作聲站著的安格斯看去。

奧德莉蹙了下眉，未能揣摩出他話中含義，只解釋道：「諾亞為城主所賜，而我身後站著的是我的管家。」

艾伯納挑著長眉，似笑非笑地看著奧德莉，「是嗎？」他將雙手交握擱在膝上，緩慢道，「他看起來可不像一名管家。」

他覷了眼安格斯那張神色冰冷的臉，那隻沒有溫度的金色眼睛一直朝他們的方向看，連眨眼都極少。他表面狀似斟酌著措辭，用語卻犀利如刀，「更像一位……忠心的夜間騎士。」

「夜間」兩個字就有些多餘了。

諾亞聞此，詫異地看了艾伯納一眼，隨後又轉頭望向角落裡站著的安格斯，而後者正面色不善地盯著艾伯納。

許是諾亞動作太明顯，引得安格斯轉動眼珠，沒什麼表情地對上了他的視線。

諾亞一愣，手上的汗毛幾乎瞬間便立了起來，他自小深處詭譎宮廷，但每次猝不及防對上安格斯的視線時，都還是會被這位管家的眼神所震懾。

旁人或許輕視他，渴望他，但看他的眼神裡都會有或輕或重的情緒，而安格斯看他的眼神，卻恍若看一件沒有生命的器具。

前些日在花園中，他無意間聽見女僕提起，有人撞見過萊恩管家早上從夫人房間出來，且不只一次。

他自認比一般的奴隸漂亮千萬倍，也足夠乖巧聽話，但他來此數日，夫人雖每日帶他見客，卻從未寵幸過他，他甚至連她的房門都未曾踏足。

破損的容貌、碎石撞磨般的低啞嗓音，諾亞自小被教導容貌即是一切，他實在不明白奧德莉究竟喜愛那個冷冰冰的管家哪裡。

他胡思亂想著，驀然聽見奧德莉語氣淡漠道：「艾伯納大人今日來就只為說這些？」

她斂了笑，毫不客氣地下達逐客令，「大人若無事，就請離開吧。」

艾伯納陡然收斂了玩世不恭的態度，一言不發地看著她，似乎要透過那層薄薄的黑紗深深望進她的眼底，良久才開口道：「莉莉，妳當真不知道嗎？」

艾伯納語氣恍若死水般平靜，「妳就當真如此決絕，要與我兩斷？」

奧德莉聽見這話，不由得愣住了。這話中含義太顯然，令她腦海中迸出了一個十足荒唐的猜想——艾伯納莫不是安德莉亞曾經的戀人？

奧德莉努力在腦中思索著有關艾伯納的殘存記憶，卻一無所獲。

「我原以為妳嫁給納爾遜是迫不得已，可是莉莉，妳知道我在你身上聞到了什麼嗎？」艾伯納傾身逼近，在奧德莉胸前散落的髮間深深嗅了一口，沉下臉色，咬牙切齒道，「我在妳身上聞到了一股驅之不散的男人味……」

艾伯納動作迅疾如風，奧德莉根本沒反應過來，只聽「砰」的一聲，他就已雙手撐在桌面，彎腰朝她壓了下來。

他聲音好似從齒縫中擠出，語氣裡滿是厭惡，「一股令人作嘔的野獸味……」

艾伯納話音剛落，一陣冷風突然自奧德莉身後壓近，結實的手臂倏然橫插在兩人之間，刺耳的聲音響起，奧德莉視線一晃，安格斯竟是將她連人帶椅子攬至了身前。

他抬手掐住艾伯納的脖子，面色陰寒，如同看死人般看著艾伯納，手背青筋暴起，彷彿要將其掐死。

整個過程快得不過眨眼間，一旁的諾亞已被這突如其來的變故震懾得說不出話。

黑紗因風揚起又落下，奧德莉後背撞在木椅上，疼得她低哼出聲，她看見艾伯納被掐得筋脈凸顯的脖頸，神色驟變，來不及思索為何事情會變成這樣，出聲低斥道：「安、萊恩！鬆手！」

安格斯五指牢牢卡著艾伯納脖頸下跳動的血管，聽見奧德莉的話，不僅未鬆開，反而收得更緊，連艾伯納的脖頸都被掐得變了形。

艾伯納面色通紅，血絲攀爬上眼球，他看著安格斯，絲毫不見懼色，反而猛然抽出腰刀便朝安格斯脖頸刺下！

安格斯不擋不避，手臂驟然發力，奧德莉恍然間聽見了一聲脆響的骨骼聲。

「萊恩，你又要違背我的命令嗎！」奧德莉喝道，她真是怕極了安格斯將艾伯納掐死在這裡。

艾伯納吃痛，刀刃掉落，摔在石面發出清脆的響，他喉中發出氣音，卻是咧開嘴角笑出了聲。

奧德莉用力掰動橫在鎖骨前的手臂，安格斯的手卻如同鐵具般紋絲不動，她勃然大怒，吼道：「鬆開他！城主怪罪下來，你是想讓我和你一起被處死嗎？」

眼看艾伯納掙扎的動作漸漸變得越發緩慢無力，奧德莉突然偏頭朝諾亞吼道：「諾亞，給我刀！」

諾亞回過神，忙不迭放下手中茶壺，從地上撿起刀遞給奧德莉。

奧德莉接過刀，手腕一轉，刀尖卻不是衝著安格斯，而是朝自己手背扎了下去！

「夫人！」

冰冷的刀身在燭火中反射出刺目的光，諾亞神色驚變，不假思索便伸手去攔。

他還未近身，就見安格斯驀然鬆開艾伯納，動作迅疾地從奧德莉手中奪過了刀。

艾伯納跌落，膝蓋砸在地上，發出骨裂般的聲響。

茶杯翻倒，滾燙茶水順著桌面流下來，他狼狽地跪伏著，手臂搭在桌上支撐著上身，掌心握著脖頸，竟還在低笑。

奧德莉覺得此人也病得不輕。

安格斯看也未看艾伯納，彷彿不覺得差點殺了一名備受城主器重的貴族是什麼大不了的事。

反而低頭看向奧德莉，動作輕柔地將手指探入面紗，輕輕蹭了下她的臉頰，見奧德莉怒不可遏地瞪著他，幾秒後，又慢慢將手指抽了出來。

有意無意地，手背擦過艾伯納方才吻過的那縷頭髮。

「您被他騙了。」安格斯突然說了這樣一句話。

奧德莉並未聽清，她拂開他的手，站起身欲上前扶艾伯納起來，安格斯察覺她要做什麼，抬手牢牢抓住了她的手掌。

乾燥粗糙的手指緊緊扣著她，奧德莉回過頭，見安格斯面色冷寒，黑髮在眉目間投落灰影，陰沉得如同發了瘋。

奧德莉下意識動了動手指，指尖碰到他掌心裡緩緩生出的堅硬鱗片。

她頭痛地閉上眼，長長吸吐了一口氣，向一旁嚇傻的諾亞抬了抬手，吩咐道：「諾亞，扶艾伯納大人起來。」

諾亞點了點頭，立刻將艾伯納扶回椅子上坐著。

他偷偷看了眼對方脖頸上那一圈青紫指印，一時害怕，一時又忍不住幸災樂禍地想，身為下人的萊恩管家竟意圖刺殺身為貴族的艾伯納大人。

夫人為保全自己和斐斯利家族，多半會以畏罪之名將他處死。

即便不會，像艾伯納這般的貴族，大多心眼小如粟米，向來不能容忍奴隸以下犯上，怕也會想方設法殺了他。

然而他卻見奧德莉蹙眉望著艾伯納，平靜地道：「艾伯納大人，想來是您冒犯的舉措引起了萊恩不必要的誤會，若您下次再這般魯莽，可就麻煩了。」

話裡話外，不僅沒有怪罪安格斯，還皆是袒護安格斯之意。不只如此，還要將安格斯以下犯上的行徑歸咎於艾伯納的過錯。

諾亞切切實實愣了數秒，而艾伯納聽見此話後卻表現得十分引人深思。

他抬頭看向奧德莉堅決的神色和她被安格斯緊握住的手，面上浮現過一抹複雜的表情，不見難過與痛苦，反倒……有些預料之外的欣喜？

但不過轉瞬即逝，艾伯納很快就恢復了先前那副放蕩不羈的姿態，好似方才所見只是錯覺。

「誤會？」艾伯納不以為意地笑了笑，因脖頸受傷，嗓音沙啞不堪，說話時語速放得很慢，好似在挑釁，「他並未誤會。若他不上前來，我已經如從前那般吻上了妳漂亮柔軟的紅唇。」

奧德莉聞此，越發覺得艾伯納和安德莉亞的確關係匪淺，至少他們曾經有過一段情誼。

這樣便能解釋為何艾伯納閒扯了許多無關緊要的話題，他先前提及的事情，應當都是他與安德莉亞曾一起做過的事。

但她總覺得哪裡有些不對，艾伯納表現得更像是在試探些什麼，且安格斯出手後，他身上的注意力便不曾從安格斯身上挪走過。

她的性格與安德莉亞太過迥異，要她應對安德莉亞曾經的戀人，其難度無異於蒙面出演一場默劇。

隨後她又快速回想著自己之前與艾伯納的交談，思索是否有露餡的地方。

而奧德莉表現得……可謂一塌糊塗。

即便這般，艾伯納也沒有懷疑面前的她是否為「安德莉亞」本人嗎？

議事廳中一時只聞艾伯納低咳的聲音，他彷彿並不在意安格斯做了什麼，被傷成這樣，反而一直在笑，眉眼間哪見半點對戀人念念不忘的深情。

「請原諒我。」艾伯納緩過氣來，彎腰對奧德莉致歉。

他從懷中取出一封火漆封緘的密信放在桌上，表明了真正的來意，「這是城主命我交予妳的信。」

火漆上的印章圖案的確為城主所用，他手摁在信封上，並未直起腰，而是抬頭看著奧德莉，淺綠色的眼珠迅速收縮為一道細長的豎瞳，隨後又很快恢復原狀。時間短暫，但已足夠讓奧德莉看清楚。

他身後的諾亞不知發生了什麼，只看見奧德莉黑紗下一張紅唇輕啟，露出幾分不可置信的神色。

艾伯納挑了下眉，再次脫帽向奧德莉致歉。

隨後看著安格斯，意有所指地道：「你之前下手太急，城主有些生氣，因此來派我探探你的軟肋。」

他撿起安格斯扔在地面上的刀，俐落地收回刀鞘，笑道：「畢竟要有軟肋，才便於掌控，不是嗎？」

Chapter 12

不知最開始是從誰口中傳出，莊園內忽然間風聲四起，人人都言萊恩管家爬上了夫人的床。

但這消息傳了沒幾日，在察覺夫人對待諾亞和對待萊恩管家態度的差異後，僕人們又發現，管家大人好像也僅是爬上了夫人的床，並不得她喜愛。

這日，安娜照例往議事廳送茶點，未近議事廳的大門就看見一個身形頎長的身影孤零零站在門口當門神。

一身漆黑的打扮和白如石膏般的膚色，只一眼安娜便認出是本該待在議事廳裡的安格斯。

安娜覷他臉色，想來他不是自願站在這裡。往日她去時，管家每次都不離夫人左右，今日不知做錯了什麼被夫人趕了出來。

門口的侍衛見他這副陰沉模樣，都心照不宣地站遠了些。

他半垂著眉目，面無表情地盯著腳下石板的紋路，像是凝神在聽什麼。

安娜放緩腳步走近，卻沒聽見任何值得留意的聲響。她聚精會神豎起耳朵再聽一次，隱隱的，聽見了夫人的聲音從會議廳傳出。

好像喚了聲「諾亞」的名字。

安娜聞聲，下意識瞥了眼安格斯的臉色，不出意料，他面色又沉了一分。

說來奇怪，管家分明身形瘦削，膚色蒼白得宛如久病成疾，然而每次見他孤身一人時，旁人卻生不出絲毫憐憫之情，只覺得他陰沉得可怕。

安娜也不例外，倒不如說作為夫人的近身侍女，比別人更知安格斯性格陰鬱。

她時而離得夫人近了，回頭定能看見管家寒著臉一言不發地看著她。

侍衛緩緩推開大門，安娜雙手舉著托盤，聲音也未敢出，只匆匆向安格斯行了個禮，便屏息斂聲自他身邊溜了過去。

當她與安格斯擦肩而過時，餘光瞥見他似乎有所動作。

她本能地回過頭快速看了一眼，見管家微微斜過身，透過開啟的大門，將目光落在了屋內夫人的背影……和靠她極近的諾亞身上。

他半邊臉隱在背光的陰影中，半邊臉融在牆上照落的燭火中，眼眸深亮，好似淬火的金琉璃。

然而神色陰冷，五官淩厲，瞧不出一絲柔和的味道，直看得人心裡發怵。

今日來者是位女客，是一名寡婦，她身邊還帶了個貼身服侍的僕從，看面容裝扮，應是她的情人。

奧德莉坐姿並不十分端莊，她半倚在椅子中，手肘撐在高高的椅子扶手上，手支著額角，銀色長髮精緻地盤在腦後，露出一小截細膩白淨的頸項，纖長柔美，堪比名家筆下的畫像。

安娜看了一眼，只覺得她頸後那抹雪色白得耀眼。

諾亞乖乖立在夫人一側，正在受女客的打趣，雙頰緋紅，時不時偏頭偷偷看夫人一眼，像是在向她求助。

奧德莉並未出聲阻止，直到諾亞伸出手輕輕拽了拽她的袖子，她才轉過頭笑著望向諾亞，「這位夫人如此喜愛你，許諾願錦衣玉食養著你，有什麼不好？」

諾亞羞怯地低下頭，見奧德莉有所回應，嘴角抿出一點笑意，搖著腦袋，輕聲拒絕：「我只想留在夫人身邊……」

活脫脫一個惹人憐惜的漂亮少年。

安娜心中正感嘆，卻驟然察覺身後襲來一陣壓抑恐怖的氣息，隨後聽見安格斯聲音嘶啞地叫住了她：「安娜，東西給我。」

安娜聽見這聲音，腦子還沒反應過來，雙腿就已經一轉，把端著的茶點遞向了走近的安格斯。

安格斯身高很高，比家中侍衛還要高出大半個頭，女僕曾多次在私下聊過這個話題。

不只如此，她們也熱衷於聊他身上那猙獰醜陋的疤痕，聊他對她們冷漠卻並不惡劣的態度，聊他與夫人是否上過床，那方面會不會很厲害……

未經人事的少女，總會對強於自己又神祕的男人抱有熱烈而曖昧的好奇心。

然而真正近距離站在安格斯面前時，安娜才體會到「很高」的意思，她必須仰著頭才能看見他那隻冰冷的金色眼睛。

強大厚重的氣勢壓下來，他就像是某種冷血食肉的獸類。

安娜直直望見他的眼睛，頓時像有兩塊巨石猛地在她腦中撞擊在一起，回音陣陣，令她產生了一種難以用語言描述的感覺。

果然只有夫人那樣肆意強大的女人才能治得住他，安娜此刻由衷這般認為。

她甩了甩腦袋，深覺家中女僕若都這樣被他看上一眼，想來都不敢再對他抱有任何不切實際的幻想。

實在是，一眼就讓人遍體生寒的程度。

以安格斯的敏銳度不可能沒有察覺安娜的視線，但他許是被旁人偷偷打量慣了，並不在意。

他單手接過盤子，長腿一邁，繞過她徑直往裡走去。

動作乾淨俐落，褲腿連她的裙角花邊都沒碰到。

女客並未因諾亞的拒絕而生氣，因為她被迎面走來的安格斯吸引住了目光。

安格斯腳步沉穩，身形瘦削，高瘦的身體裹在修身衣褲裡，腰臀流暢的線條一覽無餘，殘缺的樣貌和陰冷的眼神反倒有種說不出的味道。

女客興趣盎然地看著他，搖開折扇，半遮面容，露出一雙眼睛仔細打量著他，隨後笑著問奧德莉道：「這也是妳的人？」

女客半眯著眼，彷彿要透過安格斯身上那層黑漆漆的布料窺探裡面結實的身軀，她讚賞道：「妳身邊男人雖少，卻個個都是難得的好樣貌。這般身形，想來比哪些不堪用的貴族少爺要『能幹』許多……」

奧德莉勾了下嘴角，只端起茶杯抿了口，並未搭話。

安格斯聽見了，也是一個眼神都未給對方，反倒觀察了幾眼奧德莉的反應。

他能不能幹，只有他的主人知道。

他筆直朝著奧德莉和諾亞中間走去，諾亞看見安格斯冰冷射向他的眼神，不由得想起了前幾日安格斯單手掐著艾伯納脖子將他提起來的場景，隨即垂下頭，心有餘悸地站得離得奧德莉遠了些。

奧德莉察覺諾亞的動作，不著痕跡地瞥了一眼安格斯。

貴族女眷狎玩漂亮的男奴已是海瑟城盛行已久的淫靡風氣，私下交換漂亮的奴隸更是常有之事。

女客身邊的男奴身高腿長，長眉凌厲，看似冷淡，一雙上挑的眼睛卻是飽含風情。想來女客是獨愛這種體型樣貌，安格斯躬身將盤子放在桌上時，她的目光就沒從安格斯瘦韌的細腰上挪開過。

「真是難得……」她細細端量一番後，輕挑眉尾，同奧德莉玩笑道，「不如將他借我幾日，到時我再將他還給妳。」

奧德莉偏頭望向安格斯，面紗擋住了她的上半張臉，但安格斯知道她看了自己一眼，但也只有一眼，便毫不留戀地轉過了頭。

她嘴角掛著禮貌的笑，手指撥弄著茶盞，好似只是隨口答應一件無關緊要的事，「請便。」

安格斯眼睫顫了一下，驀然轉頭看向奧德莉，但最終只是收回目光站到了她身後去。

女客開懷大笑。

那日艾伯納離開後，奧德莉打開了城主給她的信，信上交待了一些看似關鍵、實則無足輕重的小事。

奧德莉看完，指腹揉了揉紙張，隨後將信紙用燭火點燃。

火舌舐過乾燥的信紙，焦黑的顏色緩慢蔓延開來，高溫炙烤下，信紙上空白處出現了一個個名字。

黑色字跡被一道凌厲鮮紅的墨跡筆直劃過，火光逼近，黑紅筆墨交匯處暈開的墨漬猶如乾透的血液。

但很快，文字就被席捲而來的火焰吞噬乾淨。

太陽還掛在半空將落不落，絢爛晚霞透過窗戶照入房間，但比不過奧德莉指尖那一簇危險的火苗奪目。

四周安靜得彷彿空氣都凝滯了，安格斯站在她左側，定定看著奧德莉被火焰照亮的面容，只覺鮮紅的火光也燒不褪她眉眼間的淡漠。

安格斯看見她被越燃越旺的火焰燙得發紅的手指，輕蹙了下眉，腳下方有動作，就聽見一句「站著別動」。

奧德莉轉動著手腕，好似不覺火焰灼熱難忍，看著橙紅火焰一點點將信紙燒到頭才鬆開手。

艾伯納與奧德莉從未謀面，初次見面便敢在奧德莉面前無所顧忌地表明自己非人的身分，顯然料定奧德莉不能拿他如何。

他如此有恃無恐，只因他受命於城中手握絕對強權的人——城主。而如果艾伯納是怪物，那坐在王座上的那個女人會是什麼，就不言而喻了。

怪物……人們對他們連像樣的稱謂都沒有，他們卻令海瑟城的前人恐懼了上千年。

而現下看似平靜的海瑟城，又還有多少「怪物」隱在人群中？

艾伯納透露的資訊太令人震驚，遠超過奧德莉的認知。

她本以為即便存在安格斯的同族，也該與他一般如獨行的獅虎，陰冷狠厲，難以馴服。

然而奧德莉卻從艾伯納的話中得知，他們是一個擁有目的的族群。

而這目的，除了他們自己，旁人無從得知。

如今他們扮作人類隱藏在城內各處，有如掌權的貴族，有如籍籍無名的奴隸與平民，盤根錯節，由上至下，在人類不知不覺下結成了一張無形的巨大蜘蛛網。

而操縱這張蜘蛛網的人，便是城堡裡穩坐王位的女人。

奧德莉生來便抱有野心，她重活一世，本打算一步步將周遭一切蠶食進腹，然而她還未有所行動，想要的東西就接二連三地落進了手裡。

比起前世運籌帷幄，她今生得來的一切都太過容易，猶如行走在他人棋盤上的棋子，執棋者替她開路，自然也要她殺敵。

一行一步，都被人算計得清清楚楚。

如今，她不僅是新舊貴族間的橋梁，還是這城中唯一一個知曉「怪物」存在的人類。

城主要她成為走卒，還要將她當作控制安格斯的鎖鍊，給予她權勢和富貴，卻也收回了她選擇前路的權力。

奧德莉以為自己所行每一步都是由自己決定，現在她卻發現，自己從始至終都縛在「怪物」編織的網下。

那網同樣籠罩在整個海瑟城上，不知何時，便會如滔天巨浪傾覆而下。

而安格斯，卻是織網的一員。

殘餘的一小片信紙在燃燒中飄落至奧德莉腳邊，漸漸化為灰燼，時不時冒出點點未燃盡的火星。

安格斯蹙緊眉，迅速掏出一方潔白的手帕，用茶水潤濕，單膝跪在她腳邊，拉過她的手為她擦拭手指上的黑灰痕跡。

奧德莉任他拉著自己的手，看他面上露出的擔憂神色，突然開口問道：「你何時開始為城主做事的？」

安格斯動作頓了一下，才道：「七年前。」

七年前，她去世的那年。

奧德莉垂下眉目，輕笑了一聲。

帕子挪開，露出幾根乾淨的、被燙得發紅的指頭。

安格斯聽見笑聲，不自覺抬起頭看向她，隨後他好似想起什麼，安靜了幾秒後道：

「她和我一樣，是怪物。」

說罷又低下頭，用帕子乾淨濕潤的地方輕輕包裹住奧德莉被燙紅的指頭。

奧德莉動了下手指，指腹便從帕子中露出個頭來，一隻又一隻，深紅指腹映著潔白軟布，那點不算嚴重的燙傷也叫人觸目驚心。

安格斯不厭其煩地拉住她纖細的手指，又用帕子將它一根根包回去。

「她叫你來斐斯利家當管家？」奧德莉問。

「是。」安格斯毫不猶豫。

「她叫你殺了納爾遜？」

安格斯想了想，也回道：「是。」

「她叫你殺了休斯？」

「是。」

「呵。」奧德莉冷笑一聲，倏然抽回了手。

沾了黑灰的帕子掉在地面，安格斯一愣，「小姐？」

奧德莉站起來，面無表情地越過他朝外走去，裙襬擦過他的膝蓋，只留下一句輕飄飄的話，「你倒是藏得極深。」

女客在黃昏時分離開了斐斯利莊園。

暮色緩緩降臨，夜晚如洶湧浪潮席捲而來，將金色砂石海岸般的濃烈晚霞逼得節節敗退。

不知不覺中，天空已是漆黑一片。

偶見幾顆星星般的亮點在遠處一片夜暗中閃爍，那是歸家之人悄然點燃的燈火。莊園裡，眾人不停來回於廚房與餐廳之間，忙碌地準備著晚餐。

本該是嘈雜喧鬧的廚房，此時卻安靜得有些詭異。

端著盤子的女僕撞在一起，也只是不約而同地咽下喉中的驚呼聲，匆匆繞過對方繼續工作。

她們低著頭放輕腳步，小心翼翼地在房間各處點燃一支又一支長燭，一聲大氣也不敢出。

行過廚房外站著的安格斯身邊時，更是膽顫心驚，步子放得小卻又快，恨不得化作一陣風從他身旁溜過。

無怪乎下人如此謹慎畏怯，實在是安格斯神色陰寒得叫人心慌。

他微垂著眉目，望著虛空，深長眼睫半掩沉暗的金色眼瞳，面無表情，好像在思謀著什麼。

往往他露出這般神情，家中總有一段時日不會好過。

而且今日女客離開後不久，安格斯突然毫無理由地變賣了家中足足十一名奴僕。

這在以前從未發生。

變賣僕從對於勢力雄厚的家族來說，本不是什麼大事，但這次事發太過突然且人數眾多，難免引得人心惶惶。

底下有人猜測說，被變賣的僕從或許是其他家族或宮廷裡塞進來的眼線。

雖是奴僕，但能通過斐斯利家族採買要求的奴僕，面容儀態都超於常人。如此姿色一旦淪為貨物，多半會流入娼館妓院，遭人褻玩至死。

沒人想面臨那樣不堪的結局。

令下人們稍微心安的是，莊園裡並非所有人都懼怕安格斯，至少有一個人根本無需畏懼於他，那便是奧德莉。

大婚那夜，奧德莉在樓梯口見安格斯的第一面便將他嘲罵了一頓的事早已在僕從口中傳得沸沸揚揚。

若說如今家中若還有誰能治得住管家，大概也只有夫人了⋯⋯

晚飯後，奧德莉和諾亞坐在大廳的椅子裡，桌上擺著幾本書冊和一套筆墨。

諾亞手握鵝毛筆，低頭在紙上寫寫畫畫，好像在學字。

奧德莉單手支著頭，瀏覽著城主近幾日送來的禮品名冊，時不時看他一眼，低聲提點兩句。

安格斯依舊站在奧德莉背後幾步遠的地方，燭光被高至房頂的石柱無情割裂，一道分明的光影界線落在他身上，自耳根延伸至下頜，又擦過寬闊的肩膀。

他神色陰晦，大半張臉隱在陰影中，連冰冷的金色眼珠都好似蒙上了灰暗的霧，只有輕抿的嘴唇露在光裡。

安格斯垂著眼，像是在看著桌子上的兩人，又像是盯著諾亞手中那枝在紙上劃動的鵝毛筆。

一時間，屋子裡只聽得見筆尖劃過紙張的沙沙聲及奧德莉和諾亞時而響起的交談聲。

奧德莉心思在名冊上，教得並不怎麼用心，但也是有問必答。

諾亞也顯然並非真心想學字，只是想找個理由待在她身邊罷了。

奧德莉終日忙碌，少有清閒的時候。諾亞時而看書一眼，時而看向奧德莉，看起來想同她說話，又怕打擾了她。

安娜端著甜酒和果盤走進大廳，就察覺三人間古怪得近乎凝滯的氣氛。

旁人不知道安格斯心情不豫的原因，安娜卻清楚知道。

無非是下午那名女客提出向奧德莉夫人「借用」安格斯幾日時，夫人無所謂地答應了她。

雖然女客是講玩笑話，夫人應允了卻是不爭的事實。

安娜現在還能想起來安格斯在聽見這個回答時，那個不可置信的眼神。她見過夫人和安格斯私下相處的模樣，本以為管家在夫人眼裡與和她們有所不同，沒想到也只是一個說拋棄便能拋棄的僕人而已。

安娜胡思亂想著，剛在桌上放下甜酒和果盤，緊接著，就見安格斯朝這邊走了過來。

安娜見此，連忙拿著托盤退下了。

酒是安格斯提前叫人準備的甜果酒，酒液清透，色澤紅粉，冰鎮幾小時後更加清涼，味道醇香。

這酒雖然入口清甜，實際酒氣十分濃烈，酒量欠佳的人一杯便足以醉過去。

而奧德莉極喜歡喝冰鎮後的甜酒。

安格斯往透明的琉璃杯中倒了半杯酒，剛放下酒杯，奧德莉便伸手來拿。

關於這酒有多烈的話安格斯一字未提，只乖乖將酒杯填滿，然後遞給了她。

但在碰到奧德莉的指尖時，他忽然旁若無人地將她的手連杯子一起握在了手中。

男人的手掌遠比女人的寬大溫熱，輕易便能將她整個手包在掌中。

修長手指在她觸感溫潤的手背上緩緩摩擦著，掌心蹭過她手背上凸顯的瘦小骨頭，安格斯陰沉了一個下午的面色驟然和緩下來，如同抓住了某種讓他無比心安的東西。

他低頭看著奧德莉，低聲問道：「您在生我的氣嗎？」

奧德莉蹙了下眉。

手心握著被酒液沁得冰涼的酒杯，手背貼著男人粗礪溫熱的掌心，她顯然對這種矛盾的感受有點不適。

她微揚起頭，沒什麼表情地看著他，光滑白皙的面容映入安格斯眼底，他能在那雙透亮的藍色眼珠中看見自己佇立的身影。

他一張臉天生淡然得近乎冷漠，除了在床上，向來不見有多熱切。

但長指卻不安分地摩挲著，一點點勾住了她的指根，似是想將手嵌入她柔軟的指縫。

若不是他兩根手指拖著杯底，奧德莉怕是連杯子都拿不穩。

她動了動手腕，沒回答他的問題，只是不耐煩地道：「鬆開。」

書寫聲停下，諾亞有些緊張地看著兩人，沒敢開口。

安格斯觀察著奧德莉面上的表情，在觸及她眼中那片深海般的冷意後，並未過多糾纏，乖乖收回了手。

離開時，長指還貼心地在杯底拖了一下助她拿穩酒杯。

牆上照落的燭火輕晃了一晃，像一隻浴火飛舞的蝶，雙翅一扇，發出突兀的爆裂聲響。

重重火光自安格斯身後照落，影子被光拉得很長，如一塊朦朧黑布斜罩在桌面上。安格斯見奧德莉面前光線晦暗，往旁邊挪了一步，這下卻將諾亞身前的亮光遮得嚴嚴實實。

諾亞一愣，抬頭看他，卻見安格斯好似並非故意，或許說他根本就沒在意自己，只目不轉睛地盯著奧德莉。

諾亞隨著他的眼神看過去，映入眼簾的是奧德莉被酒液潤得濕亮的紅唇。鮮紅口脂染在透明杯壁上，手腕一抬，隨著酒液入喉，嘴唇亦被酒杯壓得變了形狀。

諾亞甚至可以透過酒液看見酒杯底下飽滿的唇瓣……少許清透的酒液留在她紅潤的唇縫，形成淺淺一條小河般的線。

奧德莉察覺到諾亞渴望的目光，轉過頭問他：「想喝酒嗎？」

諾亞感覺頭腦像被鼻尖酒氣熏得醉了，他咽了咽唾沫，神情恍惚地搖了搖頭，回道，「我不會飲酒，夫人……」

他不知自己酒量深淺，怕自己喝醉了鬧出笑話。

奧德莉點點頭，伸手將果盤往他的方向推了過去。

果盤裡盛著一大串飽滿的葡萄，葡萄昨日才飄洋過海運至城中，在冰窖凍了一日，紫色葡萄皮上墜著透亮的水珠，最是新鮮的時候。

諾亞摘下一顆葡萄，仔細地剝了皮去了籽，剛想將葡萄餵到奧德莉嘴邊，就發現安格斯已不知不覺中剝了許多葡萄盛在一個瓷白小碗中。

碗沿搭了個小白勺，怎麼看都是幫奧德莉準備的。

諾亞切實愣住了，他所學討好女人的技巧裡，多少帶了些勾引的旖旎味道，沒見過安格斯這般實在的。

他知道將葡萄遞到對方嘴邊時該用怎樣挑逗的眼神看著對方，也知道該怎樣用手指大著膽去撫摸對方的嘴唇，但他壓根沒想過耐心地替對方剝一碗葡萄。

奧德莉放下酒杯，安格斯便順勢將裝滿葡萄的瓷碗推到她手邊。

諾亞見此，忽然清醒地意識到，只要有安格斯在奧德莉身邊，他就永遠不可能插足到他們中間，或許連被寵幸的機會都不會有。

安格斯拿過酒杯又倒了半杯酒，這次他沒有遞給奧德莉，而是從身上不知何處掏出了一把短刃。

他挽高袖口，露出蒼白的手腕，腕上有一道粉嫩的疤痕，像是新傷。

手腕懸空置於杯上，隨後諾亞見安格斯握著刀，面不改色地在腕間輕輕一滑，鋒利的刀刃破開皮肉，半秒後，腥紅的鮮血便貼著刀刃溢了出來，順著蒼白的手腕不斷流入杯中。

濃稠的血液逐漸填滿酒杯，鮮血緩緩融入酒液，像濃墨入水般暈開。

為避免血液噴濺，刀刃一直陷在皮肉裡，直至將酒杯填滿安格斯才緩緩將刀刃抽出。

刀口橫亙在手腕內側，粉紅疤痕被溢出的血液蓋住，腥甜的血液擴散開來，逐漸蓋過屋中酒香。

安格斯面上絲毫不見痛色，彷彿已經習以為常，諾亞卻是第一次見到這種血腥的場面，嚇得臉色蒼白。

他回想起安格斯那日幾乎要掐死艾伯納的畫面，意識到這個男人遠比他想像的更可怕。

也是，斐斯利三次易主，唯獨安格斯依舊穩穩當當地待在管家之位，這樣的男人怎麼可能會是善類。

他不只對他人狠厲無情，就連對自己也能隨意下這樣重的手，如果觸了他的逆鱗，那自己又會是什麼下場？

而這偌大的莊園裡，好像除了奧德莉，就沒有其他能令他俯首屈膝的人……

諾亞偏頭看奧德莉，發現奧德莉的臉色也不好看，兩道長眉緊皺，死死盯著他腕間駭人的傷口。

安格斯好像突然變成了看不懂人臉色的蠢貨，神色自若地將酒杯推到奧德莉面前，「小姐，今日的時間到了。」

夜深人靜，燭光昏黃，安格斯手上的刀和手腕還在滴血，這場景著實詭異得可怕。好在奧德莉並沒有去接那酒杯，她動了下唇，似乎要說些什麼，最後卻是合上帳簿道：「嚇到你了嗎？今日早些回去休息吧。」

雖然奧德莉並未轉頭，但諾亞知道她是在同自己說話。她壓著怒氣，語氣並不如平日溫和，但受驚的諾亞並未發現。

他呆愣地點了點頭，迎上安格斯冰涼如蛇蠍般的眼神，無意再待在此處，慌亂地道過晚安後便領著侍女匆匆離開了。

而身後，那道陰冷的視線猶如附骨之疽，一直追著他的腳步，直到他顫慄的身軀踏入黑夜之中。

Chapter 13

黑夜沉寂，燭火晦暗。

鑲嵌金玉的石柱立於四方牆角，高聳的房頂沉悶壓下，暗影森然，房中角落如被濃郁灰色霧氣斥滿。

燭上火苗越燒越弱，高牆燈盞上的燭火一晃一燃，猶如猩紅赤瞳眨眼時發出的幽光，不由令人聯想到邪典中藏匿於黑暗裡的鬼祟惡徒。

碗中紫色葡萄果肉表面沁出澄亮汁水，冰潤涼氣順著喉嚨徐徐沁入身體，奧德莉的指尖都被勺子冰得有些僵冷。

飲下的烈酒不知不覺中在靜謐的時刻開始作祟。

奧德莉看著安格斯手腕上不再浸出鮮血的傷口，耳邊卻彷彿還能聽見血液滴落杯中的聲音。

她將視線從傷口移到他手中那柄短刃上，她認得這把刀，手柄上那顆破碎的紅寶石昭示著它的過往。

是她在角鬥場初見安格斯時從看臺扔下去的那把。

安格斯見奧德莉視線落在手裡的刀上，用酒液將刀沖洗乾淨，短刃在他手中俐落一轉，他握住刀刃，將刀柄對著奧德莉，抬手遞給了她，低聲道：「小姐。」

奧德莉抬頭看他一眼，他低眉斂目，不見半抹方才恐嚇諾亞時的張狂。

她淡淡收回視線，伸手握住了刀，被刀柄上殘存的餘溫熨燙了指腹。

奧德莉三指捏著冰冷刀身，將其舉至眼前。反光的刀身映照出她的藍色眼眸，如同夜色下的海域般冰冷。

她不得不承認，這把短刃在安格斯手中，才算得上一件上好的兵器。刮痕遍布，如年邁樹皮，殺意騰騰，刀刃在十數年裡被磨礪得薄而利，在燭火下泛出寒光。

紅寶石裂紋如蛛網，但仍舊牢牢固定在刀柄上，不知被撫摸過多少次，寶石表面溫潤細膩，可見使用者對其有多珍惜。

奧德莉從前身邊侍從眾多，雖時常帶著它，卻不曾有以血開刃的機會，然多年不見，它已是一副飲足鮮血的模樣。

一如而今的安格斯。

她不得不承認，有些東西，就是在別人手中才更能彰顯出價值，但一想到這東西本屬於自己，奧德莉便絲毫高興不起來。

奧德莉說不明白胸中怒氣源自於何，烈酒加持下，卻燒灼得她頭昏腦脹。

安格斯安靜地看著奧德莉，她抿緊唇不置一詞，然而眉眼間的煩躁卻絲毫不加掩飾。

她閉了閉眼，突然隨手將刀扔在桌面，手壓在椅子扶手，像是準備要站起來離開。清脆響聲撞入耳郭，安格斯低斂眼睫，突然往她面前挪了半步攔住了她的去路，像是故意要激怒她。

高大身影擋在她面前，奧德莉被迫停下，她面色不豫地看著他，斥道：「讓開！」

安格斯充耳不聞，只伸出自己劃傷的手，端起盛滿鮮血的酒杯遞給她，勸道：「主人，酒還是涼的，等回溫便腥得更難以入口了。」

奧德莉味覺敏銳，對日常吃食已是挑剔萬分，更別說腥得發膩的鮮血，每次安格斯呈上去，她都得把碗晾在一旁許久才肯入口。

酒氣掩蓋不住的冷腥直直衝入鼻尖，奧德莉被他口中的稱謂激怒，她猛地抬手拂開面前的酒杯，橫眉冷目，面色霜寒，「誰是你的主人？狗尚知忠誠，你又有什麼?!」

奧德莉向來體弱，雖被安格斯一碗接一碗的血養回了生氣，但纖瘦身體用盡全力也使不出多大力氣。

如今這一推卻好似猶有千斤，安格斯一身強勁筋骨突然變得孱弱無比。

他面不改色，卻也分毫不躲，手臂隨著她揮來的力度重重撞上桌沿，發出「咚」一聲悶響。

酒杯摔落地面，鮮紅液體淌了一地。

安格斯腕間剛止血的刀口又開始溢出鮮血。

大廳裡頓時一片狼藉。

只有安格斯自己知道，奧德莉揮他的力量猶如雛鳥振翅，還比不上她在床上撓他時下手重。

他接連被冷落幾日，這些日連她房間都沒得進去，苦思數夜，卻終究不知他的主人在惱他什麼。

他的小姐習慣不動聲色，此刻灌下杯烈酒，才從她口中聽見緣由。

他曾因失去她的痛苦緬懷對她的愛，如今又從她的怒火中探知她模糊不明的心思。

安格斯視線鎖緊她，緩緩勾起了唇角，像是壓抑不住胸中雀躍，那笑意在望著奧德莉姝麗的怒容時越發明顯，隱隱地，竟能從中看出幾分詫異之外的滿足來。

「您這幾日，是在氣我曾為別人做事嗎？」

安格斯低聲問著，語氣卻已然十分肯定。他一點點逼近她，喉結幾次滑滾，卻仍是按捺不住暴漲的興奮，壓低了聲音問她：「那您現在消氣了嗎？」

他抬起那隻受傷的手，想去碰她因酒意泛開淺紅的臉頰。

滾熱血液順著他的手掌滴落在她衣裙上，奧德莉愣了一瞬，隨即偏頭躲開，深深皺緊了眉心，「滾開！」

這次語氣更重，卻沒再動手。

安格斯笑意更深，他聽話地放下了手，指腹輕撚了撚，嘶啞地笑出了聲。

他克制著俯身吻她的衝動，垂下頭顱恭敬地拾起她的手將唇瓣壓上去，嗓音低啞，恍若呢喃，「我是您的狗，也只做您的狗。」

乾燥的唇紋擦磨著她的手背，安格斯嗅著她身上的酒香，長睫掩下，奧德莉看不見的赤金眼眸中，滿是黏稠飢渴的欲望。

她垂目望著他烏黑的髮頂，眉心半點未鬆，遲來的醉意逐漸侵占大腦，她反應明顯遲緩許多，過了一會兒才回神似地從他掌中抽出手。

她嗤笑一聲，顯然不相信他說的話。

背著主人偷吃的狗哪還值得信任。

抽走的指尖蹭過安格斯的唇瓣，她沒再看他一眼，站起身便要離開，然而一隻手卻突然穿過她腰身與手臂的空隙，不由分說地環住了她。

奧德莉下意識後退躲閃，卻不料被身後一把實木椅擋住去路，腳下一個趔趄，又倒回了椅子中。

安格斯的手臂輕輕在她腰後輕輕發力帶了一下，像是為了避免突然倒回去摔疼了她。

金色瞳孔落在她身上，安格斯伸出舌頭在嘴唇上輕輕舔過，酒氣和她身上的香氣暈在一起竄入鼻喉，稍稍撫慰了他骨血中躁動難耐的飢渴。

在再次惹得她發怒前，安格斯迅速鬆開了她。

只趁著手臂抽走時，長指隔著布料輕輕碰了下她腰後柔嫩的肌膚。

他直起身，從桌上拿起一個乾淨的酒杯，隨即動作熟練地抄起桌上短刃，又要在自己手腕上劃上一刀。

三日一杯，這血不能斷。

刀刃還未落下，突然間，一隻白淨的手猛然攥住了他的手臂，奧德利將他的手拖拽至唇邊，張開嘴深深一口咬了下去。

不太鋒利的犬齒嵌入未能止血的傷口，吞咽的聲音傳來，安格斯愣了半秒，而後順從地單膝跪在她腳邊，任她發洩般啃噬著自己的手腕。

柔軟舌頭緊緊貼附住他腕上的膚肉，堅硬的牙齒磋磨著他凸出的腕骨，她唇瓣蹭過的地方濕紅一片，分不清是她的口脂還是他的鮮血。

奧德莉咬得極重，可這點力道對於安格斯來說根本算不了什麼。

牙齒廝磨血肉，引發一串深而隱祕的快意，一路順經流動的血管抵達他的心臟。

安格斯的感官匯聚在貼著手腕的那截柔軟舌頭上，他深知和他的主人親吻的滋味，他渴望她，一如流浪的野狗渴望鮮嫩的肥肉。

安格斯亢奮地貼近她，額髮擦過她的耳郭，在她紅潤的耳根處深深嗅了一口。

奧德莉咽下半口鮮血，扭頭躲開，安格斯卻緊追不捨，香甜的酒味從她身上傳來，他知道他的主人已經有些醉了。

他們的血液有催情的作用，他的主人今夜飲過酒，會比平日更需要他。

燭火在奧德莉臉上投下綺麗光影，安格斯像被蠱惑住，目不轉睛地盯著她的臉。而後，他抬起另一隻手，輕輕揩去她吞咽不及而從嘴角溢出的鮮血。

接著，他傾身覆上，在奧德莉反應不及時，伸出柔韌的舌頭一口將她嘴唇上的血舔了個乾淨。

「我想吻您……」還想操您。

「夠了。」奧德莉斂眉，忍不住出聲打斷他。

她聲音頓緩，目色迷離，酒意和怒氣變成一團猛火燒灼著她的肺腑，叫她心生殘虐之意。

安格斯只顧裝聾，他是一頭餓瘋的野獸，白日虎視眈眈守在主人身邊，夜裡便想方設法爬她的床。

這樣絕佳的機會，他不可能放過。

寬大的手掌握住她纖細的腳踝，她穿著長及大腿的長襪，安格斯動作色情地揉捏著長襪下柔軟細膩的脂肉，一寸一寸往上撫摸，極力挑逗起她的情欲，「小姐……」

奧德莉掃了眼他胯下明顯的一包，抬腳踩了上去，「你是發情的狗嗎？動不動就硬成這樣。」

安格斯好似忘記他們還在大廳，半瞇著眼，喉中溢出一聲又痛又爽的哼喘。

他分開雙腿跪在地面，並不比坐著的奧德莉矮多少，稍一抬頭，就能碰到她濕潤的嘴唇。

他的小姐不太會罵人，發怒時說得最多的就是叫他「滾」，就連「發情的狗」這句話她也用來罵過他許多次了。

她身處高位，很少有人敢在她面前口吐粗鄙之語，她沒聽過太多，自然也學不會。像這樣惡劣地玩弄一個男人，已然是她能做出的最低劣之事。

小姐的這一面只有他見過，她所有關於情事的經驗都是從他身上獲取，沒有什麼能比這更令安格斯興奮。

他看著她，昂起頭想去吻她，承認道：「是……我是您發情的狗……」

奧德莉並未躲開，卻在他的嘴唇碰到她的一瞬間，高跟鞋尖深深壓入了他腿間鼓脹的一團，那處柔軟卻也堅硬，像會被輕易玩壞，奧德莉能感覺到那根肉莖抵著她的鞋底跳動。

安格斯身形一僵，五指幾乎要捏碎抓著的椅腿。

奧德莉本以為他會蜷起身子退開，卻低估了安格斯對她的渴望，他一口咬住她的唇瓣，不管不顧地把舌頭伸了進來。

韌長的舌頭滑膩又濕軟，蛇一般纏住她，他發出一聲滿足的喟嘆，大口吞咽著她口中津液，他甚至還能在她口中嘗到自己的血味。

他將腰身擠入她腿間，長睫垂下，再一抬起，底下已是一隻叫人心驚的暗金色豎瞳。

「主人……」他摟住她的腰，幾乎要把她從椅子上抱起來，褲子裡的性器沒了蹭磨的東西，可憐巴巴地吐出一股濕黏液體，硬得發疼。

奧德莉被他吻得喘不過氣，她抬手抓住他腦後黑髮想拉開他，那截舌頭卻纏得更深，竟還冒出了短細的倒刺。

許是有過之前用倒刺舔她被教訓的經歷，安格斯便克制著退了出去，只含著她的嘴唇，有一搭沒一搭地吮咬。

奧德莉裙襬凌亂，整個人已經快被他從椅子上拖到地上去。

作為奴隸，安格斯生得太好，手臂、腰身、結實的肌肉……已經有不少女人向奧德莉討要過他。

他一舉一動如禁欲的教士，專注望著奧德莉時又可見壓抑而深刻的欲望。奧德莉深嘗過這具身體的滋味，只要足夠聽話，的確叫人欲罷不能。

她咽了咽喉嚨，靠著沒動，任他狗舔似的在他唇上吻個不停，耐心告罄之際，拽著他腦後纏著右目的黑布將他拖開，語氣彷彿下達命令，「脫了。」

安格斯抬頭看她，她抬腳踩在他的腹部，「脫乾淨……」

短刃隨手扔在桌上，一旁書寫過的紙張被夜風掀落，杯盞翻倒在地，空氣裡漾開血液酒味。

奧德莉單手撐在桌面，支著頭，靜靜望著站在她面前的安格斯將衣服一件件剝落。兩人之間的空氣流動，安靜到近乎刻意。

安格斯微垂著頭，蒼白手指拉著衣領，布料悉窣摩擦，黑色腰帶勾勒出一截緊實漂亮的腰線，但很快便在奧德莉的近乎直白的視線下解了下來。

於是當兩名女僕端著燭火並肩踏進大廳，一眼就看見了昏暗燈火中長身直立，露出一副勁實白皙胸膛的安格斯。

而背對她們的椅子上，正坐著奧德莉夫人。

一入夜，莊園中廳殿與過廊的燭火向來長明不滅，此時已過零時，負責照明的女僕沒想到奧德莉和安格斯還待在此處，且素日冷淡陰沉的管家還是以這般衣衫不整的姿態……

燭火幢幢，安格斯的胸膛呈現出一種極佳的緊實肉感，不似貴族用珍饈美酒養出來的肥胖身軀，叫人有一種想握住揉捏的衝動。

女僕兩人不過十五六歲，當即便被展現於眼前的一副成熟男人身軀晃紅了臉，失神般盯向安格斯散開的胸襟。

安格斯餘光瞥見人影，偏過頭見兩名女僕目不轉視地盯著他看，神色瞬間沉下來，將脫了一半的衣服攏了回去。

四指寬的腰帶迅速一纏，又把自己裹得嚴嚴實實。

脖頸下除了手，半抹膚色都沒露出來。

女僕二人回過神，心頭猛地一震，想也沒想，雙腿就如折斷了似地跪了下去。

恐懼如潮水般四面八方向她們襲來，她們後知後覺地察覺到她們撞破的，正是家中流傳已久的家主和管家的隱祕情事。

膝蓋重重砸在地面，兩人腰背嚇得發顫，俯身貼地一字未敢言，身上已然冒出了冷汗。

安格斯看了眼跪在地上的女僕，眉眼間露出一抹厭惡之色。

奧德莉背對門口而坐，並未發現嚇得瑟瑟發抖的女僕。

她醉得不輕，沒注意安格斯煩悶的神色，見他停下，眉間微蹙，伸手抓著他剛繫好的腰帶就把人拖了過來。

另一隻手也搭了上去，作勢要解開，不滿道：「誰叫你穿回去的？」

安格斯一愣，隨即眼疾手快地握住奧德莉的手，才沒讓她把腰帶扯下去。

他隨著她拉扯的方向彎腰順從地貼近，變臉似地換上一副溫和神色，卻是緊緊握著她的手不讓她動作。

他少見地違背了奧德莉的意願，沒讓她在人前將他剝個乾淨。長指繾綣地在她腕間柔嫩的皮膚上撫摸了兩下，安格斯望著奧德莉醉態迷離的雙眼，喉結緩慢滑滾，低聲勸道：「主人，這裡不乾淨，我先帶您回房間。」

午夜時分，萬籟俱寂，叢木枝頭蟲鳥也已歇眠，這短短兩句對話一字不落地傳到了女僕耳中，兩人耳根瞬間紅了個透。

安格斯瞥過去一眼，冷厲眼神恍若實質釘在她們身上，連一旁燭火倒了，兩人也未敢伸手扶起。

奧德莉察覺到什麼，偏頭想往身後看一眼，卻又被身前人的動作奪回了注意。

安格斯上前，一掌扶在她腰後，一手橫入她膝彎，將她穩穩當當地抱了起來，如抱嬰孩般讓她坐在自己手臂上。

視野驟然拔高，奧德莉呼吸一促，下意識將手撐在了安格斯肩頭。

他拾起桌上短刃咬在口中，又舉著一支燭臺照亮，單手抱著奧德莉往樓上走去。

奧德莉還未醉到神志不清的地步，對安格斯獨斷專行將她如嬰孩一般抱起來的行為頓生惱意，命令道：「放我下來！」

安格斯未鬆手，反倒挪動了下手臂讓她坐得更穩。

「您鞋跟太高，燭光微弱，小心會摔傷。」

行走間，寬大裙襬擦過長腿，遮住了他腿間濕潤硬挺的一團。明明已經硬得不行，他面上卻是不露聲色，一副冠冕堂皇的模樣。

奧德莉嗤笑一聲，手指在他喉結上摁了一下，圓潤的骨頭微微滑動，引得安格斯渾身一僵。

她冷笑道：「裝模作樣。」

燭火迎風晃動，奧德莉自上而下看著安格斯，明滅光線落在他深邃眉眼間，裁分出塊塊光影。

安格斯的容貌有種矛盾的鋒利感，黑色短髮蓋住一雙長眉，膚色蒼白得恍若長久積病，卻因過於深刻凌厲的面骨而和清瘦病弱幾個字半分沾不上邊。

他薄唇紅潤，睫毛深長，眼尾線條如刀，單是那雙一殘一明的眼睛就有種難以直視的陰冷厲色。

只是右眼上纏繞了幾圈的黑色布帶怎麼看都有些礙事。

短刃被安格斯咬在口中，手柄朝向奧德莉，她抬起手，從他口中取下短刃。緊接著，鋒利的刀刃毫無預料地貼在了安格斯右眼纏裹的薄薄布帶上。

手指輕輕一用力，刀鋒刺入軟布，安格斯只覺眼上一鬆，就聽到了布帛裂開的聲音。

醉酒的奧德莉怎麼看都不是能拿得穩刀的人，可安格斯腳步未滯，仍是若無其事往前走，好像那把輕易能殺人的刀不是抵在他臉上。

只說了句：「刀刃鋒利，小姐別傷到自己。」

比起隔著一層脆弱布料貼著眼睛的刀，安格斯更在意奧德莉貼壓在耳側的綿軟胸乳。

她體重輕得不像話，喝醉了酒，有些無力地壓在他身上，彷彿骨頭都是軟的。

安格斯能感覺到裙下的乳肉被壓得變了形，溫暖軟香透出來，許是離得太近產生的錯覺，他竟然聞到了一股若有若無的淺淡奶香。

安格斯手裡的燭火晃了一晃，蠟油順著裝滿的燈盞流到手上，他看了一眼，動了下手臂，讓人更緊地靠著自己。

這短短幾步路比安格斯想的還艱難，他的小姐將他眼上纏著的布帶割開後，手指就壓在他凹陷的眼窩裡輕輕撫摸著。

他眼角有道傷痕，白淨眼皮微微凹進去，表面看不出有太大不同，然而眼皮底下卻是空空蕩蕩，什麼都沒有。

奧德莉力道若是重一些，手指摸下去就能碰到骨頭。

廊道燭火長燃，照得他身影綽綽，在這深夜裡，摘了眼罩，這般容貌的確有些駭人。

安格斯察覺奧德莉手指頓住，臂膀不自覺收緊了幾分，他將手中燭臺信手往走廊欄杆上一放，握住奧德莉的手拉下來，聲音嘶啞：「很醜，別汙了您的眼睛。」

安格斯握得不牢，奧德莉輕輕鬆鬆抽出手，又摸了上去。

這隻眼睛，她記得是海一般的藍色，清亮如陽光下的海面，漂亮至極。

「去哪了？」奧德莉問。

她並沒有指明，但安格斯知道她在問自己的眼睛。

他沉默兩秒，才回道：「傷了，就剜了。」

「誰傷的？」奧德莉追問，她語速緩慢卻言語清晰，像是醉了，又好像恢復了清醒。

「您在關心我嗎？」安格斯望著腳下的路，沒有抬頭，額髮垂下來微微遮住眼睛，似是故意在躲避她打量的目光。

奧德莉沒回答他，又問了一遍：「誰傷的？」

安格斯推開房門，又關上，關門聲沿著空曠寂靜的長廊盪出很遠，他低聲回道：「我自己。」

「丟了一隻眼珠，我撿回了一條命……」他似乎輕笑了一聲，奧德莉沒聽得清，「只是一隻眼睛而已，小姐。您如果在意，我明日叫工匠做一顆眼珠鑲進去。」

奧德莉緩緩收回手，「不必了。」

房間裡安娜已提前點燃了幾根長燭，名為「怪物」的血液在奧德莉身體裡悄然作祟，短短幾步路，她只覺身上火一樣燒了起來。

她看見床榻，扯拽了一下安格斯的頭髮，催促道：「你傷了眼難道腿也瘸了嗎？走快些……」

說罷，手指就挑開著他的衣領，沿著他背後的脊骨一節節摸了下去。

五指張開緊緊貼著他的肩胛，她好像熱得狠了，連頭腦都有些不清醒，待將一個地方熨帖得溫熱就又換另一處。

待安格斯整個肩骨都被她撫摸得發熱，那手又繞過他的頸項往鎖骨上貼。

安格斯低吸了口氣，三步併作兩步，將奧德莉放在了床上。

她雙手撐在身後，欲穩住身形，安格斯就已強硬分開她的雙腿將腰身擠了進來。

奧德莉以為他又要如初次那般急忙脫了她的衣服把東西塞進來，卻見他跪在地上，從自己手中取過刀，在衣服上裁下了一截二指寬的布料，抬手熟練地往右眼一繞，竟是又要將眼睛纏起來。

奧德莉靜靜看著他，也不阻攔，只在他纏好後抬手幫他解了。

布帶飄落在黑色長裙上，安格斯抬起眼看她，「……主人？」

「我不喜歡。」她道。

奧德莉沿著他的下頜邊緣輕輕撫摸，拇指擦過他的唇瓣，探進他的齒關在他鋒利的犬齒上蹭磨，看著他的眼睛，勾起嘴角沒什麼溫度地笑了一聲，「你若是覺得自己醜，就去找諾亞來。」

聞言，安格斯仍是安安靜靜看著她，一動不動好似被馴服的家犬，然而金色瞳孔卻是驟然拉得豎長，中間溢開一道腥紅的血線。

如同一把刀鋒染血的匕首立在眼眸中。

他舔了舔奧德莉的指尖，狗崽親近飼主似的，不慌不忙地抬起頭在她下巴上輕吻了一下，「他滿足不了您。」

他語氣如此理所當然，彷彿知道諾亞患有男人難以啟齒的隱疾。

奧德莉幾乎要笑出聲。

安格斯沒有壓著她，也沒有錮住她，僅是用嘴唇慢慢去勾她，黏在一起後便半點不肯分開。

奧德莉垂眸看著他，沒有出聲拒絕。

尖利的犬齒壓上柔軟唇瓣，他未用太大力，僅是咬一口就克制著收了回去。

他知道自己什麼樣才能討得主人喜歡，要慢一些，順著她的速度，不能操之過急。濕軟的舌頭舔進她的唇縫，他咽了咽喉嚨，動作開始變得急切起來。

奧德莉覷他一眼，微側過頭躲開，那滾燙的唇瓣就擦過臉頰，落在了她白膩的脖頸上。

她昂高細頸，沒讓他繼續親下去，然而手卻撥開他的衣襟，在他結實的胸肌上輕抓了一把，「脫。」

安格斯會意，嘴唇卻還貼在她柔嫩細頸上，薄唇張開，叼住她脖上一小塊頸肉吮得通紅。

犬齒壓上去，像是要咬破薄皮下青紅色的血管。

微弱痛感引得奧德莉蹙起眉，她動了動唇，安格斯又熟練地踩著她的底線往後退開，上身前傾把自己的胸膛嚴絲合縫壓入她掌心。

像是安撫，又像是求歡。

王城軍隊從街上經過時，奧德莉曾經坐在酒樓欣賞過一番。他們步履整齊，體格健碩，肌肉撐滿衣衫，看起來硬如石頭。

街旁圍滿了女人，無論出嫁與否，聲音皆要叫破了天。

奧德莉彼時無法理解她們對男人那身肌肉的執著，如今玩著安格斯的，才知道她們這般狂熱的原因。

的確是……觸感極佳。

安格斯穿上衣服身形瘦高，摸起來卻是肉感飽滿。

胸前那兩粒硬得像半熟的櫻果，乳珠嵌入指縫，奧德莉用指腹撚住細細揉了揉，安格斯便瞇著眼喘出了聲，一時收緊，一時又放鬆了叫她揉弄。

肌肉卸下力時軟韌非常，手指稍一施力便能陷進去，淡粉色乳珠在她指縫裡摩擦，一會兒白皙的皮膚就叫奧德莉玩得泛紅。

安格斯低低哼喘了半聲，解開腰帶，褪下衣物，黑色鱗尾從他尾骨處長出來，迫不及待地伸進奧德莉長長墜地的裙襬，往上擠進去纏住了奧德莉的細腰。

他一向不知羞赧為何物，奧德莉一觸碰他，他就恨不得把自己整個人送到她手心裡去讓她玩個遍。

如果奧德莉有像那些貴族凌虐的癖好，安格斯怕是會興奮得連人形都難以維持。

他一邊脫著衣服，一邊用尾巴將奧德莉牢牢纏住。

細長的尾巴尖緊緊貼著她腰上的皮膚，在衣服下不安分地蠕動，奧德莉隔著柔軟布料握上去，像撚他的乳首般捏了一下，「動什麼？」

安格斯仰頭哼了一聲，全身肌肉都繃緊了，尾巴一抖，撕拉一聲，驟然將她裙子給撐裂了。

他下意識抓住奧德莉的手，而本該握在手裡的褲腰往下一滑，掛在了聳立抬頭的性器上。

碩大菇頭勾著褲腰，粗長一根猙獰駭人，吐出的黏液把布料浸得濕透，水色深重，空氣裡盡是鈴口吐出的黏液的味道。

肉棒半遮半現，僅僅露出半根，根部毛髮濃密，柱身脹紅，青筋顯冒，在燭光裡發出淫靡水色，已是濕濘不堪。

他本就性欲旺盛，又憋得太狠，墜著的兩顆囊袋鼓脹圓潤，儲滿了未得發洩的濃精，連上面的褶皺都撐平了。

奧德莉未理會他握著自己的手，用裙子包住他的尾巴尖緩慢地揉了揉，就見安格斯剛放鬆下來的腰腹驀然又繃緊，緊緊抓著她不讓她動，求饒道：「唔呃——小姐……別揉……」

硬得脹疼的東西跳彈出來，啪一聲拍在腹上，紅糜鈴口一張，又吐出一股黏稠晶亮的水液，拉成絲滴在奧德莉鞋面。

僅僅是被搓了下尾巴，就像是要射了。

奧德莉手指撥開他額前汗濕的頭髮，抬起他的下巴仔細觀察著他爽得不停變化的瞳孔，手指繞著他的尾巴尖，疑惑道：「你這條尾巴……是不是變敏感了？」

Chapter 14

奧德莉問他，卻沒想從他口中得到答案，而是一邊動作，一邊觀察他的反應，以此來確定猜想。

她兩指撚住安格斯的尾巴尖重重搓了一下，果不其然見他蹙著眉面色難耐地哼了一聲。

她明顯地感覺到手裡的尾巴開始發熱發燙，緊貼著她柔嫩的掌心，像活物般求饒地往她指縫裡鑽躲。

他的主人猜得沒錯，每年總有一段時間他的尾巴會變得異常敏感，越臨近發情期越會如此。

除去洗浴，安格斯自己很少會碰此刻被她捏在手裡的東西，導致如今稍受刺激他便有些受不住。

他不準備將這件事告訴他的小姐，以免她拽著自己的尾巴不放。

安格斯有時候甚至覺得，比起前面這根，他的小姐對他後面這根東西更感興趣。

但奧德莉並沒有打算放過他。

她傾身靠近安格斯，手貼著他薄汗津津的腰線劃至後腰，按在他赤裸冒汗的背肌上，尋到他嶙峋瘦硬的背脊，手指陷入如細窄河道般凹陷下沉的脊椎，像是在找尋什麼，耐心地一寸寸往下摸。

纖細白頸湊到安格斯嘴邊，安格斯看不見她的動作，卻被她四處點火的手勾得腰腹發顫。

「主人……」安格斯懇求般喚她，卻不知道是希冀她快一些，還是就此停下來。

「濕得真厲害……」奧德莉手心盡是他的汗液，她動動鼻尖，在他耳根處輕嗅，聞到他身上幾不可聞的汗液味和一股浸潤在骨子裡的血腥氣。

安格斯聞聲，頸上青筋都冒起來了。

「您討厭嗎？」他喘息著，豎瞳落在她臉上，下頜繃緊，像是害怕看到任何厭惡的神色。

奧德莉覷他一眼，並未回答，手指卻是繼續往他腰後下方探去。

他目不轉睛地注視著奧德莉專注的側臉，視線又挪到她拉長的細頸上，想也沒想就伸出舌頭重重舔了一下。

陰影投落牆面，像兩隻交頸的鶴。

當指腹擦過他身上的陳年舊疤，安格斯便像被人順毛的貓般眯起眼，喉中發出兩聲震顫又黏濁的呼嚕聲。

他情難自抑地張嘴咬住她，鋒利牙齒在她脖頸上啃咬。

用他自以為輕小的力道。

金色瞳孔在晦暗環境中發出冰冷微光，他緊盯著奧德莉脖頸皮膚下青細的血管，解渴般吮住一片大力嘬弄。

腿間的東西挺立賁張，空氣裡一片惑人的麝腥味。

若奧德莉嗅覺如野獸一般敏銳，就該知道安格斯發情的味道充斥了整個房間。

若是換了常人，早已粗魯地揉弄起自己腿間的東西。

然而安格斯忍耐力好得出奇，奧德莉不碰他，他就任那根東西立著，不斷散發出淫靡的氣味，妄圖引誘他的主人主動操他。

汗濕的短髮貼住奧德莉下頜摩擦蹭弄，安格斯不慌不忙地吻她的脖頸、鎖骨，甚至想去咬她衣裙包裹住的豐滿胸乳。

一股淺淡的奶香從奧德莉身上溢出，安格斯能輕易記起他的小姐胸前兩粒乳珠被自己含在唇齒間吸咬時，從她口中發出的甜膩呻吟。

奧德莉不知他所想，手指摸到他連接著脊椎的尾巴，緊挨著粗壯的尾巴根部繞至下方，指甲在底下藏著的細軟鱗片上輕輕一刮，那變得熱燙的尾巴便不由自主地發起顫來，連纏在她腰上的部分都收緊了。

如同一條活泛游動的水魚。

「果然敏感了不少……」

炙熱溫度熨燙了她的掌心，奧德莉握住他尾巴根部，一點點往尖端的方向擼。這不是她第一次這麼仔細地感受他屬於怪物一部分，但這次顯然不同，她感覺他的尾巴像是要燒起來了。

尤其尾巴根生長著細軟鱗片的地方，又軟又燙，手指稍微用力按進去便能戳出一個淺窩來。

長尾似一條粗壯有力的黑蛇攀附在奧德莉手臂上，不停窸窣滑動，層層鱗片摩擦著她身上的布料，像是在她身上搔癢。

以奧德莉的力氣難以提動安格斯這條粗重的長尾，往常她碰時他都會自己順服地支撐著尾巴供她玩弄，今天他卻一反常態，將尾巴沉甸甸地壓在奧德莉手臂上。

奧德莉將指甲卡進舒張的鱗片縫隙中，摸到藏在鱗片裡敏感緊實的尾肉，用指甲輕刮了刮。

「呃——」安格斯反應強烈地縮動尾巴，連眉頭都一瞬斂緊了，他看向奧德莉，嗓音艱澀，「小姐……別碰裡面……」

說完，又怕她生氣似的，嘴唇貼著她的嘴唇討好地親了親，把自己整條尾巴都送到了她面前。

灼熱氣息噴灑在她皮膚上，他喘息聲沉而顫，纏在腰上的尾巴也抽了出來，一些拖在地面，大半搭在了她腿上。

奧德莉動作頓住，意興索然地收回手。她想到什麼，連臉色也冷了下去，「既然不能碰，你跪在這幹什麼？」

她醉得不太厲害，迅速的情緒變化卻叫安格斯措手不及。

眼前一道黑影猝然閃過，奧德莉還未反應過來，便被安格斯剛揚言不能碰的尾巴纏住了手腕。

「能碰……」安格斯改口，俯身輕吻在她手背上，對她罕見表露出的占有欲顯然亢奮萬分，他含住奧德莉的手討好地舔吻，唇舌濕濡道，「我是您的，您想做什麼都可以……」

他說罷，尾巴上巴掌大的地方數片鱗片緩緩張開一道半指寬的縫口，像一瓣柔軟蚌殼瓣將奧德莉的手指給裹了進去。

外表堅硬如盔甲，內裡柔軟緊實的肉緊貼著她柔嫩指尖，這地方從來沒有被外物入侵過，敏感程度可見一般。

安格斯像是有些受不住，鱗片隨著他呼吸一吸一縮，貪婪又可憐地含著她的食指。連整條尾巴都在發抖。

昏暗燭光浮動飄搖，光影變換，奧德莉衣衫齊整，而安格斯幾近赤裸。

她仍在為安格斯一時失言而不滿，任他的尾巴鱗片「咬住」自己的食指，時不時屈起指節去刮一刮鱗片裡的嫩肉。

她另一隻手順著長長的尾巴來回撫摸，時不時揉一揉，看他翹著水流不停的陰莖，肌肉僵硬地冒出熱汗，還要張開一片片黑色鱗片迎接她帶來的過激快慰。

胯間粗大的深紅肉莖貼著腹部，那東西跳動著，透明腺液一滴接一滴順著肉棒往根部濃密的毛髮裡流，頭部脹得通紅，裡面不知堵了多少稠膩精液。

像是要壞了。

安格斯蒼白面容泛紅，呼吸潮熱不堪，而奧德莉仍舊端莊姝麗，面色如常。這場景猶如披著人皮的惡魔在教訓她可憐發情的獸寵。

「你把它們貼在一起自慰過嗎？」奧德莉托起他的尾巴，突然開口問他。

安格斯緊盯著她的神色，尾巴不安分地動了動，他啞聲道：「沒有……」

素日裡安格斯如一塊冰冷堅硬的石頭，這張臉上的神情亦如石刻一般死板，也只有在性事上，他才會露出這般脆弱又極具攻擊性的姿態。

而這模樣無疑取悅了奧德莉。

她看著他，忽然俯身咬住安格斯的喉結，抓著他的尾巴和他腿間的肉棒，將兩根同樣火熱的東西貼在一起揉捏了起來。

柔嫩的掌心，堅硬的鱗尾，還有一根硬得發疼的腫脹肉莖，三種截然不同的觸感併在一起，安格斯沒體驗過這樣的快感，金色豎瞳幾度變換，尾巴掙扎著，像是要逃。

可身體卻誠實又興奮，碩大菇頭頂端的馬眼一張一合，吐出一股又一股濕亮黏膩的水液，不一會奧德莉的手心裡便濕滑無比。

一旦安格斯動作掙得太大，奧德莉便一口咬在他喉結上，待他溫順下來，才會放輕力道去吻他的頸項。

安格斯肩背肌肉賁張繃緊，他一手捏著床沿，小腹收緊，汗珠沁出，想叫出聲又生生壓了下去。

他咽了咽乾渴的喉嚨，此刻倒情願他的小姐發狠咬他。

安格斯對奧德莉的身體萬分熟悉，對自己的敏感點卻是不甚了解。一個人自慰時除了老實木訥地揉弄自己腿間脹痛的陰莖，也沒用過其他辦法。

把尾巴和肉棒握在一起搓更是想都沒想過。

奧德莉僅僅揉了半分鐘，他身上鱗片和額上黑色犄角全都冒了出來。

快感一波又一波順著脊椎往上爬，安格斯爽得腰眼發麻，感覺臍下像是生出了兩根陰莖，此刻正被她一起握在手心裡摩擦撫慰。

額頭抵在奧德莉肩頭，安格斯像是爽得過了頭，喉間溢出了野獸般渾濁的低吼，像是在求饒。

片片黑色鱗片如翻湧浪潮爬上潮紅勁瘦的小腹兩側，彷彿要將腿間那兩根可憐巴巴的東西裹住藏起來。

安格斯無力地抓住她的手腕，想要讓她繼續，又想要她鬆開手。他尾巴掙動得越來越厲害，卻無意間刺激到了自己的性器。粗大肉莖跳動著，擠壓蹭磨，發出黏膩的咕啾水聲，奧德莉一隻手本就握不住，此刻更是滑膩得要脫手。

「主人……唔嗯……小姐……」他嘴裡胡亂叫著，滾燙呼吸噴灑在她裸露的鎖骨上，卻沒得到奧德莉半分憐惜，反而令她動得更快了些。

奧德莉看著他攀在自己腕上的手，抓住他寬大的手掌，牽著他覆在那兩根硬燙的東西上。

他手心遍布細疤，乾燥粗糙，遠比不上奧德莉撫弄他的東西時帶來的快感強烈。

奧德莉並未鬆開手，而是將手覆在他手背上，帶著他一上下去搓動貼在一起的尾巴和肉莖。

他腹間濕透了，性器更是一片泥濘，奧德莉用拇指堵住他歙張吐水的馬眼，用指腹按住重重地磨，聽見他口中變調的哼喘，問道：「有這麼爽嗎？」

虎口半鎖住肉冠深溝，奧德莉呼吸同樣有些急促，安格斯卡在臨界點，被她逼得氣息都不穩。

他把汗濕的鬢角貼在她耳根處，汗珠順著髮絲滴進她領口，有些癢。

奧德莉偏頭欲躲開，卻被他隔著布料叼住了乳肉。

牙齒咬破衣裙刺進飽滿軟肉，不用看也知道咬出了血。

奧德莉痛呼一聲，手下用力，指腹撚開脆弱敏感的龜頭鈴口，罵道：「你屬狗的嗎！」

安格斯身體猝然繃緊，收回牙齒，在咬破的地方舔了一下，隨後抽出手，抓住她的五指，裹在他的兩根東西上快速套弄。

敏感的肉莖和尾巴再次被柔嫩掌心包覆，安格斯滿足地低嘆一聲，瀕死般粗喘起來。

他緊握著她的手，從性器根部往頂端搓，一股股鹹腥腺液不斷從擴張的鈴口吐出來，一副要射的模樣。

安格斯抬起頭看她，眼角鱗片在燭光下反射出冰冷亮光，犄角如堅硬的黑晶石，眉眼間欲色濃烈，視線鋒銳陰冷如蛇目。

他啟唇喘息之際，奧德莉能看見他唇舌間鋒利的尖牙和舌面細小的倒刺。

奧德莉的眼光太過專注，安格斯猛地用另一隻手攬住她的腰將她推向自己，抬起頭含住了奧德莉的嘴唇。

他才挨了罵，不敢再用覆滿倒刺的舌頭舔她，就只好含住拿牙齒啃咬。

奧德莉被他拽得俯下身，臀淺淺沾著床沿，整個人快被他拽到地上去。

他挺動著腰，用脹痛的性器去操她的手心，撞得奧德莉手心發熱發麻。

她抓住他的尾巴欲穩住身形，卻不經意間，手指又被他舒張開的鱗片含了進去，受激的蚌殼般夾住她的手指，一吸一合，儼然爽得不可開交。

奧德莉此時才明白過來，他為什麼叫她別碰他尾巴鱗片裡。

她微蹙眉心，口脂被他一口接一口吃了個乾淨，啃得她嘴唇都快破了皮。

她試圖後退，安格斯便追著咬上來。

幾分鐘後，安格斯停下動作，收緊喉嚨粗喘數聲，奧德莉只覺手裡的東西顫抖著，隨後一大股濃稠精液從肉莖裡噴射而出。

他射得又多又濃，大半都射在了她身上，溫熱精液自龜頭溢出，溢滿了她的指縫。

奧德莉以為已經結束，低下頭去看，整個肉棒被他握在手中，只露出一個掛滿精液的碩大肉菇，黏糊糊地往下滴。

然而一秒後，安格斯忽然握著她的手又開始動起來，奧德莉反應不及，眼睜睜看著幾股白濁斷斷續續從濕紅的細小肉縫裡射出來。

她下意識偏過頭，安格斯便親眼看著自己的東西濺到了奧德莉白淨的側臉上，幾滴掛在她緊閉的紅唇上，又靡又浪。

奧德莉皺著眉伸出舌頭舔了舔嘴唇，幾滴白濁被她收進口中，鹹腥味充滿口腔，她眉心斂得更深，有些嫌棄地看了眼他絲毫不見疲軟的性器，道了句：「難吃。」

安格斯呼吸一滯，只覺剛射完的性器頓時又硬得難受起來。

燭火幽微，如傍晚即將消散的昏黃日色，在奧德莉明豔面容上鋪展開一層薄透的紗霧。

她醉時和清醒時不太一樣，姿態仍舊端莊矜傲，眸中卻多了溫潤水氣，也不會刻意擺出一股旁人勿進的厲色。

若非要安格斯用言語形容，那就是醉時他的主人會更親近他一些。

如果她頭腦清醒，絕不會把他的東西吃進嘴裡，還皺著眉埋怨那黏稠鹹腥的東西難吃。

那東西怎麼會好吃……

安格斯抬頭望著她，喉結上下滑動，頸上覆蓋的細密鱗片也隨之起伏，在燭火裡映射出微弱的亮彩光色。

他將手緩緩探入奧德莉的裙襬，手掌隔著長襪輕撫奧德莉顯纖瘦的小腿，一路向著柔嫩溫暖的腿心處滑。

安格斯手上還沾有自己射出的東西，輕易浸潤了她的長襪，皮膚與布料黏在一起，奧德莉不太舒服地動了下腿。

黑色鱗尾溫順地搭在她膝上，安格斯喚她：「主人……」

奧德莉抬眼，把被白濁弄髒的手舉到他唇邊。長指纖細，腥濃濁液掛在指間，稠而膩，散發出淫靡的腥氣。

安格斯會意，膝下挪動半步，將自己的腰身卡進奧德莉雙腿間，伸出舌頭，一口一口把自己濺到她手上的東西舔了個乾淨。

他微垂著眉，吃得極為認真，腥白精液染在他潤紅的唇舌上，舔淨了，又一根一根把她的手指含進唇舌中吮吸。

些許濁白精液掛在他唇角，舌面肉刺刮疼了奧德莉的手指，但她沒有抽出來，而是又在他口中插入一根指頭，輕輕攪弄他靈活又乖巧的舌頭。

他毫無抵抗，甚至主動啟唇讓她更方便地玩弄他的唇舌。

口中泌出津液，他又緩緩咽下，奧德莉幾乎可以看見混雜在清亮津液裡的稠膩白濁。

「自己的東西嘗起來如何？」她問道，另一隻手揉捏著搭在身上的柔韌尾巴。

安格斯舌頭被手指擠壓著，嘶啞的聲音此時有些含糊。

他目不轉視地看著她，滿是欲望和占有情緒，「我骯髒低賤，不比主人可口……」

安格斯的舌尖遊蛇般鑽進她指縫，重重舔了下柔嫩的指根，裙裡的手掌都碰到奧德莉的腿根了，口中還在假意詢問道：「小姐能讓我嘗嘗嗎？」

癢意自腹下蔓延，奧德莉能感覺到溫熱的水液自腿心滲出。

奧德莉聽出他的意思，但一看見安格斯舌頭上細密的倒刺，下意識便回絕了他：

「不能。」

安格斯被拒絕也不見氣餒，只用粗糙的手指順著她腿根前後來回揉摸。不知女人是否都如他的主人這般細嫩，他一碰便捨不得挪開。每次做完，那裡總有不能示人的牙印。

奧德莉今日穿著長裙，是以貼身襯裙下空空蕩蕩，春水湧出豐潤濕軟的唇肉，蜿蜒劃過腿根，迎上了安格斯探入的指尖。

雖看不見他的手，卻能感受到他越發放肆的動作，這讓奧德莉生出了一種莫名隱祕的快意。

安格斯將一根手指鑽進床鋪與濕濡肉穴的縫隙中，在那條柔軟濕滑的肉縫裡來回蹭弄。

肥膩濕熱的肉唇緊緊裹住他的手指，被操弄得不停發出咕啾聲。

「主人……」安格斯曲起指節，破開層層濕軟滑膩的嫩肉碾入穴口，內壁蠕動著咬住他手指，他貼近她腹前輕嗅，嘶啞道，「您這裡好軟……已經濕透了……」

奧德莉撐坐在床沿，因為姿勢，被安格斯摸得不是很舒服。

伺候奧德莉是安格斯慣做的事，見她微蹙著眉，安格斯立刻心領神會地抽出手指站了起來。

「唔——」不知他有意無意，指甲刮過充血敏感的陰蒂，引得奧德莉夾緊腿細細喘出了聲。

「很快就好，您先忍一忍……」安格斯安撫道，動作卻不慌不忙，熟練仔細地脫去奧德莉的衣裙，像是故意折磨她高漲的情欲。

他抬起她的腿脫下高跟鞋，讓奧德莉腳底踩在他大腿上，隨後扯開她大腿上的襪帶，將長襪往下褪。

奧德莉吃穿衣飾無一不是安格斯一手置辦，他對她的身體早已熟悉無比，向來無需裁縫丈量也能製成一件合身的衣裳。

長襪上，腳踝的部分用金線繡著一枝花的紋樣。重瓣少葉，細莖帶刺，生機盎然卻又危險，是一枝漂亮熱烈的玫瑰。

安格斯看見，俯身在貼著她腳踝的那朵孤傲的玫瑰上吻了一下。

他的……

安格斯眼睫微垂，忍不住用牙齒輕輕咬了下去。

很輕，奧德莉幾乎沒能察覺。

她長腿抬起踩在他身上，腿心濕透的風景在燭光下若隱若現，水液打濕了臀下坐著的布料，顯出淫靡的深色。

安格斯抬起頭，剛好一眼望進那收攏顫動的豔潤花瓣。

水液從肉縫裡滿溢出來，拉成絲滴在床鋪，晶瑩透亮。

安格斯越發覺得喉間乾渴，像穿行沙漠的粗野旅人終於見到水源，想吮乾她的水液，卻又不被允許。

而他已經知道要怎麼得到自己想要的東西。

安格斯強忍渴意，繼續手上動作。

奧德莉用腳踢了下貼著他大腿的粗長肉棒，青筋盤繞，粗碩恐怖，滾燙熱度透過布料傳遞至她腳心，她緩緩吸了口氣，催促道：「快脫……」

「是。」安格斯勾了下嘴角。

他將長襪收撿好放在一旁，奧德莉不耐煩地一把拽起他將他推倒在床鋪裡，手中長襪掉落，她翻身騎在他腰上。

她今夜眉心就幾乎沒鬆過，此時更是寫滿了「磨磨蹭蹭」幾個字。

安格斯眼疾手快地扶住她的腰，順著她的力度倒進鋪開的被子上，顯然對她的動作早有預料。

奧德莉直起腰，一手撐在他胸前，微俯下身，扶住他的東西就要往裡塞。

雪白軟膩的豐碩乳肉墜在他眼前，剛好在一個能看不能吃的距離。

胸上兩顆豔紅珠果挺立著，乳尖周圍烙著兩顆醒目的牙印，掛著血腥色。

那是安格斯先前咬的。

視線從乳肉挪到她臉上，金色豎瞳直直看著她，手掌在她腰身上輕撫，安格斯勸道：「您那裡太小了，又很久沒讓我進去過，貿然進去您會受傷。」

他語氣低沉，好似還有點委屈。

奧德莉根本沒理他，她連吃穿都格外挑剔，在性事上同樣不會委屈自己。

粗大得不可思議的性器緊貼著她濕潤的穴肉，碩大的龜頭頂開了肉唇。

奧德莉抓著半截肉莖往下坐，可底下的穴肉觸到硬燙的肉莖便被刺激得收縮夾緊，果然如他所說根本進不去。

安格斯動起腰，性器在她手心裡來回抽動，再次提議道：「主人，舌頭是我身上最好的工具，您會舒服的……」

安格斯對舔她這件事有著強烈的執著，他喜歡他的主人在他的唇舌下放浪地叫出聲，無助地抓著他的頭髮或肩背高潮發顫。

他伸出舌頭給她看光滑的舌面，保證道：「刺已經收回去了，不會傷到您。」

奧德莉狐疑地看了看他額上的黑色細角，想說什麼，但安格斯已經抓著她的腰把人提到了自己肩上。

濕噠噠的肉穴正對著他的嘴唇，長尾纏上她的大腿，大大分開了她的雙腿，奧德莉還未反應過來，安格斯就按著她的腰坐了下去。

濕軟冒著熱氣的肉穴壓在他臉上，他唇上任何動作都清晰地傳到了奧德莉身上。

安格斯重重吮吸一口，咽下滿口淫液，浸潤了乾渴的喉管，這才滿足地侍奉起她來。

長而韌的舌頭在肉縫上來回舔過，不過幾下，穴口就像是被他的舌頭舔開了，淫靡地張開一個不斷收縮的細小肉洞。

奧德莉必須承認，安格斯的確很會。如果不是知曉他第一次的粗魯生澀，說他那張嘴服侍過千百個女人她也相信。

他的舌頭寬厚靈活，能進入到很深的地方，偶爾會溫柔地像這樣輕輕地舔，但更多的時候，是像野獸交媾一般狠重抽插。

安格斯口中喘息得比她還厲害，一口又一口，舌頭被肉穴裹吮成各種形狀，不停戳刺著敏感蠕動的內壁，一舉進到深處，在敏感的軟肉上打圈攪弄。

淫水被堵在身體裡，攪出叫人耳熱的浪蕩水聲，咕啾黏膩，但無一例外，最後全進了他嘴裡。

快感將奧德莉的頭腦糊作混沌，欲火像熱油澆火般越燃越旺。

她扶著床頭，低聲呻吟著，腰軟得幾乎使不出力，只能將肉穴全壓在他臉上。

幾乎要叫人擔心他會不會呼吸不暢。

舌頭退出來，帶出一股又一股濕黏的淫液，安格斯含住顫慄的肉唇，將洩個不停的淫水吸進嘴裡。

奧德莉的聲音於他是最好的催情藥，胯下的東西緊緊貼著腹部，濕亮的腺液時不時往外冒，並不比奧德莉好到哪裡去。

舔了幾分鐘，舌上倒刺便不受控制地出現。

安格斯微揚起頭將她的陰蒂含進嘴裡，用舌面拍打著她的陰蒂，又用舌尖抵住柔韌的肉粒重重地碾。

不至片刻，奧德莉便收緊小腹達到了高潮。

那截細腰在安格斯手裡發著顫，濕熱的穴肉不斷收縮，他幾乎可以想像到自己胯下的東西操進去會是怎樣的快感。

然而只是舌頭滿足不了被肉棒操過的肉穴，奧德莉只覺身體越發空虛，連乳肉都有些脹痛。

安格斯翻身將奧德莉壓在身下，抬手抹去臉上水液，分開她的腿，把硬得發疼的東西抵在了濕軟的肉縫上。

酒精和安格斯餵給她的血在此刻發揮了最大作用，安格斯無需扶著肉棒，那處飢渴的穴就能蠕動著內壁，將粗碩的龜頭一點一點吞進去。

唇瓣顫抖著，吃得艱辛無比。

安格斯額髮汗濕，眼眸深邃泛出猩紅微光，他低頭盯著交合處，身後的尾巴胡亂甩動，拍打著床面，顯然被這淫靡的畫面刺激得異常興奮。

他俯下身含住奧德莉的乳首，一邊吮咬一邊抽插，「您的穴好浪，它自己就能吸著把肉棒吃進去……」

他一進來，就掐著奧德莉的腰快速動起來，小腹重重撞在奧德莉恥骨上，囊袋拍得她的臀肉發疼。

奧德莉抓著胸前四處搔弄的頭髮，把下口沒輕沒重的安格斯拉開，語調被他撞得破碎，「等等、唔……你瘋了嗎，慢、慢些……」

安格斯聽出她口中怒意，依依不捨地在含腫的紅豔乳尖上舔了一口，應聲道：「……是。」

他抓住她的大腿，將她的腰抬起懸空，動作的確放慢了，龜頭卻是又深又重地碾進了最深處。

但可怕的是還有小半截露在外面，他想一併操進去，卻又擔心操壞這柔軟的地方。

奧德莉的腿上被襪帶勒出兩道紅痕，碰上去有些疼又有些癢，安格斯兩隻手剛好抓著那一圈，在印痕上又抓出五道指印。

這樣的速度對於野獸來說，終究是有些欲求不滿。

奧德莉張著紅唇，內裡同樣是一處又熱又濕軟的溫柔地。

安格斯慢慢挺著腰，尾巴卻悄悄跑到了奧德莉臉頰邊，隨著他聳動的身形不停在她臉上擦動。

奧德莉見它晃來晃去煩人得緊，張開嘴一口便含住了它。

尾巴尖軟韌發熱，和安格斯的性器一起搓動摩擦後，細碎鱗片裡滲入了一股深重

的羶腥味，像是含住了一根性器。

黑色鱗尾被潤紅的唇包裹著，安格斯沒忍住，俯下身去啃吻她。尾巴在兩人的唇瓣口舌裡鑽動，活物一般被裹挾在兩根糾纏的舌頭內。聲音被堵在口中，安格斯不聽勸阻地快速操弄起來。

奧德莉胡亂抓住他額上的黑色硬角，呻吟聲全被他吞進了嘴裡。過激的快感叫奧德莉繃緊了身體，底下的肉穴咬得安格斯幾乎動不了，每次抽出頂進時都會帶出纏裹住猙獰肉棒的媚肉。

肉莖重重碾過體內敏感發熱的軟肉，奧德莉弓起腰，被安格斯壓得喘不過氣。趁他退開時，張開牙齒一口惡狠狠咬住了搭在嘴裡的尾巴，咬完還下意識含住抿了一口。

安格斯頓時僵住，腰眼一麻，咬緊牙抽插數下，將腦袋埋在她肩頭，性器根部生出肉刺，死死勾住她的穴肉，抵進深處噴射出一大股精液。

他身上鱗片有些冰涼，精液卻不知為何滾燙得嚇人，重重噴打在敏感的內壁上，多得像是在射尿。

肉穴一陣陣痙攣起來，一股熱液從交合的縫隙處溢出來，奧德莉嗚咽一聲，將嘴裡爽得僵硬發直的尾巴咬得更緊了。

柔軟濕滑的肉舌裹著尾巴尖，安格斯舔舐著奧德莉的脖頸耳肉，只覺得自己恐怕要爽到死在他的主人身上了……

Chapter 15

一夜春情濃烈只在床上，恍若夜間凝露，晨起秋日一照，那點摸不清的溫情通通消散殆盡。

奧德莉對安格斯的態度依舊不冷不熱，好像只是將他當作解決欲望的情人。

如果他乖乖做個情人也就算了，只是昨夜纏綿到最後，不知道究竟是誰在服侍誰，又是誰在解決誰的欲望。

幾個小時下來，奧德莉酒意都被安格斯弄醒了，最後待他射精不備時一腳將他踹下了床，強撐著精神罵他一頓後才勉強睡了個覺。

她被他鬧得疲憊不堪，臨睡前還不忘威脅，「再爬上來就殺了你……」

聲音含糊不清，儼然已經困倦至極。

安格斯跪在床下，凝視著奧德莉白皙斑駁的纖柔後背，舔了下嘴唇上被氣急敗壞的她咬破的傷口。

身後黑鱗長尾仍亢奮地甩動著，形如遊動蛇尾，發出細微風響。

他見奧德莉著實累得不行，怕累壞了她，之後沒敢再鬧，一直在床邊等到他的小姐睡著，才化作獸型壓著被子擠到她身邊去。

第二日奧德莉發現背後一大片被壓得緊實平扁的床鋪，又回想起昨夜夢見自己被一條蛇壓得氣悶，冷落了他好些日。

這日午後，花園裡秋風穿湧，日頭溫吞。

奧德莉坐在石亭中，身前攤開著本泛黃的古籍。

這書是她花大錢托上次那名女客尋來的，她抄錄備份用了幾日，今日才將原本送來。

書已陳舊不堪，修補痕跡明顯，書脊斑駁，看起來都快散了。

這書的年齡，怕是比這座石亭還年長。

安娜站在奧德莉身旁，身形板正，像是要把自己變作一張展平的薄紙。

數公尺外，安格斯一身黑衣立在亭臺石階下，正肆無忌憚地凝望著奧德莉纖弱窈窕的身形。

兩人間毫無遮擋，他抬目看過去，奧德莉柔細的腰臀曲線一覽無餘。

奧德莉眼不見心不煩，只可惜安娜眼角餘光總能瞥見他。

她本就畏懼安格斯，如今更是如芒刺背，生怕自己服侍夫人不夠周到，和那些女僕一樣被管家大人變賣為妓。

她胡思亂想著，往常夫人身邊沏茶換盞這些瑣事都由管家服侍，想來夫人還沒消氣，不容他近身，管家便叫她站在亭臺風口當塊會動的擋風石，時不時去換壺熱茶。

安娜倒不覺得冷，只是站得有些無聊。

端上來的吃食凡是需動手的，安格斯通通都處理好了，她杵在這，好像就只能當塊擋風板。

但好在奧德莉沒坐多久，她翻閱了半本，就將書合上了。

奧德莉起身蹙著眉不太舒服地撫了撫胸口，道了句「將書收起來」，就匆匆站起來往亭外走。

安格斯一直注意著奧德莉的情況，見她面色不好，立刻迎上來扶住她，「您怎麼了？」

奧德莉聞到他身上的氣味，一時胸前越發疼得厲害，險些直不起腰。

她顧不得人多眼雜，撐著他的手借力，艱難地道：「扶我回房……」

這情況自那夜和安格斯做完便一直存在，但奧德莉並未在意，只當安格斯下口不知輕重，疼上幾日就好了。

然而幾日下來卻越發嚴重，兩側雙乳飽脹發熱，奧德莉能感覺到乳尖變得硬挺難忍，抵在布料上，隨著她行走的動作不停摩擦。

像是有什麼東西被堵在裡面出不來，只想上手揉一揉。

白日裡莊園中處處都是侍從，這般情況又不便請醫者，奧德莉本打算回房解了衣服看看，沒想此次來勢洶洶，走了兩步便疼得額間冒汗，難受得幾乎將半個身子倚在了安格斯身上。

安格斯察覺不對，變了臉色，迅速打橫抱起奧德莉，無視花園裡女僕們訝異的視線，進樓就近推開了一所房門。

安格斯眉心緊皺，面色凝重，單手將奧德莉托在臂彎裡，騰出手關上門，去查看她的情況。

奧德莉眼前驟然昏暗下來，屋內竟是一盞燈燭也未點亮，像濃雲黑沉的午夜，只有一絲亮光從一面牆體縫隙中透進來。

她推了安格斯一把，聲線有些抖，「放我下來……」

安格斯聽話地將人放下，卻沒鬆手，長臂攬住細腰，將她托在懷裡，像是護著一枝易折的花枝。

身為野獸的敏銳感官在此刻發揮了巨大作用，安格斯幾乎在冷靜下來的那一瞬間，便嗅到了一股惑人的香甜氣味。

他不敢斷定，抬手擦了擦奧德莉汗濕的額間，詢問道：「您身體不適嗎，是否需要喚醫者來診治？」

奧德莉搖頭，她看不清眼前狀況，扶著他纏在自己腰上的手臂，抬手隔著衣服去摸脹痛不堪的胸乳。

然而手臂不小心擦碰到乳尖，一聲難抑的低吟瞬間脫口而出，「呃唔……」

奧德莉蹙眉，反手胡亂去扯身後繫緊的繩帶，裙身卻在拉拽下勒得更緊，前襟陷入圓潤飽滿的小半抹乳肉，硬挺乳尖頂高的布料落在安格斯眼裡，隱隱好似有一抹濕濡水色。

奧德莉摸到他的手，拽著他的手指往繩上帶，「替我把衣服脫了……」

安格斯愣了一瞬，隨後低聲應「是」，動作俐落地勾開她背後繩帶，將衣裙從她身上剝下。

衣裙層層落地，堆在腳邊，像半開未折的層疊花瓣。

痛極之下，眼淚根本不受控制，奧德莉眼眶潤濕，眼前好似蒙上一層霧，只能勉強看見面前安格斯高大的身形，將她整個人罩在身前。

她眨了下眼，潤去眼睫上的淚，低下頭去看自己熱脹的雙乳，卻看不清晰。輕輕碰一下，仍是疼痛不堪。

好在安格斯能在暗中視物。

奧德莉拽著他衣領，拉得他低下頭，挺胸將白膩的乳肉送到他眼底，問道：「能看清嗎，和平時有什麼不同？」

這場面浪蕩得不像話，年輕漂亮的女人脫得一絲不掛，攀著男人的手將自己送到他身前，挺著白膩飽滿的胸乳，拽著他低下頭，好似要他品嘗。

然而安格斯此刻卻沒半點情欲心思，他比此刻受痛的奧德莉還慌張，唇線抿得死緊，只恨自己沒注意到她的不適。

圓潤瞳孔收縮成鋒利豎刃，金色虹膜在此刻格外明亮。

前些夜被人啃腫的奶尖分明已經養好，此時卻又脹成了深紅色，飽而小巧的乳首恍若一顆漿汁潤澤的紅色漿果，在男人周身冰冷的氣息下可憐地打著顫。

雙乳更是飽滿肥膩，脹得滾圓，皮膚被撐得透而薄，雪色肌膚下，青紅血管脈絡清晰可見。

猶如生育後脹奶的孕婦……

房間密閉昏暗，空氣也好似凝滯不動。安格斯嗅到氣味，鼻尖壓在她肥膩飽滿的胸乳上，湊近深嗅了一口。

脹紅的乳尖隨著它的主人發著顫，甜膩香味好似透過薄透的皮膚，源源不斷散發出來，安格斯喉間滯澀，胯下頓時就硬了起來。

的確是一股醇厚香甜的奶味……

奧德莉疼得太厲害，她從未體會過這般感受，煎熬難忍，卻又從安格斯清冷的氣息裡感到一股莫名的撫慰。

兩人站得極近，安格斯的褲子貼著奧德莉赤裸白皙的長腿。

見他聞完卻不說話，奧德莉屈膝頂了他一下，扶著他肩頭的長指無力地滑過他的胸膛落下來，她氣息不穩，斥道：「你啞巴了嗎……」

安格斯抬目看她，性器頂著褲子抵在她腰上，他也不挪開，反而在她身上擠蹭了一下，沉聲喚她：「小姐，您通乳了。」

奧德莉愣住，下意識抬手去碰自己的胸乳，「……什麼？」

安格斯拽住她的手，喉嚨乾澀道，「別碰，小姐，不能揉，會受傷。」金色眼眸定定落在她臉上，「只能用嘴吸出來。」

說罷，安格斯拖著她的臀，將她騰空抱起來抵在牆上，低下頭小心翼翼地將她的乳尖含進嘴裡，如未長齒的嬰孩吸食母乳一般，吸了一口。

一小股清甜的奶水溢出，脹痛感終於得到緩解，奧德莉昂頸舒爽又痛苦地呻吟出聲。

她還沒接受自己通乳的事實，就感受到了餵乳的滋味。

安格斯一隻手抱住她，手掌輕輕拖住另一團乳肉，滑膩肥潤的乳肉從安格斯指縫中擠出來，沉甸甸地墜在他手中。

胸乳瑩潤非常，散發著一股惑人的熱香氣息，安格斯不敢吸得太用力，怕弄疼了她。

然而力道太小乳汁根本出不來，全堵在飽脹的白嫩乳房裡，撐得乳尖高高挺立。

硬挺的性器隔著褲子抵在奧德莉臀肉上，她無力地攀著安格斯的肩頭，迫不及待地想要從這痛苦裡釋放，口中催促道：「重些……」

安格斯摟緊她軟細腰身，他吸過一邊又換另一邊，直到這般輕柔力道再吸不出一點奶水才逐漸加大力道。

很快，奧德莉便因自己的魯莽付出了代價。

「唔……別、等等……」奧德莉痛吟著，眼中水光如湖面。

她雙腿纏在他腰側，不由得挺高繃緊的細腰，平坦小腹因此緊緊貼著他，連底下那處柔軟濕潤的穴口都隔著布料貼在他身上吸蠕。

然而不知為何，無論安格斯如何在她硬燙發熱的乳尖上重重吮吸，裡面的奶水卻是一點也出不來了。

纖細手指緊掐在他肩頭，安格斯聽見頭頂奧德莉低吟出痛聲，抬起頭用額頭在她身上輕蹭了一下，心疼道：「小姐，忍一忍……」

汗濕的銀色長髮被他撫到一邊，露出奧德莉痛得泛紅的臉龐，她整個人已經濕透了，漂亮清透的藍色雙眸尋到他發出微光的眼眸，些許失神地看著他。

說罷，安格斯伸出舌頭舔濕她的乳尖，隨後蠻橫地往脹硬的乳孔裡頂。

乳首脹如熟透的鮮紅漿果，脆弱不堪地被安格斯的舌尖抵弄著，似是頂開了一個淺窩往裡鑽。

「等等、安格斯……唔嗯、不行……」奧德莉驀然抓住他的頭髮，身軀發顫，下意識縮著往後躲，卻被安格斯滿滿含住一口乳肉，將乳首強硬留在口中。

她聲音細而抖，融進空氣一會兒便散了。

安格斯殺過許多人，自然也聽過那些即將死在他刀下的人苦苦哀求。然他心比刀冷，手起刀落，從無片刻停滯。

可當哀求的人換作奧德莉，即便這份示弱之意淺淡得不注意便察覺不出，安格斯仍抑制不住地感到心疼。

他的主人從不肯輕易低頭，若非痛極，她一定不會放任自己發出這般無措而隱含哀求的聲音。

若不用舌尖穿透奶孔替她開奶，之後只會脹痛得更厲害。

寬厚舌面生出倒刺，舌尖上細刺穿透血紅脹疼的乳尖，溢出幾滴腥甜的血珠。

安格斯攬著她的手都在抖，帶刺的舌尖卻近乎野蠻地鑽進瑟縮軟化的乳尖，嘗到一點清甜奶水，再狠狠一吸。

乳汁緩慢如細流，隨著他長有力的吮吸才艱難地溢出一小股來。

奧德莉痛得忍不住，如果只是一下也就罷了，可她並未懷孕，身體自然也沒有做好通乳的準備，乳孔青澀，要反覆幾次才能徹底通乳。

就像是一條舌頭在操她的乳首，戳進乳孔又退出來，一邊吸完又換另一邊。

「唔……滾開！別碰我……啊……」奧德莉聲音彷彿潤著水氣，哭腔拖得細長。

赤身被衣衫齊整的安格斯抵在牆上，潤紅的眼尾媚意深濃，無端透出一股淫靡。但她骨子裡養出的心性依舊高傲，她無意識地攀著此刻唯一能觸碰到的安格斯，一時還要惡狠狠罵他，威脅說要殺了他，一時又痛爽得抱住他的腦袋將胸乳主動送進他口中。

安格斯輕撫著她的後背安撫著她。

終於，在他再一次吮吸之時，一股豐沛的奶汁噴入口中，如被利齒咬破的果子般爆開，甜潤的奶水盈滿口腔，他喉間滾動，一滴未落全吞進了肚子裡。

另一邊也同樣如此。

奧德莉喘息著，渾身濕淋淋如從水中撈出，分明已經力竭，然而身體此刻卻倍感輕盈。

意識緩緩回歸清明，舒爽的快感驟然從乳尖蔓延至全身，她四肢都軟了下來，連紅腫的乳首也軟如脂膏。

舌尖輕輕抵進去陷入凹窩，根本無需吮吸，只需將乳肉含進嘴裡輕輕一壓，奶水便一股一股流進他口中。

乳尖像是被玩透了，軟而溫順地待在安格斯唇齒間，輕輕吸吮一側，另一邊無需觸碰也會跟著流出奶水。

安格斯哪裡捨得叫那乳汁白白浪費，他濕著額髮埋在她乳上不肯離開，也不吮吸，就這樣輕輕含著吃奶。

奧德莉豐潤的大腿也是汗濕一片，無力地貼著安格斯的腰往下滑。

安格斯緊緊托住，挪動著身體，將性器抵在她濕潤的穴口，感受那濕透的軟肉無意識地隔著布料吮吸他的快感。

舌頭自下往上撥舔著脆弱的乳尖，舒緩著奧德莉開奶後殘餘的痛感。

奧德莉大汗淋漓，安格斯也好不到哪去，他舔了一會兒抬起頭，額間同樣汗濕一片，薄唇貼著她的唇啄吻，擔憂道：「您還難受嗎？」

奧德莉看他良久，眼睫垂搭下來，沒說話。

隨後，她卻做了一個安格斯毫無預料的動作。她張開唇瓣，將他探出的舌頭含進了嘴裡，如他吮吸她乳尖那般輕輕吮吸。

安格斯所有的動作都停了下來，他睜大眼，驟然僵如一塊堅石。

「您……」他方出口一個字，就被奧德莉含進了嘴裡。

他從未被他的小姐這般親吻過，一時不知該有什麼反應，金色眼眸眨了眨，順應著她的力道將舌頭探進柔軟的口腔，不敢用力，也捨不得退出去，連呼吸都放輕放緩起來。

奧德莉懶洋洋地含弄完他帶著清甜奶味的舌頭，又將他得寸進尺湊上來的薄唇一併吻過。

濕滑軟舌掃過他的唇縫，奧德莉瞥了眼他胯間脹大的一包，聲音輕細，像是妖精在蠱惑老實的農夫，「想做嗎？」

「……想。」安格斯咽了咽喉嚨，雙手擁住她，小心翼翼在她頰邊蹭吻。

奧德莉笑了一聲，微昂著脖頸任他像沒斷奶的小狗一樣舔她，「那就想著吧。」

落地的衣裙被一身熱汗浸得濕透，奧德莉是不會再穿了。

她叫安格斯去取一身衣服來，安格斯只嗯一聲，應完卻沒動半步，腦袋還在她肩頸處亂拱，這啄一下，那親一口。

不知有意無意，他動著腰，脹痛的性器隔著布料在她臀縫間來回頂蹭，磨得奧德莉腿心都濕了。

吻著吻著，嘴唇又開始往下移，濕熱的舌頭舔弄著乳肉，在白膩胸乳上咬出一個犬齒清晰的牙印，水痕濕濡，齒間一合，將軟爛熟透的紅腫櫻果含在唇舌間輕吮。

清甜奶水從刺麻腫痛的乳孔中緩慢泌出，裡面早已沒多少。奧德莉喉中溢出一道短促氣音，腰背緊繃，緊緊攀住了他的肩臂。

她呼吸急促，抓著他的頭髮將人拖開，指腹觸到頭皮，摸到一股汗濕，她又疼又氣，罵道：「你沒斷奶嗎？別吸了……」

聲音夾含痛吟，令安格斯下意識抬起頭看她。

金眸在昏暗中泛出微弱冷光，恍若夜間潛伏的捕獵者，但一秒後，長密眼睫又緩緩垂了下來，輕聲道：「我沒吃過奶，小姐。」

可憐巴巴的，好像奧德莉欠他的。

只可惜說這話時他唇上還沾著白濃的奶水，扮豬吃老虎也不扮得認真些，實在叫人憐惜不起來。

見奧德莉不為所動，安格斯又低下頭，用指腹輕輕碰她軟而腫的乳尖，有一下沒一下去含吻她柔軟的耳垂。

這時，門外忽然響起一串腳步聲，奧德莉凝神細聽，察覺來人站在了門外，遲疑片刻後敲響了門。

「萊恩管家，有人送了封信來……」女僕的聲音隔門傳入，輕聲細語，好似害怕打擾了房中人。

奧德莉背靠牆面，身體離木門不過半臂距離，女僕的聲音彷彿響在她耳側。

安格斯沒搭話，彷彿沒聽見似的，還膩在奧德莉身上，親吻聲黏膩，生怕下人不知這座莊園的主人和管家在白日裡偷情。

可他耳力驚人，怎麼可能聽不見。

奧德莉把人推開，蹙眉怒瞪了他一眼，他才稍微消停下來。

僅僅一牆之隔，安格斯懷裡托著奧德莉，粗糙寬大的手掌撫揉著汗津津的白膩膚肉，嘴唇貼著她的皮膚，含糊問道：「誰送來的？」

語氣嘶啞低沉，如古舊的提琴弦音，若來人歷經情事，怕是一聽就知他究竟在幹什麼。

奧德莉被安格斯抱進房間時許多人看得清清楚楚，女僕來此處尋他，顯然也知道裡面不只他一個人。

但女僕未敢點明，只道：「信是一位年輕的先生送來的，他稱是莉娜夫人派他前來，要他親手將信交給安德莉亞夫人。」

莉娜與奧德莉通信已有一段時間，但要將信親手交到奧德莉手中還是第一次。

安格斯眉心微斂，抬起頭看了眼門的方向。他敏銳地察覺出異樣，剛想開口，奧德莉卻忽然偏頭出聲道：「請他到會客廳等候，我待會兒就到。」

奧德莉聲音一出，猶如巨石入水又驟然歸於沉寂，一時門內外皆靜得落針可聞。

數秒後，女僕才顫著嗓子回了聲「是」，而後匆忙地離開了。

奧德莉回過頭，就見安格斯目不轉視地看著自己，兩人呼吸交織，氣息密不可分，他攏了攏奧德莉散亂的長髮，輕輕卡在她耳後，眼睫微垂，開口道：「您這樣她們就都知道了。」

「知道又如何。」奧德莉說著，想從他身上下來，他卻抱著沒放。

安格斯沉默不語，抱穩她想往房中間走，奧德莉視不清四周，只得如一截柔軟絲藤棲在他身上。

他將奧德莉放在了一張床鋪上，轉身點燃了兩支長燭，火光照亮四周，在他身上漾開一片柔黃的光暈。

奧德莉眨了眨眼睛，適應了會兒陡然盈滿大半間屋子的亮光。

借著燭光，她打量起這所房間來。房間不小，但十分空蕩，木窗戶簾布緊閉，只勉強洩入一縷日光。

壓抑非常，猶如一口巨棺。

屋中擺設樸素，如同貧民屋，面上尋不出任何能表明房間主人身分的東西，好在乾淨整潔，不然奧德莉恐是待不下去。

她又看了幾眼，很快認出這是安格斯的房間。

原因無他，只因房內的陳設擺飾和多年前他在卡佩莊園居住的那間幾乎一模一樣。奧德莉曾去過幾次，如今還有些印象。一間屋子除了桌椅床櫃，再無更多雜物。

安格斯轉過身，見她赤身浴在光裡觀察他的房間，隨手抓過一條薄被，準備披在她身上。

被子快落在她纖瘦肩背上時，安格斯手又停在半空，開口道：「天已入秋，我這裡沒有新的，您將就著些。」

聽到奧德莉不在意地應了一聲，他這才展開毯子將她裹緊。

熟悉又淺淡的味道將她包裹其中，奧德莉靠在床頭，視線跟著他在屋裡來回轉悠。

他舉起一支蠟燭將其他蠟燭引燃，屋中如倒轉的傍晚漸漸明亮起來。可照得越清楚，越顯得室如懸磬，空空蕩蕩，連屋頂都要高挺幾分。

安格斯腰背挺直地站在屋中，倒成了房內最順眼的存在。

他拉開櫃門，一聲突兀的吱呀聲響起，奧德莉實在看不下去，蹙著眉心，沒忍住開口道：「斐斯利父子先前苛待你了嗎？讓你過得這麼……簡樸。」

安格斯平靜地回道：「我只是習慣了，小姐。」

奧德莉享慣榮華富貴，不能理解安格斯在衣食住行上的少私寡欲。在她看來，教堂裡無欲無求的傳教士也比他會過生活。

她指腹撚了撚身上還算柔軟的毯子，眉心稍舒。

安格斯不知在櫃子裡找著什麼，奧德莉餘光忽然瞥見桌上一隻簡樸的木盒，她看了兩眼，伸手將它拿了過來。

桌上除了茶具就只有這個盒子，想讓人不注意都難。

盒子有兩層，奧德莉撥開鎖釦，第一層亂七八糟堆著錢幣，她拉出第二層，發現裡面用絲帕妥善包著什麼東西。

打開一看，是一枚戒指，上面嵌了顆極其罕見的雙色寶石，半橙半藍，飄搖燭光下依舊純淨奪目。

奧德莉認得這枚戒指，那是她從前身居家主時所得，沒想在此處見到了它……

她將戒指取出來，帶在左手食指上，轉著手腕看了幾眼，把盒子給他放了回去。

安格斯從櫃子裡取出一套衣裙，又叫人送來一盆熱水，他瞥見奧德莉手上的戒指，似是勾起某些回憶，神色微變，但很快便恢復如常。

他打濕軟布，拭去奧德莉身上薄汗，又仔仔細細替她胸前上了藥，再換上衣裙。

奧德莉擺弄著戒指，問他：「戒指怎麼在你這裡？」

安格斯單膝跪在床邊，握著她腳踝替她穿戴鞋襪，頭也沒抬道：「您去世後，我從您身上取下來的。」

奧德莉垂目看他，「那這身衣服呢？我死後從我屍體上脫下來的？」

不知哪個字觸痛了他，安格斯替她繫襪帶的手一滯，嗓音乾澀道：「不是，是近來備著的。」

在自己房間提前備上她的衣物，出自什麼心思，不用多說也明白。

奧德莉笑了聲，揶揄道：「我該誇你思慮周全嗎？」

這話顯然不需要安格斯回答，他岔開話題：「今日之後，他們或許會在私下議論您。」他抬起頭，凝視著燭火下她姝麗的面容，「或會辱您浪蕩、飢不擇食，寵幸我這般低賤醜陋的奴僕。」

房內密不見天，燈芯炸響發出爆脆聲，燭火燒得通透，幾乎要叫人忘了此時還是白日。

奧德莉想笑，他若真擔心她的名聲，就不會沒日沒夜往她房裡鑽。十多年前他藏著掖著不敢叫她知道，如今他怕是只想將彼此的關係鬧得人盡皆知。

高跟鞋底踩在冰涼石面發出悶響，奧德莉傾身靠近他，「我浪蕩？」

安格斯眨了下眼，迅速改口道：「是我，小姐。」他低頭在她手背落下一吻，「是我放浪淫亂，想盡辦法勾引您，求您愛我。」

「你知道我的性子。」奧德莉看著他，虎口托起他下頜，「若我聽見下人一字議論，你身為管家，便是第一個受罰。」

冰冷雙唇輕碰上她指尖，安格斯笑了笑，沉聲應道：「是。」

莉娜除了派人送來一封信，還帶來幾本奧德莉托她幫忙尋找的古籍。

如今莉娜懷胎九月，即將生產，公爵憂心她高齡產子，於她事事小心，門也不讓她出。

好在有伊萊陪作消遣，不至於太過無聊。

奧德莉讀著信，幾乎能從那東拉西扯的滿滿兩頁信紙中想像出她鬱悶的神情。

然而細看之下，才知閒話只是掩蓋，信中字裡行間，皆透出城內快要變天的消息。

奧德莉逐句閱完，翻至最後一頁，驀然又看見一句話。

乖巧可心的人兒想必妳已見到，望妳喜歡——莉娜。

……乖巧可心的人？

奧德莉稍一思索，才明白過來這人指的是莉娜派來的送信人。

她這些日忙得不可開交，早將那事拋諸腦後，沒想莉娜竟真為她找了個情人。

她抬起頭看向面前的男人，的確如女僕所說，是位年輕的先生，看起來不到二十歲，將信交給奧德莉後沒多說一句話，安靜得如同雕像，叫人難以注意。

他身形高瘦，衣飾簡潔，如一杆青木站得筆直。奧德莉打量了他幾眼，恍惚間生出一種陌生的熟悉感。

她剛想問他叫什麼名字，視線瞥見一旁冷臉站著的安格斯，才察覺出這熟悉感從何而來——此人的身形氣質，倒和從前的安格斯有些相似。

不過他面目比安格斯更加柔和，少了一分陰鬱之氣，像個乾淨未經世事的青年。

奧德莉失笑，當下提筆寫了封回信謝過莉娜好意，又遣人將他送了回去。

如今莊園裡還有個諾亞，她無需那麼多情人，留著反倒耽擱了他。

安格斯自見到送信人臉色一直不好，直到奧德莉把人送走，神色才稍霽。

「您喜歡他嗎？」安格斯收拾著桌上筆墨，問道。

奧德莉沒有正面回答他，只道：「諾亞來時你也問過這樣的話。」她翻開書，隨口一道，「你看著他，不覺得眼熟嗎？」

安格斯搖頭，「我沒見過他。」

「他有點像你。」奧德莉道，「以前的你。」

安格斯皺起了眉頭。

奧德莉迎上他的目光，忽然抬起手觸碰他頸上的猙獰疤痕，指下手感凹凸不平，叫人很難不去猜想他究竟遭遇過什麼。

雖然滿身傷痕，可他看起來又和以前好似沒有任何區別，這些年盡長年歲，卻不見皺紋。

算來，他如今也有三十多歲……奧德莉想著，抬手就在他臉上捏了一把，下手半點沒收力。

安格斯也不躲閃，反而單膝蹲在她面前，方便她捏他，「您將他送走，是因為他像以前的我嗎？」

「不，我只是不喜歡男人。」奧德莉道。

安格斯舔了下唇，「那您也討厭我嗎？」

奧德莉抬起眼睫直直看向他，「你是男人嗎？」

安格斯極輕地笑了一聲，他抬手覆在奧德莉手背上，偏頭親吻她的掌心，語氣溫柔，像是在說情話，「不，小姐，我是您的狗。」

——《家犬》上冊完

BH017

家犬 上

作　　者	長青長白
封面設計	MOBY
封面繪者	劣雲思別岫
責任編輯	林書宜

發　　行	深空出版
出 版 者	星巡文化有限公司
地　　址	臺北市中正區重慶南路一段 57號 7樓之 5
法律顧問	泓準法律事務所 孫瀅晴律師
電　　話	(02)7709-6893
傳　　真	(02)7736-2136
電子信箱	service@starwatcher.com.tw
官網網址	www.starwatcher.com.tw
初版日期	2024年 8月

總 經 銷	聯合發行股份有限公司
地　　址	新北市新店區寶橋路 235巷 6弄 6號 2樓
電　　話	(02)2917-8022

國家圖書館出版品預行編目 (CIP) 資料

家犬 / 長青長白著 . -- 初版 . -- 臺北市 :
星巡文化有限公司出版 : 深空出版發行 , 2024.08
冊 ;　公分
ISBN 978-626-74122-9-9(第 1 冊 : 平裝). --
857.7　　　　　　　　　113006787